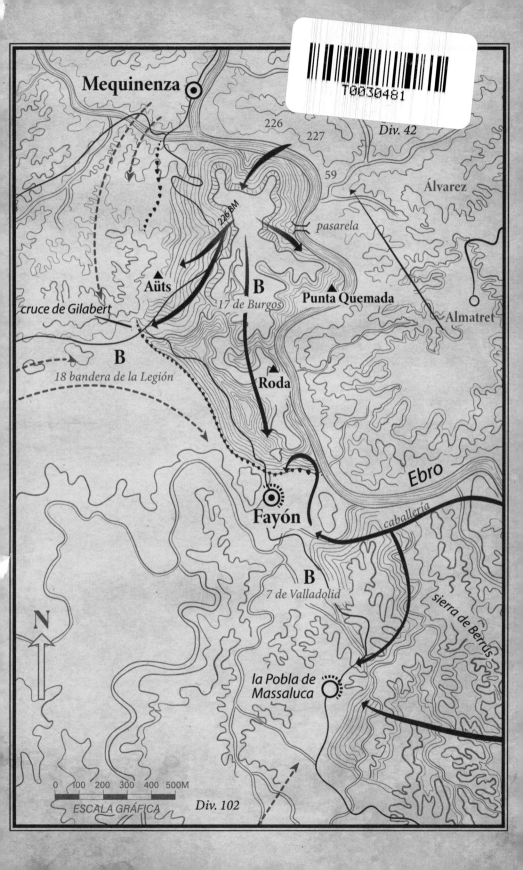

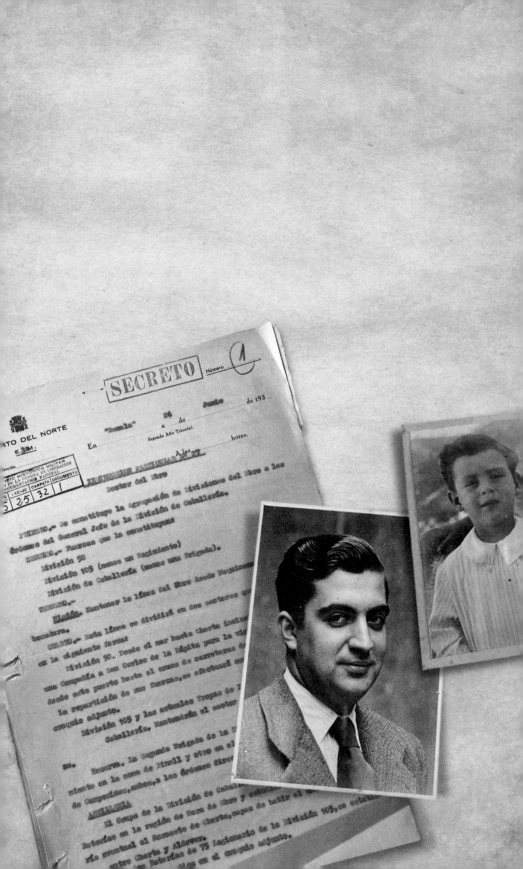

La caja azul

José Antonio Ponseti

La caja azul

Papel certificado por el Forest Stewardship Council®

Penguin
Random House
Grupo Editorial

Primera edición: octubre de 2022

© 2022, José Antonio Ponseti
© 2022, Penguin Random House Grupo Editorial, S. A. U.
Travessera de Gràcia, 47-49. 08021 Barcelona
© 2022, Daniela Carvalho por el mapa
© 2022, Archivo General Militar de Ávila por la reproducción de un documento en las guardas

Printed in Spain – Impreso en España

ISBN: 978-84-9129-559-4
Depósito legal: B-13779-2022

Compuesto en MT Color & Diseño, S. L.

Impreso en Liberdúplex,
Sant Llorenç d'Hortons (Barcelona)

SL95594

A mi madre, por llevarme hasta el Ebro, por traer de vuelta al abuelo Antonio, por susurrarme al oído en las noches de zozobra y desaliento. Sigo buscando tu estrella en el cielo cada noche de San Juan.

A mis tres heroínas: Francesca, Joana y Teresa. Por su amor infinito, por su esperanza inquebrantable, por su valentía. Sin vosotras, esta historia no existiría.

A todos aquellos que perdieron, que fueron todos.

Palabras del monumento en recuerdo a la 226 Brigada Mixta, en la ladera de los Aüts

Leeré tu carta una y otra vez, y en los momentos en que desfallezca la volveré a leer.

ANTONIO ZABALA PUJALS,
Frente del Ebro, 1938

PRIMERA PARTE

LA CAJA AZUL

1

MUJERES, TEJEDORAS DE MEMORIA

Mi madre tenía un secreto que había heredado de tres mujeres de la familia. Ellas ya no estaban entre nosotros. Esas mujeres eran la bisabuela Francesca, la abuela Joana y la tía Teresa. El secreto no lo sabía nadie más y era el siguiente: durante años buscaron al abuelo Antonio, desaparecido en combate en la batalla del Ebro. Todas lo llevaron con tanta discreción, que mi madre lo compartió conmigo tan solo unos días antes de morir. Fue entonces cuando me habló de su padre Antonio, mi abuelo, de su búsqueda a lo largo de todos esos años y de la caja azul.

Esta historia empezó hace más de dos décadas, justo cuando a mi progenitora le diagnosticaron un cáncer de pulmón un año y medio antes de morir.

—Tiene usted un tumor pegado a la aorta. Siento decirle que su situación es muy complicada porque ese tumor no se puede operar.

—¿Eso qué quiere decir? —preguntó Juana, incrédula.

Juana era el nombre de mi madre.

—Que no le quedan más de tres meses de vida.

Lo que supuestamente tenía que haber sido una revisión rutinaria, por un resfriado mal curado, se había convertido en una condena a muerte, con fecha final incluida.

—Pero ¿qué dice, doctor? ¡Eso no puede ser!

Es lo único que salió por mi boca, estaba en shock. No pregunté ni comenté nada más. Ese día solo yo acompañaba a mi madre, porque realmente era una visita sin importancia. Y ahí me encontraba sin saber qué decir, escuchando cómo un médico le ponía fecha a su último capítulo en esta vida. Juana me miró y puso su mano en mi brazo. No sé si para contenerme o para reconfortarme.

—No te preocupes, me queda mucha vida.

Giró la cabeza hacia donde estaba el médico y le lanzó una sonrisa serena.

—Usted no sabe lo que está diciendo, doctor. No me conoce bien, aún no ha comenzado la pelea.

La reacción de Juana, mi madre, dejó al médico perplejo y descolocado, quizá esperaba lágrimas o lamentos, pero no sucedió nada de eso. Ella se levantó y se dirigió hacia la puerta. El médico se quedó con la palabra en la boca y yo intenté seguirla, procesando todavía la sentencia. Mi cabeza no dejaba de dar vueltas: ¿cómo que le quedaban tres meses de vida? Pero ¿quién era ese señor para dictar esa sentencia, para quitarme a mi madre, así, sin más? No había sentido en mi vida mayor impotencia y rabia.

Ella se dio cuenta inmediatamente de cómo me encontraba, así que en el pasillo me sonrió y me abrazó con todas sus fuerzas.

—He sobrevivido a una guerra y a una posguerra. Cuando tenía cinco años, perdí a mi hermanito de tres años y a mi padre. Con doce años trabajaba, estudiaba y ayudé a criar a mi hermana. Mi madre se ha ido ya, pero todavía os tengo a tu padre, que es lo que más quiero en el mundo, y a ti. ¿De verdad crees que solo me quedan tres meses de vida?

No dije nada. Solo quería llorar, pero no lo hice, aunque era lo único que deseaba hacer. No estaba preparado para lo que iba a pasar, nadie lo está. ¿Y qué clase de médico nos había tocado? ¿Se creía Dios? ¿Cómo era capaz de poner una fecha final a una vida? ¿Por pura estadística?

—Tranquilo, esto lo vamos a superar. De esto va la vida, de levantarse y seguir. Vamos a llamar al doctor Curiá. —Era nuestro médico de cabecera—. Y nos trazará un plan para ver cómo le plantamos cara al alien.

—¿Al alien? —repetí sorprendido.

Desde ese mismo instante, y durante todo el tiempo que duró la enfermedad, mi madre y yo jamás pronunciamos la palabra «cáncer», siempre era «el alien». Durante toda su vida había sido una luchadora incansable y así me había educado. No podía defraudarla en estos momentos, aunque era ella la que me estaba animando cuando la acababan de condenar sin remedio.

Ya en la calle, angustiado y roto, pensando en cómo se tomaría mi padre, José, lo del alien, la abracé con cuidado, como si se fuera a romper.

—Puedes achucharme bien. No me duele nada.

—Te quiero mucho, mamá, pelearemos juntos contra esto. No pienso dejarte ni un minuto sola.

Juana me miró con ternura, sabía que eso iba a ser verdad desde ese mismo instante. Y así fue.

***

Barcelona, mayo de 2001

La habitación estaba suavemente iluminada por la luz que entraba a primera hora de la mañana. Los rayos de sol se colaban lateralmente, entre las rendijas de la puerta de la terraza abierta de par en par. El calor empezaba a apretar. La cama de Juana, mi madre, estaba situada enfrente de esa terraza, así ella podía disfrutar de las flores y del ficus enorme que tanto amaba y que había cuidado siempre, hasta hacía tan solo unos días. Ahora ya casi no podía caminar. Había perdido mucho peso y necesitaba estar conectada a la máquina de oxígeno durante muchas horas. Esto dificultaba aún más sus pequeñas salidas a ese espacio que la llenaba de felicidad.

Toda la habitación estaba pintada de blanco. A la izquierda había un gran armario que ocupaba toda la pared, de lado a lado. Las puertas correderas estaban cubiertas por dos inmensos espejos. Con su reflejo ayudaban a dar un matiz más alegre y luminoso a la estancia. En el techo colgaba una enorme lámpara de tonos ocres y dorados, en forma de flor, y con cinco ramas que se iluminaban una vez se encendía. Casi siempre estaba apagada, pues Juana prefería la lámpara de la mesilla de noche, mucho más cálida y acogedora. Ese era su cuartel general, el centro de mando donde transcurrían gran parte de aquellos días.

Por las mañanas, le leía algún libro de los que me pedía. Era una devoradora de historias insaciable, recuerdo haberle leído de todo: Benedetti, Auster, Salinger, Pérez-Reverte, Roald Dahl... Ahí estaba yo, incansable y sobreactuado, queriendo que disfrutase cada segundo de las lecturas. Algunos los terminábamos y otros no, pero todos los comentábamos profusamente. Tenía otros refugios, como la radio y la música. Escuchábamos a Serrat y a Llach... Aún hoy, cuando pongo «Cançó de matinada» cierro los ojos y la siento a mi lado. Yo sumaba a su repertorio a Manolo García y Manu Chao, y ella se reía de alguna de las letras y de mis gustos musicales. Entre canción y canción, peleando contra los ataques de dolor, pasábamos las horas.

No quiso que la ingresaran en un hospital y le había hecho prometer a mi padre que no saldría de casa por muy mal que se encontrara, pues podrían montar todo lo que necesitaba en esa habitación. Y así ocurrió. Gracias al doctor Curiá, su dormitorio se convirtió en un pequeño hospital: con oxígeno, goteros, todo tipo de medicamentos, calmantes, proteínas... Durante un tiempo hubo distintos turnos de enfermeras. Salvo para hacerse radiografías, para ver si avanzaba o no el alien, el resto del tiempo Juana permaneció en casa, junto a sus cosas, sus plantas y su familia. Nos fundimos el seguro de salud y un poco más, pero cumplimos con la promesa.

Las jornadas iban pasando y fueron muchos los momentos y conversaciones que tuve con mi madre durante su enfermedad. No perdió la lucidez.

—Qué difícil es morir.

—No digas eso, mamá.

Mi madre murmuraba esa frase una y otra vez. Durante los últimos días se había convertido en un mantra. Estaba cansada de luchar, harta de un dolor que no podía calmar y de las noches eternas en vela.

—¿Cómo vas de dolor, mamá? ¿Quieres que te pinche una dosis de morfina y así descansas un rato?

—No, estoy bien, parece que ha aflojado un poco…

En las últimas semanas ya no funcionaban los parches de morfina ni ningún calmante, solo las inyecciones. Tres semanas antes habíamos estado negociando sobre este tema. Era tan duro sentir cómo el dolor invadía a mi madre. Si solo hubiese sido un alien, que poco a poco le hubiese ido absorbiendo la energía, quizá la enfermedad hubiera sido más llevadera. Es decir, si tan solo hubiera sentido que Juana iba apagándose poco a poco… Si tan solo un día hubiese cerrado los ojos y todo hubiese acabado. Pero lo insoportable era ser consciente de que el alien le infligía dolor. Estar a su lado y sentir el sufrimiento en su rostro. Y eso que mi madre se quejaba poco, era una mujer fuerte.

—No quiero que vengan a pincharme. Si tú estás aquí, ¿te atreverías?

—¿Quieres que te pinche yo? —le pregunté sorprendido.

Se le escapó una sonrisa.

—No me puede doler, ya lo sabes.

Ahora era yo quien sonreía.

—Espero no tener miedo, pero cuenta con ello, mamá. ¿Te vas a fiar de mí? No lo he hecho nunca.

Los nervios me hacían lanzar frases, una detrás de otra.

—Lo harás bien, estoy segura. Piensa que si tengo dolor, sea la hora que sea, no tenemos que esperar a nadie, porque tú lo puedes hacer.

En eso llevaba razón. Me tocó aprender rápido, pues nunca había puesto una inyección. Así que practicaba con todo…, recuerdo, incluso, pinchar melocotones a escondidas en la cocina. La primera vez que la pinché lo hice bajo la supervisión del doctor Curiá. No sé quién estaba más nervioso, si el médico, ella o yo. Afortunadamente salió bien, no se quejó ni una sola vez. Durante sus últimos días ya no quería ver a nadie que no fuera de la familia o a amigos. Todo se aceleró mucho.

Un día, cuando el dolor le dio tregua y justo había terminado de leerle uno de sus libros, me di cuenta de que mi madre me estaba mirando fijamente. Tenía la sensación de que no había escuchado nada. Sonrió con un deje de misterio. Y me hizo una petición que cambiaría mi vida durante los siguientes años.

—¿Me puedes hacer un favor?

La miré con atención y descubrí que la expresión de su cara se había transformado, estaba seria, muy seria.

—¿Va todo bien?

—Sí, sí, pero quiero que me acerques algo de la cómoda.

A los pies de la cama, en el lado derecho, en el hueco entre la puerta de la terraza y la pared, ahí estaba la cómoda. Era de principios de siglo, de caoba, marrón oscura, había pertenecido a la abuela y siempre había estado en casa. Tenía cinco cajones, tres enormes, dos algo más estrechos y una gran cubierta de mármol blanco en la parte superior.

—Abre el tercer cajón.

Tiré de la llave, no sin hacer un poco de fuerza, porque era uno de los cajones grandes y estaba lleno de manteles y de ropa de cama…, y todo eso pesaba.

—No me vas a poner a arreglar manteles, ¿verdad?

Se rio con las pocas energías que le quedaban.

—No, hombre, no, aún no he perdido la cabeza… A ti te voy a dejar que organices los cajones…, ni lo sueñes. Sigues siendo un desastre.

Solté una carcajada. Mi madre tenía razón.

—¿Qué necesitas?

—Mira en la parte de atrás. Hay una caja, ¿la ves?

No veía nada más que manteles, colchas y sábanas. Todo perfectamente doblado. Me tocó sacar unos cuantos manteles y ropa de cama.

—La que estás liando. No es tan difícil de encontrar, no me hagas levantar.

—Espera un poco, mamá. Creo que ya la tengo.

Al fondo, medio escondida, ahí estaba: una caja de cartón azul, atada con un trozo de retal de ropa, como si se tratara de un regalo. Un dibujo cubría gran parte de la tapa: una fuente, dos cisnes y una pareja con ropas de fiesta. No sabía muy bien qué había dentro, pero la caja pesaba bastante.

—Ven, déjala aquí en la cama y guarda todos los manteles. Menudo lío has montado.

Apenas tenía fuerzas, pero seguía comportándose como una madre. Lo coloqué todo enseguida.

—Siéntate aquí, a mi lado.

Ella miró la caja como si fuera lo más preciado de su vida.

—Antes de nada, prométeme dos cosas: que no abrirás esta caja mientras yo esté viva…

—Pero, mamá… —protesté, y no por no poder abrirla, sino porque sus palabras sonaban a despedida.

—Prométemelo, José Antonio.

Se puso tan seria que no me atreví a bromear.

—Te lo prometo, pero por lo menos dime qué hay.

—Calla y escúchame bien. Tu segunda promesa es que esto no se lo vas a contar a nadie.

Me estaba inquietando e intrigando a partes iguales.

—Pero ¿qué hay dentro de esta caja para que tenga que guardar tanto secreto, mamá? En serio, dímelo, ¿qué es lo que pasa?

—Nada, escúchame. Yo te he hablado algunas veces de tu abuelo, que desapareció en la guerra…

Ahora sí que estaba totalmente desorientado, porque no esperaba ninguna historia familiar, y menos en esta situación.

—Sí, tú y la tía Teresa, las dos… Y recuerdo una foto con el abuelo vestido de militar…

—Es cierto, y también te enseñé alguna vez un retrato de tu tío, de mi querido hermano, ¿te acuerdas, hijo mío?

Por un instante, se le quebró la voz. Le acaricié el pelo.

—Vamos, mamá, ya me lo explicas en otro momento.

Negó con la cabeza, aguantó como pudo el cansancio y el dolor, y continuó:

—Ya te expliqué que el tío murió a los tres años por un error del médico. Tú llevas una parte de cada uno de ellos. Por eso te llamas José Antonio, por mi hermano José y por mi padre Antonio.

Tal y como dijo todo esto mi madre, comprendí hasta qué punto su vida quedó marcada por estas dos ausencias: su hermano y su padre. Nunca lo había visto tan claro.

—Lo sé. —Quise rebajar algo las emociones—. Menos mal que no te dio por ponerme Antonio José, pues sería como un galán de telenovela venezolana.

Nos reímos.

—No puedo contigo, hijo. Sabes lo mucho que te quiero y lo que te echaré de menos allá a donde me toque ir.

—Mamá, por favor…

Se lo dije como pude, pues tenía un nudo en la garganta. Estaba con el corazón encogido al ver a mi madre en esa situación, regresando al pasado y sumando desconsuelo al dolor que nos acompañaba ahora a diario. Podía ver cómo estaba ya en 1938, rememorando todo como si fuese en el presente…, a pesar de que hubiesen transcurrido más de sesenta años.

Creo que podría contar con los dedos de una mano las veces que, de forma casi fortuita, se había comentado de pasada en casa algo sobre la guerra y lo que sucedió durante esos días. La muerte de José con tres añitos fue el principio de todo lo malo que trajo el 38. Pensaron que el niño había contraído anginas, pero en realidad tenía escarlatina. Aquella era una enfermedad infecciosa que se curaba con antibióticos; sin embargo, un error en el diagnóstico del médico se lo llevó para siempre. Semanas después fueron a buscar a mi abuelo Antonio para enviarlo a la guerra, y a los dos meses ya estaba en la lista de desaparecidos en combate. Esto es lo único que yo sabía. Recuerdo que de niño alguna vez había preguntado más cosas sobre el abuelo, pero siempre mi madre y mi tía me miraban cariñosas y me respondían que cuando fuese mayor ya me dirían más. Y poco a poco yo mismo había ido enterrando esa historia en la memoria, pues me daba cuenta inconscientemente de que no era un tema en el que quisiesen ahondar.

La tía Teresa, la hermana de mi abuelo Antonio, me había contado historias de mi madre y de José jugando en el jardín de Badalona. Lo bien avenidos que estaban los dos hermanos y cómo mi madre cambió tras la muerte de este, convirtiéndose en un terremoto sin control. Teresa fue una mujer increíble, morena, delgada y extremadamente culta. De joven trajo de cabeza a más de uno y no le faltaron pretendientes. Alguna vez le pregunté que por qué no se había casado y que si nunca tuvo novio. Ella, sin dejar de sonreír, siempre me daba la misma respuesta:

—Se asustan cuando me conocen.

Era verdad, la Teresa que yo recuerdo no era una mujer común, vestía de oscuro, por lo general de negro, pero elegante y con un toque europeo que asustaba a los españolitos de la época. Independiente, valiente y decidida. Vivió sola en Badalona en la casa de toda la vida, en la que habían sobrevivido a la Guerra Civil y a la posguerra. Bueno, sola no, con una tortuga de tierra. La tortuga no tenía nombre, era simplemente Tortuga. De niño me pasaba horas fascinado viendo cómo comía hierba, tomates y trozos de lechuga. Se bañaba en unos platos grandes de cerámica, puestos para ella, que simulaban ser un adorno del jardín. Tenía una cueva donde se escondía y pasaba el invierno.

Yo era el ojito derecho de Teresa, me cubría en todas mis tropelías y era la cómplice perfecta para jugar. A principios de los ochenta estuvo enferma unos meses y, junto a Tortuga, le tocó pasar un tiempo en Barcelona con nosotros para recuperarse. Tortuga no terminaba de adaptarse a su nuevo hogar, pero Teresa estaba encantada explicando sus historias. Aunque yo era muy crío, algo contó sobre el abuelo Antonio, pero hacía muchos años de todo eso. También recuerdo que si le preguntaba algo más sobre lo que ella contaba, pasaba a otra anécdota o me ponía la excusa de que ya sabría más cuando fuese un hombre.

La tía Teresa se apagó un lunes, el 25 de julio de 1988. Jamás compartí con nadie la pena tan grande que sentí ese día. Durante las últimas semanas de vida de mi tía, notaba que no estaba tan lúcida y que se perdía mientras hablábamos de recuerdos. Mamá ya me había dicho que tenía problemas de salud y que no pintaba bien. Me costaba imaginarme un mundo sin mi tía. No podía pensar en no tenerla a mi lado ni disfrutar de su cariño. Cuando murió, me llevé tal disgusto que no fui capaz de regresar nunca más a la casa de Badalona. La vida tiene cosas difíciles de explicar, coincidencias que descolocan. Teresa murió un 25 de julio, exactamente el mismo día, pero cincuenta años después, en que su hermano Antonio cruzó el Ebro y desapareció. Siempre me dolía pensar en Teresa. Ahora era mi madre la que se estaba alejando de mi lado. La muerte, cuando llama, no se retira.

—¿Me vas a decir qué te pasa, mamá?

Se tomó su tiempo de nuevo, conectó la máquina de oxígeno que estaba al alcance de su mano izquierda y se acercó los dos pequeños tubos a la nariz. Me miró fijamente y me dio la caja.

—En esta caja están las cartas de tu abuelo Antonio, de los meses que pasó en el frente, y todo lo que hicimos para encontrarle cuando desapareció. No te puedes imaginar con cuánto dolor vivíamos. La casa ya había enmudecido antes con la muerte de José. Se desvanecieron nuestras risas, las carreras por los pasillos, los juegos con los abuelos... Con la muerte de mi hermano todo se convirtió en silencio, nadie hablaba, solo se escuchaban mis berrinches continuados, reclamando atención, y las lágrimas de mi madre. Yo pasé a ser una niña sin control, vivía enfadada con el planeta entero. ¿Por qué se había marchado José? Yo solo quería a mi hermanito a mi lado.

»Tu abuelo intentaba estar muy pendiente de todos, era el alma de la familia animando a unos y otros, aunque más de una vez, mientras me abrazaba, se le escapaban algunas lágrimas que intentaba disimular.

»Si algo aprendimos durante esos días inciertos es que siempre se podía estar peor... Faltaba una vuelta de tuerca más. Pasaron unas semanas y la República necesitó a tu abuelo para ganar la guerra. Le vinieron a buscar para que se incorporara a filas a finales de mayo. ¿Te imaginas la angustia? Aún recuerdo su abrazo, el adiós emocionado de sus padres y el beso infinito que le dio a mi madre. Maldita guerra y malditos locos que nos hicieron pasar por todo aquello. Mi madre no pudo más, empezó a tener muy poca paciencia con todos, en especial con mis líos. Ella solo quería tener noticias de mi padre. Hoy la veo de vuelta en ese pasado que nos tocó vivir y la entiendo perfectamente. ¿Cómo nos pudieron hacer eso?

Se calló, conteniendo la rabia, y cerró el puño derecho con fuerza. Respiró profundamente un par de veces. Ahora el silencio era el dueño de la habitación, el mismo que había vivido años atrás. En ese momento Juana no estaba en la cama, sino en circunstancias diferentes: se encontraba en Badalona, viendo cómo su padre se marchaba para siempre y cómo su madre se quedaba rota, partida en dos, mientras se despedía del amor de su vida, abrumada por tanta pérdida y maldecía a todo y a todos.

—En fin, el resto ya lo sabes. Meses después desapareció para siempre en el Ebro.

Tardé en reaccionar, no sabía si traerla de vuelta de ese momento en el que se encontraba. Pero quería saber qué sucedió con el abuelo.

—Pero ¿lo encontrasteis?

—Averiguamos muchas cosas, llegamos hasta el día en que lo vieron por última vez, pero el camino no fue nada sencillo, porque buscar a un soldado republicano en los últimos meses de la guerra y durante la posguerra era tropezar una y otra vez con puertas cerradas, cartas sin respuesta y frases desagradables como: «Para qué buscas a este rojo, seguro que está muerto». La abuela Joana, herida por el trato, siempre respondía que ni rojo ni muerto.

»Una mañana, mientras esperaba en los juzgados para tramitar unos papeles, le contaron la historia de una mujer joven, de la que ya no recuerdo el nombre, que había cruzado el Ebro en busca de su marido. Estaban recién casados cuando se lo llevaron al frente, pasaron las semanas y ella no tenía noticias de su hombre. Cuando terminó la batalla, la mujer decidió ir a buscarlo. Caminó por donde le decían que había estado la unidad de su marido, lo hizo entre los muertos de los dos bandos, algunos cuerpos medio enterrados y otros dejados a su suerte. No era la única, muchas personas estaban en lo mismo.

—¿Y lo encontró?

—Sí, tuvo suerte y lo encontró.

»Y te explico esto porque en casa se habló de ir hasta el Ebro, de buscar a mi padre en la sierra de los Aüts, que es donde había estado. Pero ya habían pasado más de tres meses de la desaparición, y tu bisabuela Francesca convenció a Joana de que no lo hiciera. Insistió en que no podía ir estando embarazada, que era una locura, que a saber lo que vería y por lo que tendría que pasar.

»Años después supimos que los propios campesinos de la zona enterraron en fosas comunes a todos esos pobres muertos en la batalla.

»Ya en los sesenta, un día convencí a tu padre, con una excusa cualquiera, para que me llevara hasta Almatret, un pueblo de la comarca del Segriá en Lérida, donde estuvo tu abuelo antes de comenzar la batalla y donde llevaban a los heridos del frente. No encontré nada. Tan solo un hombre mayor, de los que han estado en el pueblo toda la vida y que además trataba con los agricultores de Mequinenza, que está al otro lado del Ebro, en Aragón, me contó que muchos de esos cuerpos habían sido desenterrados y tirados al río y a los barrancos para poder seguir arando los campos.

Yo estaba callado, mirándola fijamente, intentando memorizar todo lo que decía y sobrepasado por la barbarie que escuchaba.

—Ya ves por lo que nos tocó pasar. También te digo que durante los últimos días de la República, el proceso de búsqueda fue algo más fácil. Bueno, quizá esto no es del todo cierto, pero por lo menos no te miraban con desprecio. Después, terminados los años de locura y muerte, cuando España era una, grande y libre, te trataban como si tuvieras que avergonzarte por intentar encontrar a un desaparecido en el bando de los perdedores, pero abandonar no estaba en nuestro vocabulario, así que seguimos…

Se tomó un instante para respirar profundamente, cerró los ojos y la pausa no duró demasiado.

—No logramos saber qué le sucedió en el Ebro. Durante años soñé con verlo de nuevo, pero, sinceramente, creo que no salió vivo de ahí.

Se quebró. Una lágrima resbaló por la mejilla de mi madre y se la sequé con cuidado. Me di cuenta de que yo también estaba llorando. Ahora sí, un silencio espeso, cargado de sentimiento, se apoderó de la habitación.

—¿Me das un poco de agua?

Le acerqué el vaso con cuidado y bebió con la ayuda de una pajita de colores.

—No todo termina aquí —forzó algo la voz—, no estoy segura de nada. La verdad es que tengo muchas dudas de lo que le pudo ocurrir o a lo que se tuvo que enfrentar tu abuelo. Por eso quiero que hagas tu propio camino en toda esta historia…

Intenté digerir lo que me estaba pidiendo mi madre. Me sentía confuso, porque ella había estado años sin hablar y sin dejarme conocer esa parte de la historia familiar, así que lo primero que salió de mi boca fue una pregunta:

—Pero ¿por qué no hemos hablado nunca de todo esto? —Y sin dejarle tiempo para que me respondiera, le solté otra—. ¿Qué quieres que haga?

—Que continúes, si te apetece. Vuelve al principio y arranca de cero, busca las cosas mal hechas que hicimos, mira en qué nos equivocamos… Creo que esta caja te va a traer de vuelta a una persona fantástica. A un hombre inquieto, culto y defensor de la democracia. A alguien que odiaba la guerra por encima de todas las cosas, a un político que no creía que matando gente se pudiera construir un futuro de nada. Para él, la solución pasaba siempre por la palabra, el debate y la negociación. Por cierto, te llevarás una sorpresa con el tema de la política.

—¿También fue político?

No obtuve una respuesta concreta, ella siguió contándome cosas de la caja.

—La caja tiene un trozo de mi padre, al que quería con locura. Se lo llevaron y me quedé huérfana de sus historias, de su amor y de sus reprimendas. Me quitaron la ilusión y la alegría y me dejaron llena de tristeza y melancolía. Dicen que no existe mayor soledad que la del que no se reconoce en esta vida. Yo dejé de ser niña en el verano del 38, no sé en qué me convertí, pero ya nada fue igual, me condenaron para siempre.

Empezaba a estar cansada de hablar y se detuvo un instante. Yo la miraba con admiración y ternura. Por un mo-

mento pensé que iba a llorar otra vez, pues se le estaban hume-
deciendo los ojos. Acercó su mano y cogió la mía, la apretó
con dulzura y continuó:

—Vivir sin un padre tan maravilloso fue duro, le echo
tanto de menos, incluso hoy en día. No ha pasado un
segundo sin que haya dejado de pensar en él y en mi hermanito. No tengo duda de que mi camino en este mundo ha
estado marcado por los dos. En cuanto a la guerra, y lo que
fui descubriendo de todo lo que aconteció en el Ebro, te
digo que cuando le tocó luchar, luchó. Él y un puñado de
valientes que formaron parte del batallón 904, de la 226
Brigada Mixta.

Quería preguntarle tantas cosas, pero Juana ya no podía
decir nada más, quizá tampoco quería, la tristeza se apoderó
de ella. Pensé que cuando se calmara un poco podríamos
continuar con las preguntas sin respuesta, pero eso no
sucedió, porque durante los siguientes días se fue apagando
lentamente. Pero justo en ese momento estaba tan atento a
lo que me estaba explicando que no reparé en que Pepita
acababa de entrar en la habitación.

—Buenos días, Juana, cómo se encuentra.

—Ya ves, Pepi, no he pasado buena noche.

—Le voy a preparar algo de desayunar, a ver si se anima.

Pepi era la tata, nuestra tata de toda la vida. Una mujer
con una juventud marcada por la posguerra y por una malfor-
mación en la espalda por culpa de la polio. De jovencita había
comenzado a trabajar en casa de mi tía abuela Mercedes, la
hermana de mi abuela Joana. Ella la había conocido en un
pueblo de Extremadura y, para sacarla de la pobreza en la

que vivía en su día a día, le ofreció la posibilidad de mudarse con ellos a Barcelona. Dejó atrás su tierra por un sueldo, una habitación, comida y el compromiso de estudiar. Pepita entonces era analfabeta y la tía Mercedes la apuntó en una academia a la que tenía que acudir todas las tardes. Muchas niñas de la posguerra pasaron por situaciones parecidas.

Así fue la vida de Pepita durante sus primeros años en la Ciudad Condal. Cuando mi madre se casó y se quedó embarazada, Pepita se las arregló para estar más con Juana que con mi tía abuela. La tía Mercedes contaba que fue ella quien se lo propuso, pero, según mi madre, nada más lejos de la verdad. Tuvo, eso sí, dos obligaciones que no pudo eludir: la primera, no saltarse las clases, y la segunda, la paella de los domingos, porque preparaba un arroz excelente y era la excusa perfecta para juntarnos a todos. Así fue como se convirtió en una más en casa. Pepi adoraba a mi madre, creo que era algo mayor que ella, aunque jamás supe su edad. Se trataban como si fueran madre e hija. Por mí sentía devoción. Yo era el niño, y siempre fui «el niño» hasta el día en que murió.

—¿Ya le ha dicho al niño lo de la caja? —le preguntó Pepita al ver la caja azul encima de la cama.

Me quedé boquiabierto, Pepi lo sabía. Reaccioné rápido.

—Pero vamos a ver, mamá, no quieres que se lo cuente a nadie, ¿verdad? Pero ¿quién sabe lo de la caja?

Después de una sonrisa cómplice entre mi madre y Pepita llegó la respuesta.

—Lo sabía tu abuela Joana, la tía Teresa y tu bisabuela Francesca, nadie más. A Pepi se lo conté hace mucho tiempo, porque me ayudó a conseguir unos papeles.

—Pero ¿papá, tu hermana, el tío Jaime, Juan…? —Y nombré a primas, primos…

—Nadie, nada de nada. Y quiero que siga así hasta que tú lo leas todo e investigues lo que creas necesario, después se lo cuentas a quien quieras.

En ese instante no comprendía por qué mi madre insistía en el silencio. Poco a poco lo he ido entendiendo. No solo era una historia de dolor, sino un tapiz que se fue tejiendo poco a poco entre las mujeres de mi familia, con mucho amor, cuidado y respeto. Ese tapiz hizo que mi abuelo no cayera nunca en el olvido. Por desgracia, el silencio formaba parte del legado. La posguerra dejó una España gris bajo una dictadura, y el relato fue el de los vencedores. La mitad de la historia quedó enterrada, era difícil la búsqueda sin tener miedo a represalias o a experimentar humillaciones. Las mujeres fueron guardianas de las historias de los desaparecidos y buscadoras incansables de sus cuerpos. Tejieron con cuidado, para guardar la memoria de los suyos y que nada se tergiversase. Querían proteger también a los que amaban y que no sufrieran en esa búsqueda incansable. Ahora mi madre era la última guardiana de la historia de mi abuelo…, y no quería que se perdiera lo tejido con tanto amor. Una vez ella se fuera de este mundo, dejaba en mis manos que esta historia oculta pudiera por fin ver la luz.

Sinceramente, creo que en algún momento llegó a dudar de si dar el camino por terminado. Tengo la sensación de que pensó en dejar la caja olvidada para siempre en la cómoda y que todo acabara cuando ella ya no estuviera. Sin embargo, tal vez dos cosas la hicieron reflexionar. Por una parte, mi forma de ser. Siempre había tenido inquietudes y había mostrado ganas por encontrar secretos ocultos. De hecho, de niño soñaba con ser arqueólogo o periodista. Al final terminé decantándome por lo segundo. Quizá sabía que encontraría la caja azul y que haría un millón de preguntas a familiares que no tendrían respuestas para mí. Por otra, creo que viendo la foto de joven de mi abuelo, ella fue consciente de lo parecidos que éramos físicamente y eso la animó a que su hijo siguiera tejiendo y cuidando la memoria familiar. No lo sé.

Pepita me miraba y pensó lo mismo que yo, mi madre me estaba entregando su legado, mis deberes para el futuro. En ese instante no podía ni imaginar ni por lo más remoto hasta dónde me llevaría la caja azul. De lo que sí me habló mi madre durante todos esos años fue del clan de las mujeres de la familia. Me fascinaban las historias de Francesca, mi bisabuela, y de Joana, mi abuela. No las conocí en vida, a ninguna de las dos. Pero sí tuve la suerte de formar parte de los días de mi madre y de mi tía Teresa, dos mujeres que me han marcado siempre. Así que lo que estaba recibiendo era la herencia de la memoria que habían ido tejiendo las mujeres de mi familia a lo largo de las décadas.

Francesca era una mujer de otro tiempo, con un amor por la cultura infinito. Leía sin parar, escribía mucho, de todo, pequeños poemas, notas en verso, pequeños ensayos… Era una mujer que se había hecho a sí misma, que no solo se limitaba a cuidar de los suyos y que cocinaba como los ángeles. Inculcó el amor por las letras a su hija Teresa (la tía Teresa) y a su pequeño, Antonio (mi abuelo desaparecido), y después a su nieta Juana (mi madre). Gracias a su esfuerzo, la caja azul estaba llena de información increíblemente valiosa, pero eso no lo descubrí hasta unos años después. Murió el 21 de mayo de 1964.

En cuanto a mi abuela Joana, ella se había criado entre Barcelona y Martorell, un pequeño pueblo por aquel entonces, en donde vivía en una casa de payés con huerto y animales. Siempre soñó con volver a tener un lugar como aquel y dejar atrás la ciudad.

Gran aficionada a la lectura, le encantaba escribir. No era fácil en aquellos tiempos. Trabajadora infatigable, vivió enamorada de Antonio hasta el final de sus días, siempre con la esperanza de volverlo a ver. Educó sola a sus dos hijas en una posguerra salvaje.

Joana tenía algo que la diferenciaba de los demás: no conocía el desaliento, y eso que sufrió hasta límites inexplicables. La vida se le rompió en mil pedazos en abril de 1938 cuando perdió a su hijo de tres años por una enfermedad infecciosa, la escarlatina, y pocas semanas después se llevaron a su marido al frente (mi abuelo Antonio), al que ya no volvería a ver nunca más. Jamás pudo contarle que la noche antes de que partiera se había quedado embarazada otra vez. Entre abril y julio del 38, su vida cambió de rumbo definitivamente. Se quedó con una niña de cinco años y embarazada, en un mundo en guerra y lleno de penurias, donde el hambre y la miseria eran los compañeros de camino. Murió el 20 de enero de 1963, veinticinco años después de la desaparición de Antonio, y sin tener noticia alguna de qué le había sucedido.

Lo que más me cuesta, sin duda, es hablar de mi madre, Juana. Y del vínculo que logramos los dos. La perdí demasiado pronto y a mí me habría encantado que hubiese podido disfrutar más del hijo que había criado. Recuerdo cuando no tuvo ninguna duda de que emprendiera una aventura en Estados Unidos, pues sabía que era fundamental para mi formación y mi futuro. Para ello se gastó el dinero que había ahorrado para un viaje sorpresa que hubiese hecho con mi padre a Venecia. Todo esto se le escapó durante una de esas noches en vela, en las que el dolor era interminable. Esa decisión cambió mi vida para siempre y ese año se alargó… Me quedé otro más. A finales de los ochenta viví en San Francisco, California, gracias a su esfuerzo infinito y desinteresado. Mi madre nunca viajó a Venecia.

Mis padres me transmitieron un amor especial por la montaña, por la naturaleza. Me criaron subiendo montes y nadando en el mar. Ahora mismo estoy frente a una fotografía de Juana vestida con unos pantalones de pana, una camisa a cuadros y unas botas de montaña hechas a mano en el zapatero del pueblo, sin duda de piel de vaca… E inevitablemente me vienen los aromas del campo y los paisajes que vi junto a ella. Me gusta pensar en los legados que nos dejan nuestros padres, cómo no somos conscientes en un principio y cómo vamos valorándolos según pasa el tiempo.

Yo tendría unos quince años y los recuerdo a los dos contándome anécdotas durante una noche de acampada, de esas especialmente estrelladas en Benasque, en el Pirineo aragonés. Me veo riéndome cuando mi madre me decía lo que se enfadaba con mi padre porque él subía conmigo montañas de tres mil metros en verano. Y eso era todo un reto si pensamos que yo iba a hombros. Eso, claro, aterraba a mi madre, que temía que terminásemos los dos despeñados en cualquier paso difícil. Al final los dos se morían de la risa sin parar de contarme sus aventuras.

La montaña nos hizo muy felices. No he tenido la suerte de que me vieran seguir la senda que ellos marcaron, pero creo que estarían satisfechos de ver en lo que me he convertido. Estoy seguro de que muchos momentos complicados habrían sido más fáciles con sus consejos. Para mí, mi madre era ese beso cada mañana al despertar… y eso que en mi pubertad, como buen adolescente, protestaba todo el rato. Por supuesto que no quería saber nada de besos de madre. Ella siempre me decía: «Algún día, cuando los quieras, no estaré». Qué razón tenía.

Mi padre aguantó poco más de tres años sin ella y en las Navidades de 2004 decidió que esta vida sin su compañía no merecía tanto la pena y un ataque de corazón fulminante se lo llevó. Siempre los tengo muy presentes a los dos. Quizá ser hijo único me permitió obtener una mayor dosis de cariño.

En parte sé que les debo las ganas de construir este camino que es mi vida y de disfrutar cada momento, así como ese afán que tengo siempre de investigar y contar historias, de transmitir.

2

UNA CARTA A MI NOMBRE

Miami, Estados Unidos,
primavera del 2005

Mi madre murió el 21 de mayo del 2001, treinta y siete años después de que se fuera mi bisabuela Francesca. Siempre pensé que vino a buscar a su nieta para que dejara de sufrir. Quizá fue otra casualidad, como la de la tía Teresa. Habían pasado ya más de cuatro años y no me había animado a abrir la caja. Días después de la muerte de mi madre, la puse en mi equipaje de mano y volé con ella rumbo a Estados Unidos. No me separé nunca de la caja azul. Estaba en la mesita de noche del dormitorio, bien a la vista, pero no era capaz de abrirla. Algunas noches la cogía y la dejaba sobre la cama, con la intención de deshacer el nudo que la sujetaba y comenzar a caminar por el Ebro, pero no podía. La verdad es que recuerdo esos días con tristeza. Otras veces acariciaba la tapa y le pedía a mi madre que me diera fuerza, pensando que con ese simple acto aplacaría mis penas y encontraría el valor suficiente para empezar a investigar. Pero el efecto era el contrario, recordaba las promesas, el final y todo daba vueltas a mi alrededor.

El cambio de siglo no me había sentado nada bien emocionalmente. Durante aquel periodo perdí a mis abuelos paternos, a mi madre y a mi padre. A mi tío Jaime, primo hermano de mi madre, le diagnosticaron una leucemia que se lo llevaría poco tiempo después. Mi madre y Jaime se habían criado como hermanos y siempre habían estado muy unidos. Todos estos acontecimientos y muertes ocurrieron en poco más de cinco años. Se fueron todos, ya no tenía a mis mayores, a mis referentes de vida. Eran tiempos de continua melancolía, de sentirme terriblemente solo, de entender un poco mejor a mi madre y por todo lo que pasó. El dolor de la pérdida puede hacerse insoportable.

A pesar de todo, tenía que continuar con mi vida. Ir moldeándome como persona y formándome profesionalmente. Batir el dolor, pero también mirar al futuro. Así fui recargando la batería de energía. Viviendo. Mi segundo viaje a Estados Unidos estaba previsto mucho antes de que todo pasara. A principios del 2000 había decidido aceptar la oportunidad que me daban Canal Plus y la SER de trabajar en Miami. Sin embargo, cuando diagnosticaron a mi madre el maldito alien, puse un freno a mi vida. Por suerte, Jesús de Polanco y Jaime de Polanco, mis jefes, aceptaron y apoyaron todas las decisiones que tomé. No tengo palabras para agradecer su trato y su comprensión.

Cuando murió mamá, intenté convencer a mi padre para que pasase temporadas a mi lado en Estados Unidos, pues esa era la única condición que me ponía para marcharme tranquilo y no continuar trabajando en España. He de reconocer que mi padre lo hizo muy bien, porque durante los primeros meses sus excusas sonaban creíbles. Lo que yo hacía era regresar a casa cada tres o cuatro meses para estar unos días con él y ahí le convencía otra vez. Entonces poníamos una nueva fecha para encontrarnos en Florida, pero eso nunca ocurrió.

Tengo grabada a fuego la llamada de mi padre la tarde del 18 de diciembre de 2004. Yo tenía previsto volar dos días después para pasar las Navidades en España. Me pidió que le comprara un par de regalos, unas prendas de ropa. Él estaba ese día solo, porque Pepita dormía en casa de su hermana por algún evento familiar. La única obligación de papá era pasear a Oso, un cachorro de chow chow negro. Oso era mi perro, que estaba esos días con él en Barcelona a la espera de mi llegada.

Esa tarde, por esas cosas de la vida, le dije que lo quería mucho y que tenía ganas de darle un abrazo enorme. Colgué y seguí trabajando. A las seis de la mañana sonó el teléfono. Era mi tío Jaime. Al principio no lograba entenderlo, pasaba algo con José, mi padre, y el perro. Entonces le pregunté por el perro, pues pensé que quizá se le había escapado. No pronunció una palabra más. No podía porque no dejaba de llorar. Fue cuando me di cuenta de que algo le pasaba a mi padre. Le pregunté otra vez y me dijo que José estaba en el suelo de la cocina. Creían que estaba muerto, pero no podían acercarse hasta él porque Oso le estaba cuidando y amenazaba con morder a quien se acercara.

No recuerdo un vuelo de regreso más horrible, fueron ocho horas infernales donde me dio por pensar de todo. Cuando aterricé, ya habían resuelto el tema de Oso y mi padre estaba en el tanatorio. Creo que tardé algunos días en encajar el golpe. No podía creer que ya no estuviese, que se hubiese ido. Es una sensación extraña de explicar, sobre todo cuando te sientes huérfano, porque ya no están tus padres.

Pasaron las Navidades y regresé a Miami con Oso. Tardé mucho tiempo en volver a Barcelona. Y Oso me acompañó en todas mis aventuras. Profesionalmente me convertí en un presentador de éxito en la radio en Estados Unidos, porque el programa que conducía, *Efectos Secundarios*, empezó a crecer en audiencia y pasó a ser un referente. En lo personal luchaba a diario por recuperar mi alegría, y el vivir en Miami, lejos de todo mi mundo, y con el mar cerca me lo puso algo más fácil.

También me ayudaron los buenos amigos como Oriol. Una de esas cosas geniales que me regaló Miami fue un amigo del alma, piloto de carreras profesional, divertido, buena gente, alguien con quien contar en cualquier circunstancia. Compartimos durante varios años casa y aventuras y estábamos al tanto de casi todo lo que nos iba ocurriendo. Oriol pasó a formar parte de mi vida casi desde que llegué a Florida. Él ya llevaba un tiempo corriendo y triunfando en América, pero nuestra relación venía de atrás.

Por circunstancias de la vida, yo había entrevistado y tratado un montón de veces a otros miembros de su familia: a su padre, también piloto, Salvador Servià, con el que coincidí primero en los rallies y después en su etapa del Dakar, cuando se disputaba en África. Y también a su tío José María, piloto con el que coincidí en los tiempos dakarianos.

Oriol y yo teníamos muchos amigos vinculados al mundo del motor, porque debido a mis más de diez años viajando por el mundo con la cobertura especial del Mundial de Rallies fuimos sumando amistades comunes.

Nunca pensé que llegaríamos a compartir casa, pero así fue. Las circunstancias y sobre todo la buena sintonía (compartíamos la afición a los coches, al deporte y a la vida en general) nos unió.

***

Una mañana de primavera amanecí sentado en la escalera del patio de mi casa en la calle Cuarenta y nueve Oeste, en Miami Beach, mirando fijamente la caja azul. Llevaba varios días dándole vueltas al asunto, con ganas de cumplir la promesa que me había arrancado mi madre. Cogí la caja de la mesilla de noche, en la habitación más bonita que he tenido nunca. Una estancia inmensa, con los suelos de madera oscura y con vistas al jardín de palmeras y mangos. Tenía una puerta acristalada que daba al patio central de la casa. Un patio donde las losas de piedra y la vegetación se entremezclaban, todo rodeado de flores. Las habitaciones, el salón y la cocina daban a ese espacio mágico de paz.

—¿Qué haces mirando esa caja? ¿Es un regalo? Ábrelo.

Oriol se acababa de levantar y salía de la cocina con una taza de café en la mano. Se había puesto un pantalón corto, una camiseta arrugada y unas chanclas. Ocupaba la habitación del otro lado del patio, la más cercana a la cocina, así que no nos habíamos cruzado esa mañana hasta entonces.

—No, es la caja que me dio mi madre antes de morir.

Oriol me miró, bebió un poco de café, hizo una mueca moviendo la cabeza y lanzó una de sus frases.

—Creo que ya estas tardando en abrirla, ¿no te parece?

Tenía toda la razón, había llegado el momento de abrir la caja azul. Pero eso era caminar de nuevo por el complicado mundo de la pena y el dolor.

—Me está costando, Oriol, llevo días dándole vueltas, pero no sé muy bien qué me voy a encontrar.

—Pero ¿no sabes qué hay dentro?

—Sí y no —respondí dubitativo.

Oriol se estaba despertando de golpe, no terminaba de entender qué pasaba con esa caja.

—Pero ¿lo sabes o no?

—Sí, seguramente es la historia de mi abuelo o parte de ella. Desapareció en combate en el Ebro, en el 38. Y me imagino que me toparé con un montón de documentos que explicarán por lo que pasó mi familia en esos días.

—Por el amor de Dios, José Antonio, abre la caja ahora mismo y vamos a ver qué hay.

Oriol estaba tan ansioso como yo, quería saber qué le había sucedido a mi abuelo y qué tesoros escondía la caja. Le parecía sorprendente que no lo hubiera hecho en todos esos años. La diferencia era que él no estaba pasando por las dudas emocionales que me provocaban tanta indecisión.

—Está bien —dije—, vamos a ello.

No estaba convencido, pero no había vuelta atrás. La cogí con las dos manos y la apoyé sobre mis rodillas. Oriol se sentó a mi lado y dejó el café en el escalón. Deshice con cuidado el nudo, y mientras lo hacía pensaba en mi madre cerrando esa caja por última vez. Abrí la tapa con cuidado y ahí estaba todo. La primera impresión fue de emoción al ver un montón de documentos antiguos y, encima de todos ellos, un sobre blanco con mi nombre escrito a mano. Inmediatamente después, una foto de mi abuelo vestido de militar, justo la que yo recordaba. Aparté el sobre con mi nombre y rebusqué un poco: cartas, documentos de campos de concentración y de la Cruz Roja, recortes de periódicos, postales, cartillas de identificación de la España de la República…, hasta un reloj de bolsillo. Respiré profundamente un par de veces, el corazón me iba a mil por hora, y abrí el sobre que estaba a mi nombre. Había varias hojas escritas por una cara… Era fácil reconocer la letra de mi madre en todas ellas y la tinta de su pluma azul.

Oriol, al ver la expresión de mi rostro y la cantidad de información que había dentro de la caja, se dio cuenta de que todo esto me iba a llevar tiempo. Así que, respetuoso, decidió dejarme solo. Sabía que si tenía algo que consultarle, lo haría más tarde o más temprano.

Querido hijo, si estás leyendo esta carta es que todo ha terminado…

No pude seguir, lloré durante un buen rato, me dejé llevar y saqué toda la pena que aún me acompañaba. Lloré por ella, por mi padre, por la locura de esos años donde la muerte llamó a la puerta de mi casa y se fue llevando uno tras otro a todos los míos.

No sé muy bien por dónde empezar a contarte todo lo que no te he explicado en vida. Quiero que sepas que si no lo he hecho, ha sido por el dolor que suponía remover todo lo que nos pasó durante los años de la guerra y que nos marcó para siempre. No hay ninguna otra razón, nada de qué avergonzarse, ni ningún secreto inconfesable.

Me costaba mantener el ánimo, porque según iba leyendo cada frase, visualizaba a mi madre a mi lado, susurrándome lo que había escrito. Su voz me contaba su historia. Me sigue pasando ahora cada vez que leo esa carta.

***

1938 fue el peor año de nuestras vidas, nuestro mundo desapareció de repente, sin previo aviso. Tu abuela Joana no fue capaz de sobreponerse a la muerte de su hijito y a la marcha del amor de su vida, Antonio.

Yo era una niña feliz a principios del 38, tenía cinco años y vivíamos en Badalona en los bajos de la calle Clavé número 14. Me pasaba el día jugando con mi hermano José, que tenía tres años. También estaba aprendiendo a leer y a escribir. Me habían inscrito en un colegio cerca de casa, pero a principios de año aún no había ido a clase.

Mi padre era muy paciente conmigo, lo recuerdo leyéndome cuentos y animándome a escribir primero letras sueltas, después alguna palabra. Conseguir papel o lápices no era cosa fácil, pero papá y la tía Teresa los traían de sus trabajos en Barcelona.

Durante la guerra, la casa era una revolución. Había sido alquilada por los abuelos Antoni y Francesca y allí vivían junto a su hija Teresa. Justo cuando comenzó la guerra, mis padres pensaron que era más seguro para todos vivir en Badalona, así que nos acogieron: a mis padres, a mi hermano José y a mí.

Siete en total, repartidos en tres habitaciones, bastante espaciosas: un salón comedor; una cocina, donde mandaba la abuela Francesca; la galería con sus cristales de colores, que era el rincón preferido de mis padres. Se pasaban horas charlando y leyendo la prensa, y de paso nos controlaban mientras jugábamos en el jardín.

Sí, teníamos un pequeño espacio verde donde disfrutar fuera de las calles, con un inmenso árbol, era un palo santo, y comíamos caquis en invierno. La abuela había plantado un huerto que nos ayudó a subsistir durante la guerra, con tomates, lechugas, berenjenas, zanahorias. Plantaba todo lo que conseguía. Mis padres soñaban con aportar alguna gallina o patos, pero en tiempos de guerra era imposible tener nada vivo sin que terminara en la cazuela, el hambre podía con las ilusiones y los sueños; nunca pasó, jamás aparecieron gallinas ni patos.

La realidad del día a día era muy distinta en esa pequeña burbuja que se había formado a nuestro alrededor. Me refiero al mundo de semifelicidad en el que vivíamos José y yo, gracias al esfuerzo de todos para hacernos olvidar el espanto.

Lo cierto es que la guerra llamaba con fuerza a la puerta a todas horas. Recuerdo las sirenas y la trompeta del sereno avisando de bombardeo. En segundos, toda la familia corría a la escalera de la entrada y allí nos refugiábamos. Tengo grabado a fuego el estruendo de las explosiones.

Mientras estoy aquí sentada en mi escritorio, soy capaz de recordar sin esfuerzo lo que vivimos el 25 de enero 38. Por la mañana temprano empezaron los bombardeos, las primeras bombas cayeron sobre Barcelona, pero fue tal el estruendo que las sirenas enseguida comenzaron a sonar en Badalona, pues estaba claro que pronto sería también bombardeada. Aún escucho a lo lejos el estrépito de las explosiones y el aullido de las sirenas; los cristales de la casa se estremecieron. Hacía poco rato que Teresa y papá habían salido camino a la parada del tranvía para ir a trabajar. No habían dejado de sonar las sirenas y aparecieron por la puerta, jadeando y asustados.

—Corred, estamos aquí en la escalera —gritó Joana—. ¿Estáis bien?

—Sí, sí —respondió Antonio.

—No hemos tenido tiempo ni de subirnos al tranvía y ya hemos escuchado la primera explosión —añadió la tía Teresa.

Joana besó y abrazó a papá. La tía Teresa nos estrujaba con fuerza a mi hermano José y a mí, mientras recuperaba un poco el aliento.

—Qué locura, todos hemos corrido a refugiarnos, he visto a alguno de los vecinos. Estaban esperando que todo pasara, agachados en el portal.

A las nueve, el peligro había pasado, el sonido de las sirenas daba por terminado el bombardeo. Francesca preparó café con leche para papá y la tía Teresa, se lo bebieron de un trago y salieron a toda prisa. Esa noche nos contaron lo que habían tenido que caminar, diez kilómetros desde casa hasta el centro de la ciudad. Les había sido imposible subirse a ningún tranvía con toda la gente que andaba por la calle. Pero ese 25 de enero fue un día muy largo y solo estaba comenzando. Cuatro horas después, sonaron las sirenas por segunda vez.

—Tranquilos, niños, suenan lejos.

Joana nos abrazaba con fuerza mientras seguían las explosiones.

—¿Os he contado la historia del osito que era amigo de las abejas?

La abuela Francesca siempre tenía una historia para esos momentos. Estaba aterrada, pero le conmovía vernos tan niños pasando tanto miedo.

—Pues os la cuento: Osito siempre tenía mucha hambre y le encantaba la miel. Un día después de buscar y buscar, y cuando ya se había dado por vencido y pensaba que le tocaba pasar sin comer, vio a una pequeña abejita atrapada en una gota enorme de agua sobre una flor.

—¿Una flor blanca como las del jardín? —pregunté.

—Sí, un precioso lirio blanco lleno de agua, Juana. La abejita se movía intentando escapar, pero cada vez le quedaban menos fuerzas, y poco a poco…

Tres enormes explosiones seguidas pusieron a prueba a Francesca, que respiró profundamente para intentar continuar con la historia. Era mediodía, pasadas la una y media, y las bombas cayeron en la calle Industria, en el número 89, destrozaron el tejado de una fábrica y murió un trabajador y otros cinco quedaron heridos. Las bombas caían por primera vez sobre Badalona en este nuevo año.

Terminado el bombardeo, la gente salió a la calle para pasar por los hospitales y ver si habían herido a familiares o conocidos. Las sirenas de las ambulancias y de los bomberos inundaban la ciudad.

—Joana, vamos a llamar a Can Monegal —era la oficina donde trabajaba la tía Teresa en Barcelona—, para que avise a Antonio de que estamos todos bien.

Francesca ya había salido del refugio de la escalera y estaba sufriendo por su hijo Antonio y su marido, pues los dos estaban trabajando en Barcelona. No fue fácil comunicar con Can Monegal, y cuando lo logró, la tía Teresa le contó con todo detalle cómo las otras bombas habían caído en Barcelona y habían matado a más de cuarenta personas. Según decían en la radio, había al menos cien heridos. Al final los heridos fueron setenta y siete. Las bombas cayeron en la calle Viladomat, desde la calle Manso hasta la Cárcel Modelo. Por suerte para la familia, todo había quedado en un gran susto, estábamos bien y yo quería saber qué fue del oso y la abejita.

—¿Y qué le pasó a la abejita? —le pregunté a la abuela Francesca que con las prisas por avisar a todos nos había dejado a medias.

Francesca sonrió y mientras me cogía con fuerza la mano, por algo era su nieta favorita, siguió con la historia.

—Fue salvada por el oso y, como recompensa, la abejita le invitó a un buen bocado de la mejor miel, y se hicieron amigos y fueron felices.

Mientras la abuela terminaba la historia, mamá estaba en el portal de casa hablando con las vecinas del miedo que habían pasado y de cómo se resguardaron en la escalera. Todos coincidían en que los refugios estaban demasiado alejados y que no les daba tiempo a llegar hasta ellos. Las últimas semanas, en las reuniones de distrito se decidió buscar entre todos algún lugar cercano donde refugiarse y reforzarlo, pero no lo encontraron.

El día a día en Badalona pasaba por comprar comida. Se turnaban mamá y la abuela. El abuelo Antoni, papá y Teresa trabajaban y pasaban parte del día en Barcelona, así que lo tenían más complicado. Antes de ir de compras, me he dado cuenta de que no te he contado muchas cosas del abuelo Antoni, tu bisabuelo, un hombre robusto, no muy alto, en la media de la época, aunque era más bajo que papá. La vida no se lo puso fácil, pero supo aprovechar sus oportunidades, ganar algo de dinero, suficiente para no pasar muchas penurias en aquellos días de zozobra. Parte de su pequeña fortuna vivía escondida en botes en cada rincón de la casa, lejos de nuestro alcance. Le encantaba debatir por todo, cualquier excusa era buena para entablar una gran charla familiar; eso sí, siempre le llevaba la contraria a todos y por supuesto creía tener razón. No lo vi nunca asustado, ni con las bombas. Tenía un gran corazón, era muy sensible y repartía amor y cariño a cada paso que daba. La desaparición de su hijo en el Ebro le sumió en una tristeza de la que nunca salió.

Ahora sí, te voy a contar cómo era el mercado, ese bazar donde los precios subían y bajaban a gusto de los vendedores. Unos días daban un pan de medio kilo para dos personas; otros solo un trozo, por unos cuarenta céntimos. A veces, cuando tenían muy poco pan para vender, lo acompañaban de un par de cebollas o de un trozo de chocolate.

Los pescadores de Badalona seguían faenando, ya no se alejaban de la costa por miedo, pero lo que conseguían lo vendían al precio que les daba la gana. Y eso que supuestamente había control por parte de las autoridades para que no pasara.

Recuerdo una mañana que acompañé a mi madre. Muchos días iba a regañadientes, porque prefería quedarme jugando en casa. Pero todo formaba parte de una estrategia urdida por las mujeres para conseguir mejores precios, y funcionaba. Llegaba al mercado con cara de pena, medio llorando, yo en plena pataleta por querer volver a mi mundo, a jugar con mi hermano, y mi madre les contaba a los vendedores que lo que me pasaba se debía al hambre y la necesidad. El resultado era que siempre lograba mejores precios, negociando a la baja.

Ese día, una vecina nos había avisado de que habían traído sardinas, y allí que nos fuimos. Cuando llegamos al mercado, se había montado una buena entre las pescaderas y algunos compradores. El tercio de sardina estaba a ocho pesetas, un abuso en toda regla, su precio tenía que ser de no más de cuatro pesetas. La gente, muy cansada de tanta picaresca y hambrienta, optó por los puños y los palos, y los milicianos armados tuvieron que intervenir para poner paz.

Al final, bajo cuerda nos tocó pagar cinco pesetas con cincuenta céntimos, pero comimos sardinas.

Pero ese 25 de enero terminó de una manera muy especial. Al anochecer el cielo cambió de color. Estábamos en casa, los pequeños ya íbamos camino de la cama y en el comedor habían terminado de cenar todos menos la tía Teresa. Ella había tardado más de una hora en llegar de Barcelona, pues le tocó volver caminando desde la plaza Urquinaona porque no funcionaban ni los autobuses ni el tranvía. En la calle, el silencio de la noche se convirtió en un murmullo que llegaba a través de la ventana. El cielo se había teñido de rojo y blanco, los vecinos estaban asustados y creo que nosotros también.

—¿Qué está pasando?

Escuché preguntar al abuelo Antoni desde la puerta a los vecinos. No faltaba nadie, desde todos los portales y también desde las ventanas las cabezas asomaban mirando al cielo.

—Es el reflejo de un gran incendio, Antoni, o alguna de esas armas secretas que vienen de Alemania —le dijo la señora Rosa, que por lo visto estaba al tanto de algún secreto armamentístico que los demás desconocían.

José y yo saltamos de la cama y nos acercamos primero a la ventana, pero poco o nada se veía, y nos aventuramos a ir hasta puerta. Ahí estaban los abuelos, mamá y papá. Mi padre al verme asomando la cabeza me cogió en brazos, y detrás apareció José, que terminó en los brazos de mamá.

—Antonio, los niños deberían estar durmiendo —protestó Joana.

—Ahora me los llevo —respondió—. No te preocupes, cariño.

—No me extraña que estén despiertos, con todo este revuelo no se puede dormir —afirmó la tía Teresa mientras me hacía una carantoña.

Era raro ver tanta luz a esas horas. Había bajado la temperatura y la calle seguía llenándose de vecinos que miraban hacia el cielo.

—Antonio, hijo, los niños se van a quedar helados, están descalzos —insistió la abuela Francesca—. Mejor que se acuesten ya.

Estaba claro que la aventura tocaba a su fin. Cambié los brazos de mi padre por los de la tía Teresa, no sin protestar, y terminé en la cama junto a mi hermano mientras todos seguían en la calle pendientes del cielo de colores.

Dos días después y ante la alarma provocada, *La Vanguardia* publicó que el fenómeno nocturno había sido una aurora boreal. Fue la primera y única aurora que vi en mi vida y lo hice junto a mi hermano. Algunas vecinas pasaron días hablando de castigos divinos y maldiciones. La guerra ya era suficiente desastre.

Esos primeros meses del 38, los bombardeos, los problemas de luz, gas y comida eran el pan de cada día. El miedo por las represalias, los famosos paseos, que por entonces aún seguían, se juntaban con la guerra y el hartazgo era general. Recuerdo ver pasar por delante de casa familias enteras cargadas con las pocas cosas que habían podido salvar en su huida, porque el frente se movía rápido de pueblo en pueblo, de ciudad en ciudad, y muchos optaron por salir corriendo;

algunos tenían carros tirados por animales, tan exhaustos y famélicos como los dueños, otros solo animales, pero la mayoría ni lo uno ni lo otro, así que iban a pie. Cuando los veía, me invadía la tristeza. No sé la razón, pero tengo presente la imagen de una mujer llevando unos cuadros. Me quedé sorprendida, porque estaba acostumbrada a verlas cargando fardos de todos los tamaños, pero esa mujer solo llevaba dos cuadros, nada más. Caminaba algo apartada del resto de las personas aferrada a sus cuadros, que claramente eran su vida.

⁂

Paré de leer la carta de mi madre por un rato. Su voz se apagó en mi cabeza. Entonces comencé a buscar información sobre lo que estaba sucediendo en el frente entre finales del invierno del 37 y las primeras semanas del 38. Quería averiguar a qué correspondían los recuerdos de Juana. Yo no sabía mucho por entonces de la Guerra Civil, tan solo algunos nombres de políticos y militares, batallas puntuales… Pero muy poco, y eso me tenía desconcertado. ¿Por qué apenas sabía de una guerra que había marcado de esa forma a mi familia? Además, tampoco habían pasado tantos años.

Cuando releo las líneas de mi madre sobre la noche de la aurora boreal sigo pensando que fue una noche mágica para ella y seguramente para la familia y los amigos. Todos reunidos frente a un evento insólito. No me atrevo a decir que todo cambió esa noche, pero casi. Lo que vino después fueron imágenes de dolor, la llegada de los refugiados, asustados, la muerte de José y la marcha de Antonio al frente.

El 25 de enero es uno de los últimos recuerdos especiales donde estaban todos juntos en medio del caos de la guerra. La aurora boreal fue como una premonición, como ese momento feliz antes de la catástrofe definitiva.

Por cierto, en cuanto a los bombardeos que describe Juana en la carta, me encontré con un viejo papel mientras iba documentándome que complementaba algunas cosas que cuenta mi madre. Se trataba de un bando del alcalde de Badalona, Frederic Xifré. Algunos fragmentos ayudan a entender mejor cómo se reaccionaba a los bombardeos.

> En caso de que se apaguen las farolas públicas, esto significa que se va a producir un bombardeo. Los serenos* darán señal de alarma mediante tres toques de trompeta, todas las fábricas y los talleres harán funcionar sus sirenas durante tres minutos.
>
> Mientras siga la alarma, todas las farmacias han de estar abiertas. Los vecinos tienen obligación de apagar las luces y cerrar puertas y ventanas. Los infractores serán castigados.

Estas eran algunas de las normas que tenían que seguir los ciudadanos, y entre ellos mi familia, desde el inicio de la guerra en 1936. Este bando, para ser exactos, tiene fecha del 18 de diciembre.

---

* *N. del A.:* Los serenos eran vigilantes que por las noches rondaban por las calles para velar por la seguridad de los vecinos. Desaparecieron a mediados de los setenta.

¿Por qué nunca llegué a ese temario, el de la guerra, cuando estudié historia en el colegio? ¿Por qué no me habían contado nada de todo esto? Poco a poco me di cuenta del daño que nos ha hecho el silencio y el no curar las heridas.

Esta sería la tónica con cada una de las cartas y de los documentos que iría encontrando en la caja azul. Sentiría esa necesidad inmediata de buscar información. Tendría continuamente esa hambre de saber. De esas cartas surgían otras historias sobre la guerra y otros nombres de los que quería saber más.

Pero lo que me interesó también en esa primera lectura fue la mención que hacía mi madre de esas familias cargadas de enseres, gentes exhaustas y famélicas. ¿Por qué? ¿Qué estaba pasando realmente? El 22 de febrero de 1938 las tropas franquistas entraron en Teruel, después de dos meses y ocho días de lucha. Cerca de cien mil soldados de los dos bandos cayeron muertos, heridos o desaparecieron. El frío fue el gran protagonista, como en ninguna otra batalla de la Guerra Civil. Algunos historiadores coinciden que técnicamente la batalla de Teruel terminó en empate, otros alaban las decisiones de Franco. Por el bando republicano, Valentín González González, «el Campesino», se llevó la peor parte. Era un militar comunista y fue señalado por abandonar el frente y a su suerte a los hombres que combatían bajo su mando. Algo de verdad habría en esas acusaciones cuando sus propios compañeros le trataban de miserable y ruin, según varias fuentes que consulté en su momento. Al finalizar la guerra, y después de varios periplos, terminó en la Unión Soviética, donde también tuvo problemas. No regresó a España hasta 1977.

La realidad, opiniones de historiadores aparte, es que Teruel estaba bajo control franquista. Sin proponérselo, Franco tenía el camino abierto hacia el Mediterráneo. Todo esto provocó el movimiento de refugiados a los que hacía referencia Juana en su carta, los que veía pasar huyendo con sus cuatro cosas, y ese movimiento seguiría aumentando hasta abril.

Después de Teruel, la ofensiva de las tropas sublevadas continuó por el Bajo Aragón, Belchite, Alcañiz y Caspe. Poco a poco proseguía el avance en esa zona. Ni las Brigadas Internacionales, sobre todo la XII y la XIV, pudieron impedirlo. Para el 22 de marzo se repitió la situación, esta vez en la parte norte del Ebro. Las tropas de Franco cruzaron el Ebro el 23 de marzo, y en ese avance se ocupó Barbastro, Boltaña, Tremp… Importantes instalaciones hidroeléctricas pasaron a control franquista, se cortó el fluido hacia Barcelona y toda el área industrial quedó desabastecida. Del desastre del X Cuerpo Republicano solo se salvó la 43 división, la Heroica, resistiendo en la Bolsa de Bielsa. Esta historia, la de la Heroica, se la había escuchado a mi abuela paterna, a la yaya María, nacida y criada en el Pirineo aragonés, en Yosa. Conocía a alguien, hoy sospecho que era de la familia, que luchó en la 43. Jamás dijo de quién se trataba, entiendo que sobrevivió y no quiso comprometerlo. Porque aunque no forman parte de este libro, las mujeres de la familia de mi padre también eran guardianas de la memoria. Ellas me contaron historias de la guerra. Y la resistencia de los republicanos en la Bolsa de Bielsa es un relato que merece ser recordado.

Según contaba mi abuela María, nuestro protagonista sin nombre llegó a Broto, cerca de Yosa, en marzo del 37.

Durante todos esos meses de 1937 pasó a formar parte de alguna de las unidades de la Agrupación de Montaña de los Pirineos. Gran conocedor del territorio, fue destinado a la unidad de exploradores, así que claramente iba de avanzada o tenía alguna misión de observador. Gracias a este relato y al amor de la yaya por su tierra escuché por primera vez los nombres de Biescas, Sabiñánigo, Ainsa, la Sierra de Chia, Plan, Benasque y la Bolsa de Bielsa.

La Heroica aguantó hasta mediados de junio en esa famosa bolsa, porque la 43, cuando se desmoronó el frente, decidió no huir y resistir. Y así fue durante sesenta y tres días de bombardeos, de guerra de guerrillas, de desigualdad numérica y de ir quedándose sin municiones y sin nada. Vivían de lo que tenían, de lo que conseguían en los pueblos y de lo poco que pasaban de contrabando por las montañas desde el lado francés. A partir de abril, ante los bombardeos salvajes de italianos y alemanes, ayudó a evacuar a la población civil hacia Francia.

El cruce por la montaña, según relataba nuestro protagonista sin nombre, fue en condiciones terribles de frío y nieve. La gente abandonaba lo poco que había salvado de sus vidas en cuanto el camino se ponía cuesta arriba. Los pasos estaban helados y con abundante nieve. Cruzar por el puerto suponía estar por encima de los dos mil metros. Se armaron cocinas de campaña sobre la marcha para dar platos calientes a todas aquellas personas que huían. Al otro lado, a los que conseguían llegar, los gendarmes franceses los esperaban con bebidas calientes y leche. Ayudaron a los niños y a las mujeres, pero días después todos terminaron en los campos de refugiados.

En junio ya no quedaba población civil a la que proteger, ni municiones ni víveres, y se había resistido en la zona durante más de tres meses, llegó entonces el momento de retirarse. Los supervivientes de la 43 cruzaron por el Puerto Viejo de Bielsa hacia Francia (aunque lo cierto es que hoy en día sigue la discusión sobre por dónde se cruzó exactamente). Atrás quedaron villas enteras destruidas y despobladas, pero se salvaron más de siete mil hombres, entre ellos nuestro protagonista. La mayoría de estos soldados regresaron a Cataluña y continuaron luchando por la República. Un pequeño grupo, poco más de cuatrocientos, se pasó al bando sublevado. Casi todos siguiendo a sus familias y esposas que habían quedado al otro lado; no era cuestión de ideales, se trataba tan solo de ir donde estaban los suyos.

El 3 de abril, Franco ocupó Lérida y al sur del Ebro prosiguió la ofensiva. Las imágenes que recordaba Juana en su carta de la gente huyendo eran consecuencia de estos meses de ofensivas. Para entonces la zona republicana estaba dividida, partida en dos. A nivel político todos los errores se achacaron al socialista Indalecio Prieto, ministro de Defensa que abandonó la cartera el 5 de abril. Negrín la asumió como presidente del Gobierno.

Tras ese paréntesis que hice para recopilar y contextualizar la carta de mi madre, retomé su lectura. Tenía ganas de saber más. La maquinaria ya se había puesto en marcha, y yo ya deseaba contar una historia con muchas voces, pero con un gran protagonista: mi abuelo. En la carta, mi madre me narraba todo como si fuese una novela, incluso escribía anécdotas donde ella no pudo ser testigo, pues era muy niña, pero que sí sabía porque había ido recopilando toda la información que le contaron su madre, Joana, y mi tía Teresa. La verdad es que cada vez que me disponía a leer sus palabras, no podía evitar trasladarme con mi mente a aquellos momentos e imaginar lo que vivió mi familia. Mi madre hacía que mi imaginación volase. Era como si me sentase yo solo en una gran sala de cine y en la pantalla se proyectase la vida de mi familia. Ahí estaba yo en la casa de Badalona, haciendo compañía a mis abuelos, enterándome de sus miedos.

✸✸✸

—Ya estamos otra vez a oscuras.

Antonio llevaba un buen rato intentando leer, pero la luz no jugaba a su favor esa noche. Las velas hacía tiempo que formaban parte del decorado de la casa, junto a un par de lámparas de parafina.

—Seguro que en un rato está de vuelta, no te preocupes —dijo Joana.

—¿Los niños ya duermen?

—Todos están dormidos. Tu hermana y tus padres también.

—¿Así que estamos tranquilos, querida Joana, tú y yo? —preguntó Antonio.

—Totalmente solos y con la casa para nosotros, a la luz de la vela.

Era difícil en esos días poder disfrutar de algo de intimidad en una casa tan concurrida. Los dos reían mientras se fundían en un apasionado abrazo. Pero Joana notó a

Antonio algo más tenso de lo normal. Él era siempre el positivo, el que daba ánimos a la familia, sin embargo, esa noche algo pasaba.

—¿Va todo bien? —preguntó Joana mientras le besaba la mejilla.

—Sí —respondió Antonio.

—Pero pareces nervioso.

—Lo estoy.

La rotunda respuesta de Antonio hizo que Joana aflojara el abrazo y, sin terminar de soltarlo del todo, lo mirara de frente, a los ojos.

—¿Algo del trabajo?

—No, eso está perfecto. —Antonio intentó rebajar la tensión.

—Entonces ¿qué sucede?

—Las noticias de estos días me tienen muy preocupado, la petición de voluntarios para ir al frente por parte del Ayuntamiento de Badalona, lo que se dice en los sindicatos… Quieren movilizarnos a todos. No sé, Joana, no me gusta.

—Pero ¿crees que te pueden mandar a la guerra?

—Creo que si las cosas siguen así y la República se desmorona, nos van a llevar a todos, jóvenes y no tan jóvenes. No quiero preocuparte, pero deberíamos tener algo previsto por si acaso.

Joana tardó en reaccionar, pero en realidad ella también tenía ese temor. Solo que no quería pensarlo, no quería vivir ese instante, no lo aguantaría. Todo estaba yendo a peor y seguramente les afectaría de alguna manera, pero lo borró de inmediato de su cabeza.

—La semana pasada cuando fui a Martorell, me preguntaron sobre la posibilidad de incorporarte a filas, pero les dije que no, que no sabíamos nada. Me quedé muy preocupada, pero no te lo quise decir porque no me pareció una posibilidad real.

Joana hizo una pequeña pausa.

—Estaba tan asustada de imaginar que algo así podía pasar que me bloqueé. No pueden llamarte para ir a la guerra, Antonio. No nos pueden hacer esto.

Antonio la estrechó con fuerza entre sus brazos.

—Tranquila, vamos a esperar, no nos pongamos en lo peor, Joana —le susurró mientras la besaba.

La conversación quedó zanjada por el momento. Pero Antonio estaba convencido de que ese día estaba cerca. Probablemente le tocaría dejar a los suyos atrás. Pero guardaba una carta escondida, quizá tenía una posibilidad de librarse por un asunto de salud. A principios de abril del 38, en Cataluña nadie lo verbalizaba, pero muchos de los hombres que no habían sido movilizados temían que más pronto que tarde, la República reclamaría un nuevo sacrificio a sus «hijos». Y así fue.

***

Dejé de nuevo reposar el relato de mi madre. Mi particular pantalla de cine dejó de proyectar. Entonces no pude evitar pensar en mi misión para el futuro con todo lo que contenía la caja azul. Iba a ser un recorrido largo y difícil. Una investigación profunda. Y sabía que tendría un fruto final: debía contar esta historia. No solo era una necesidad para mí, sino que también era una historia de amor. De amor a mi familia. Amor a todas esas mujeres que habían tejido recuerdos. Y amor hacia la figura de mi abuelo Antonio y su participación en la batalla del Ebro. En aquel momento todavía no sabía que iba a descubrir a un gran hombre y que mereciera tanto la pena recuperar lo que vivió.

3

PRIMEROS PASOS

Zabala Pujals, Antonio. Natural de Barcelona, nació el 1-10-1906, oficinista, hijo de Antonio y Francisca. Afiliado a la UGT. Desaparecido en el frente del Ebro en combate.

S.M. -Carp.1314. -Exp. 19.

Aquí comienza tu trabajo.
Te quiero.

Era todo lo que decía la última página de la carta de mi madre. No había escrito nada más, solo tenía enganchado con un clip metálico un trozo de papel con los datos del abuelo. Continué leyendo, pues pensaba que acabaría resolviendo el misterio, que encontraría alguna aclaración sobre el lugar al que tenía que ir y preguntar, pero no había ni una sola referencia, así que me concentré en aquella hoja. Estaba escrita a máquina y claramente era un resguardo de un archivo, de los que te dan después de hacer la petición con el nombre de la persona que buscas, para que sepas en qué carpeta está la información, en este caso la de Antonio. El problema era que ese papel tenía un error, la fecha de nacimiento estaba equivocada. No había nacido el 1 de octubre. Y estaba seguro de ello porque en otro papel, escrito a mano, figuraban los datos completos del abuelo. Por el tipo de trazos lo más probable era que la letra fuera de Francesca. En algún momento de la búsqueda ella había escrito aparte la información sobre su hijo.

—Esto está mal. Él nació el 2 de octubre —lo repetí susurrando un par de veces y lo dije en voz alta, una vez más, como si estuviera hablando con alguien, para intentar encontrar algo de lógica.

Era una incógnita que tendría que resolver. Quizá mi madre me hacía una advertencia con ese papel y me lo ponía a la vista para que lo tuviera en cuenta. La búsqueda se podía convertir en un rompecabezas si en los archivos figuraba mal la fecha de nacimiento. Así que ya desde el principio tenía un problema. La experiencia años después con *Vuelo 19* me ha enseñado que una sola cifra cambiada puede impedir que se encuentre lo que uno busca. En 2019 tuve la suerte de publicar mi primera novela y detrás de ella había todo un trabajo de investigación para la reconstrucción de lo que quería contar: la misteriosa desaparición de seis aviones al final de la Segunda Guerra Mundial, justo en la zona del triángulo de las Bermudas. Ese libro me está dando todavía muchas alegrías y dejó claro lo que me gusta contar historias y documentarme adecuadamente. En cierto sentido, también era lo que estaba haciendo con mi historia familiar:

investigar y buscar información para poder escribir un buen relato.

Ante ese papel me vinieron a la memoria los juegos que ella me organizaba de pequeño. Le encantaba poner en trozos de papel palabras sueltas, letras o algo dibujado a medias. Todo para que descubriera un animal o un objeto. Una especie de veo veo, pero con notas. Un buen método para estimular mi imaginación y tenerme entretenido durante horas. Caminé hacia el salón con la hoja en la mano y pensé en mi madre, en su cara de felicidad si me viera en semejante enredo. Necesitaba consultar algo con mi amigo.

—Oriol, ¿qué te parece esto?

Lo examinó con curiosidad, pero con cara de no terminar de entender nada.

—Parece algo oficial.—afirmó sin darle mayor importancia—. ¿No pone nada más?

Le dio la vuelta y fue en ese instante cuando me sobresalté.

—Espera, aquí hay algo más, en el reverso.

—A ver, déjame ver. —Se la quité de las manos con cuidado, lo último que quería era que se rompiera. Escrito a lápiz ponía: «PSET- EXP_ 25741». Este dato tampoco tenía mucho sentido para mí.

—¿Esto es parte de...? —preguntó.

—De..., no tengo ni idea. —Puse cara de bobo y nos reímos a la vez. Poco a poco la tristeza había dado paso a la curiosidad—. Creo que es de algún archivo, tal vez es una carpeta de documentos donde se explica qué le ocurrió a mi abuelo —afirmé con muy poca convicción.

Mi madre me había dejado una pista un tanto extraña. Pero ¿dónde estaría el expediente 19? Vacié la caja azul. No había nada ni remotamente parecido, ni notas similares, ni una sola referencia.

—Ya le puedes dar vueltas, amigo —insistió Oriol.

—Ya le estoy dando vueltas. —Me reí de nuevo.

La mayoría de los documentos de la caja azul eran cartas, que estaban organizadas por meses. En un primer montón, las enviadas desde el frente del Ebro. En el segundo, las que tenían que ver con la búsqueda. Había un tercer grupo y las señalé como muy personales, anteriores a la guerra, de unos viajes realizados por el abuelo en 1935. Todas estaban perfectamente ordenadas y separadas. Sobre todo, las que me ayudaron a reconstruir la historia fueron las del frente y las relacionadas con la búsqueda. Las terceras me ayudaron a conocer un poco más la personalidad de mi abuelo. Toda la información la habían ordenado y recopilado minuciosamente. Algunas cartas o documentos no sé cómo llegaron a la caja azul, pero ahí estaban para que pudiese construir un relato apasionante. Algunas, durante la investigación, pude sospechar cómo habían terminado en esa caja, pero en cambio otras no me ha sido fácil saber cómo llegaron hasta ahí. Solo me queda admirar la labor de búsqueda que realizaron las mujeres de mi familia. No solo ellas estuvieron en ese proceso, nombres de amigos o familiares a los que no he podido identificar ayudaron también, en especial a finales de 1938 y durante 1939. Claramente, a partir de 1940 toda la búsqueda fue cosa de ellas.

El tono sepia era el que dominaba, el papel a través del tiempo había tomado ese color. Otras hojas parecían manchadas y su aspecto era más parecido a un clavo oxidado, sobre todo en los pliegues, justo por donde estaban dobladas. En un último grupo dominaba el gris, pero solo en parte: el color se había apoderado de ellas a trozos, como si se tratara de pliegos independientes.

Junto al primer montón había otro de postales, numeradas y selladas, que costaban veinticinco céntimos. Estaban escritas por una cara y por la otra se podía leer en letras grandes: «¡Ciudadanos!, nuestro glorioso ejército defiende la patria con las armas. Tú puedes defender la economía patria depositando tu dinero en la caja postal de ahorros». Todas eran del frente, enviadas por Antonio. En algunas reclamaba noticias; en otras, la mayoría, respondía a las explicaciones familiares que le llegaban.

Por otra parte, si las cartas habían sufrido claramente con el paso de los años, las fotografías estaban intactas. En tres de ellas, en blanco y negro y de tamaño pequeño, se veía a un hombre montado a caballo. Imaginé desde el primer momento que eran de mi abuelo Antonio. En esas fotos costaba identificarlo. Luego estaba la fotografía grande, en perfecto estado, donde mi abuelo aparecía vestido de militar con un gran sable y botas de montar con espuelas. Posaba de pie, frente a una cortina negra, en un salón con el suelo de mármol. Esa imagen, tengo que reconocerlo, me tenía hipnotizado.

No había ninguna más, y eso me entristecía. Tan acostumbrado a nuestra época digital, donde las fotografías nos invaden, tener solo tres imágenes del abuelo me daba mucha pena, porque hubiese deseado verlo en alguna más, pero la caja solo contenía esas y además únicamente en una de ellas se le reconocía.

El resto de los objetos de la caja eran una mezcla de recuerdos personales. Un reloj de bolsillo plateado, de esfera blanca y números romanos en negro, con un cristal trasparente que permitía ver toda la maquinaria. Lo manipulé y, eureka, funcionaba. Por un instante pensé en ponerlo en hora, aunque al final no lo hice. No sé la razón, pero no quise cambiar la hora. Quién sabe qué día de qué año se había parado a las nueve menos cuarto. Junto al reloj había otro pequeño grupo de cartas enviadas desde Buenos Aires y un rosario… Eso era todo.

El reloj tengo la sensación de que era de Antoni, mi bisabuelo. O tal vez de Antonio, quizá no se lo llevó el día que se fue de casa para incorporarse a filas. El rosario es más moderno, probablemente perteneció a alguna de las cuatro tejedoras de la historia familiar y lo guardó con cariño en la caja.

Pero la otra gran historia era la que escondían las cartas de Buenos Aires. Yo conocí a parte de la familia de Argentina. Ellos decidieron marcharse años antes de que estallara la guerra, seguros de que las cosas en España no terminarían bien. Se fueron casi todos, pero mi bisabuela Francesca se quedó. La familia argentina era Pujals de apellido, igual que el de Francesca. Gracias a sus envíos de comida la vida fue más llevadera en Badalona, no solo durante la guerra, sino también en la posguerra.

Me consta que intentaron convencer a mi bisabuela para que todos salieran de Barcelona por mar y comenzaran de nuevo en Buenos Aires. Nunca sucedió, quizá la historia habría sido muy distinta para todos ellos, especialmente para Antonio.

Teresa Pujals era la hermana de Francesca e hizo desde Buenos Aires todo lo que pudo y mucho más por ayudar a la familia. Yo conocí a sus tres hijos: Carmen, Rosa y Jorge. Más o menos tenían la misma edad de la tía Teresa y de mi abuelo Antonio. Vivían en Adrogué, entonces en las afueras de Buenos Aires, hoy un barrio más de la ciudad. Les pude visitar varias veces cuando cubría el Mundial de Rallies para Canal Plus. La vida se los fue llevando y yo desafortunadamente, tras su muerte, perdí contacto con esa parte de la familia.

Nunca imaginé, ni me contaron, lo importantes que fueron para la supervivencia de los míos. De nuevo el silencio, el maldito silencio que, transcurridos más de ochenta años, sigue acompañándonos. En sus cartas, desde la distancia, se huele la preocupación que pasaban por los suyos. No debía de ser fácil la ida y venida de noticias y de paquetes. Si mi abuelo en el Ebro sufriría con las noticias de los bombardeos en Badalona, esperando que todos estuvieran bien, me imagino cómo fue la espera al otro lado del océano.

Aparté por un momento la mirada del correo de Argentina y me puse de nuevo a rebuscar entre la correspondencia. Revisé una a una, el objetivo era encontrar alguna carta escrita a máquina. Por si había alguna que pudiera lanzarme una pista para descifrar ese papel que me había dejado mi madre en su carta dirigida a mí. Y sí, hallé un sobre oficial, era muy diferente a los demás, un poco más grande de tamaño, y eso hacía que destacara. La carta estaba fechada en Burgos:

20 de diciembre de 1938
III Año Triunfal

Inspección Campo de Concentración de Prisioneros de Guerra, Negociado 3 Información. Dirigida al Sr. Agustín Trilla, San Sebastián.

Muy Señor mío: Contestando a la información solicitada sobre un prisionero que se apellida Zabala Pujals le participo que no aparece como tal en nuestro fichero general, por lo que seguramente no habrá sido capturado por nuestras Fuerzas. Dios salve a España y guarde a Vd. muchos años.

EL CORONEL INSPECTOR

El sobre tenía dos sellos: uno, del campo de concentración y otro, de un juzgado de primera instancia de Barcelona. Cada cosa que leía me desconcertaba más. ¿Quién era Agustín Trilla de San Sebastián? No había escuchado ese nombre en mi vida. ¿Qué tenía que ver con mi familia? ¿Por qué era él y no mi abuela o mi bisabuelo el que pedía esa información? Otro nombre más para apuntar bajo el título «Investigar». Todos los nombres o lugares que no conocía pasaban a esa lista y el plan era buscar metódicamente cualquier referencia que aportara un poco de luz, pero la relación de desconocidos empezaba a ser larga. Estaba poniendo en marcha la investigación, organizándome. Muchos de esos nombres me llevarían a algún sitio, pero otros no. El caso era tener hilos desde los que ir tirando.

En el fondo de la caja, debajo de todos los montones organizados de cartas, postales y recuerdos, reparé en varios documentos dentro de un sobre. Cuando lo abrí, ahí estaban las partidas de nacimiento de todos los protagonistas de esta historia y el libro de familia de los bisabuelos. La partida de mi abuelo me confirmó que no estaba equivocado en la fecha de su nacimiento. Dentro de ese sobre alguien había añadido los recordatorios de entierros y varias estampas de primera comunión. También encontré un par de postales curiosas. La más llamativa, una tarjeta de campaña para combatir el analfabetismo enviada desde el frente por mi abuelo a mi madre. Pero no vi nada sobre notas de archivos.

—Creo que vas a tener que llamar a Pepita —soltó Oriol.

Durante la inspección de todos los documentos y los objetos de la caja azul, mi amigo no se había separado de mí.

—¿A la tata? —exclamé—. ¿En serio?, ¿crees que ella puede saber algo de esto?

—Si no lo sabe ella, ¿quién te puede ayudar?

Para entonces, Oriol no solo estaba al tanto de toda mi vida, también conocía a Pepita y sabía que para cualquier cosa que necesitara de Barcelona, ella era el contacto. Si yo estaba de viaje, ella era la persona a quien acudir. Así que Pepita pasó a «adoptar» a Oriol como uno más de la familia. Sospecho que, en los peores meses de mi vida, cuando Pepi me escuchaba bajo de ánimo, luego llamaba a Oriol para preguntarle cómo me veía.

Mi amigo tenía razón, la única persona que seguía con vida y a la que mi madre le había contado cosas sobre la caja azul era Pepi, su querida cómplice... Ella, con su pelo castaño, que cocinaba la mejor tortilla de patatas del mundo, tenía una paciencia infinita para aguantarme de niño y de mayor. Miré la hora, eran las cinco de la tarde, las once de la noche en Barcelona, Pepita estaría durmiendo. No era plan darle un susto a la mujer. Tocaba esperar al día siguiente y seguir diseñando un plan para descubrir quién era mi abuelo y qué le podía haber pasado.

Las cartas me daban bastante información, así que aproveché para continuar leyendo. Oriol me dejó solo, sabía que cuando me concentraba, desaparecía totalmente, no estaba para nadie. Por otra parte, me di cuenta de que quería conocer algo más de la batalla del Ebro. Contaba con una ventaja importante gracias a las cartas y a los otros documentos, sabía a qué unidad pertenecía Antonio: tenía que centrarme en la 226 Brigada Mixta, 4 compañía, 904 batallón.

En algún momento, sentado frente al ordenador, me puse a consultar el archivo digital del diario *La Vanguardia*, todo un referente, y especialmente en esos años oscuros. Comencé a leer anuncios, muchos anuncios, de los pequeños por palabras, de ese periodo. Sin recuadros ni adornos, uno detrás de otro..., todos arrancaban con un par de palabras o más en mayúsculas: «Se busca», «Se ruega», «A quien pueda dar noticias», «Desaparecido desde...».

Eran anuncios de madres, padres, hermanas, novias que buscaban a desaparecidos de la 226 Brigada Mixta y de otras muchas unidades. Pero yo solo tenía ojos para la 226. Habían pasado un par de horas y no tenía muy claro si ese trabajo podía sumar algo a la búsqueda, pero todo cambió sin más… Allí estaba, lo encontré casi al final de una de esas páginas plagadas de nombres, de pena, de lugares y de angustia… Mi bisabuelo Antoni, desesperado por la falta de noticias, se había atrevido a poner un anuncio reclamando públicamente información sobre su hijo desaparecido en combate. De lo poco que había leído hasta entonces de Antoni, en alguna de las cartas escritas por él y que estaban en la caja azul, me quedaba claro que la desaparición de su hijo lo había sumido en un dolor profundo. No fue capaz de retomar su vida junto a su mujer, su hija y su nieta. En una de esas misivas dirigida a un familiar confesaba:

Me dicen que tengo muchas cosas por las que seguir luchando, tengo una familia que me quiere, que toca pasar página, ¿cómo voy a hacer eso?, ¿cómo se hace eso?, ¿cómo puedo olvidar a mi hijo? Con él está mi alma y mi corazón. Su ausencia y la falta de noticias me tienen hundido en la peor de las tristezas. Me paso los días esperando al cartero a ver si trae nuevas. Necesito saber algo, no sé cómo arrancarme esta pena que me consume, no sé cómo seguir viviendo, no encuentro lugar donde esconderme del dolor.

Sabía que la tristeza lo secuestró para siempre a finales de julio del 38, antes había podido con los golpes de la vida y había seguido adelante. La tristeza ya no lo soltó hasta el día de su muerte, siete años después, en 1945.

Leí el anuncio con emoción:

SE SUPLICA, a cuantos puedan dar noticias de Antonio Zabala Pujals, que perteneció al ejército rojo en la 226 Brigada Mixta, 42 División, Base Turia número 3, 904 Batallón, 4 Compañía, desaparecido el 26 de julio de 1938 en la margen derecha del Ebro, se sirva a comunicarlo a su padre Antonio Zabala. Calle Clavé número 14, Badalona.

Nada más, lo único que lo convertía en un anuncio diferente era el arranque. De toda la página, solo ese aviso estaba encabezado con «SE SUPLICA». La lista era interminable, cada día aparecían páginas completas con nombres de desaparecidos, no había uno solo repetido y casi todos eran del Ebro. Pero ¿qué había pasado en esa batalla?

Decidí que esa noche cruzaría el Ebro por primera vez, sentado en la silla del jardín, bajo el cielo despejado y lleno de estrellas de Miami. Aquí empezaba mi aventura de ponerme en el lugar del abuelo. Tuve claro que sería bonito que él fuera el narrador de su historia y que su voz estuviese presente a través de las cartas. Como en una buena película, quería mantener el suspense a lo largo del relato. Mi abuelo me iba a ayudar a contarla. Daríamos saltos en el tiempo, *flashbacks*, y haríamos un puzle que finalmente pudiera ordenar y reconstruir lo sucedido. Iríamos dando dosis de información y avanzaríamos en lo que había ocurrido con los saltos temporales necesarios.

Las cartas de mi abuelo le convertirían en un narrador excepcional, apoyado por toda la información que yo iría recopilando y por las cartas de su familia. Aquella noche en

Miami hice mi primer experimento. Me dispuse a rememorar el principio de la batalla del Ebro, cuando todo empezó, el principio del fin de Antonio, mi abuelo. Decidí que no había forma más cercana de estar con él y de hacer justicia a su vida. Así que me planté delante de un mapa del Ebro para entender la ofensiva y poder imaginarla.

***

Madrugada del 25 de julio de 1938
Cruzando el Ebro

Eran las doce y cuarto de la noche del 24 al 25 de julio. Nueve mil quinientos hombres de la 42 división republicana se pusieron en marcha. Justo en la parte más al norte de río, entre Mequinenza y Fayón. Lo hicieron en silencio, en una noche sin luna. El objetivo era cruzar el río Ebro, enfrentarse a las fuerzas sublevadas, derrotarlas y establecer un frente avanzado.

Cientos de pequeñas embarcaciones habían sido escondidas durante días a lo largo de la margen izquierda del río. Cada bote llevaba a siete u ocho hombres, cada uno de ellos con provisiones de boca para dos días, el fusil con la munición suficiente, ciento cincuenta cartuchos y seis bombas de mano para hacer frente a cualquier eventualidad. Además de un machete, una máscara antigás, una pala y un botiquín personal, en total trece kilos y medio de equipo.

Antonio había dejado el resto de sus cosas, al igual que todos sus compañeros, en una masía cercana al río. Solo llevaba unos calcetines, una muda y una camiseta, un puñado de hojas de papel, algunos sobres de carta y lápices… No quería dejar de escribir y contar todo lo que le tocaría vivir a partir de ese instante.

Las barcas las cargaron a hombros hasta llegar al agua, algunas estaban escondidas a dos kilómetros tierra adentro. La de Antonio se encontraba muy cerca del punto de cruce, a escasos cuatrocientos metros, entre la maleza, en una zona escarpada y difícil para andar con algo tan pesado a cuestas.

Ya en el agua y casi sin tiempo ni para respirar, comenzaron a cruzar, remando con cuidado y rogando no ser descubiertos, pues si se delataban eran un objetivo muy fácil.

El diario de batalla del bando republicano cuenta que los primeros en pisar la otra orilla del Ebro fueron los de la 226 Brigada Mixta, un total de tres mil cien hombres de la 42 división. El primer batallón, el 904, contaba con ochocientos hombres, Antonio estaba en una de esas barcas. Fue de los quince primeros hombres en cruzar y lo hizo junto a su capitán, Guillermo Gómez del Casal, al que le ligaba una buena amistad forjada en los últimos dos meses. También en ese grupo se encontraba un paisano de Mequinenza, conocedor del terreno y encargado de guiarlos para evitar los puestos de las tropas franquistas. Dos barcas iban de avanzadilla, Antonio estaba en la tercera y en la cuarta se encontraba otro protagonista de esta historia, el comisario del batallón José Obrero Rojas, alias Dinamita, y con él un puñado de muchachos, algunos veteranos y otros igual que Antonio, estrenándose en su bautismo de fuego para la batalla.

Una tras otra cruzaron las barcas, el silencio era absoluto. Lo hicieron a dos kilómetros aguas abajo de Mequinenza, un pequeño pueblo de la provincia de Zaragoza, en la frontera con Cataluña. Las casas eran de piedra y estaban habitadas en su mayoría por mineros, porque la explotación del carbón era la principal riqueza de la zona junto con la agricultura, así que también había un buen puñado de campesinos entre los habitantes.

La noche los acompañaba y lo lograron, pasaron sin ser descubiertos y pudieron así asegurar el punto de desembarco. Se desplegaron a derecha e izquierda y dos grupos de ametralladoras cubrieron un posible ataque de los sublevados. Antonio se encontraba junto al capitán cuando dio la orden de montar las pasarelas para que cruzasen más hombres junto a los tanques y la artillería. En un primer momento no lo consiguieron, así que todos los hombres que les siguieron lo hicieron en los botes. Estaba siendo extraño, pero en ese punto nadie los había detectado todavía, ni un solo disparo, ni una señal de alerta. Era tanto el silencio y el sigilo que muchos mandos republicanos pensaron que algo iba mal, que algo había pasado para que no hubiese comenzado la operación. Pasaron los minutos, se hicieron eternos, y se escucharon las primeras explosiones y ráfagas de ametralladora. La batalla del Ebro acababa de comenzar.

Los del 904 habían cruzado prácticamente todos cuando arrancó el jaleo. La mayoría pudieron posicionarse y otros avanzaban en pequeños grupos. La cabeza de puente se afianzó, pues habían cruzado el río y tenían que dejar la zona asegurada para montar los puentes y las pasarelas por donde cruzarían más milicianos. Se escuchaba al capitán Gómez del Casal dando órdenes constantes, la idea era seguir agrupando a todos los hombres que iban bajando de los botes. Antonio y sus compañeros estaban disparando para cubrir a sus camaradas, pero no recibieron respuesta alguna y se dio la orden de ahorrar munición. El siguiente objetivo era intentar llegar hasta el cruce de Gilabert, un punto estratégico, y otro grupo tenía que tomar el Alto de los Aüts.

El 904 fue avanzando, apoyado por los hombres del 901. La noche era cerrada y más de uno terminó por los suelos después de tropezar con piedras y arbustos. Por el camino hicieron los primeros prisioneros, unos ochenta. Les quitaron cuatro cañones, seis camiones de proyectiles y un camión taller. La sorpresa siguió siendo total en esa parte del Ebro, nada que ver en otros puntos más al sur. Los sublevados no se esperaban ese avance del ejército republicano.

Pero todo cambió rápidamente, la batalla tomó otro aire. Advertidas las unidades franquistas del ataque, cruzar el río para los republicanos ya no fue tarea fácil. De las catorce barcas que estaban haciendo viajes de una orilla a la otra, justo por donde había cruzado Antonio, ya se habían perdido cinco. El trabajo de la 42 división consistió en crear una gran maniobra de distracción para entretener al mayor número de tropas franquistas posible. Hacia las tres y media de la madrugada, los batallones de la 226 Brigada Mixta ya estaban desplegados, su paso por el Ebro fue un éxito. Pero tomar los Aüts y afianzar la sierra situada al sudeste de Mequinenza costaría trabajo y vidas, la Legión defendía esa zona.

Madrugada del 24 al 25 de julio de 1938
Frente del Ebro

Querida familia, no sé si vais a poder leer estas líneas, ojalá las pueda enviar pronto. Hace unas horas hemos cruzado el Ebro. Estoy en mitad de la nada, llevamos parte de la noche avanzando y he disparado por primera vez. No sé si son los nervios, pero me cuesta escribir. Perdonad mi mala letra. Tenemos muchos prisioneros y parece que hemos ocupado los primeros puntos estratégicos. Ahora sí que os puedo decir que ha comenzado la guerra para mí y para muchos de los que llegamos hace poco más de dos meses al frente.

Nunca he pasado tanto miedo como el tiempo interminable cargando la barca a hombros y pensando en todo lo malo que nos podía pasar cruzando el río. El calor es insoportable y vamos escasos de agua. Me he acordado mucho de vosotros: de ti, mi amada Joana, de la niña, de mis padres y de Teresita.

No quiero pensar en la muerte ni en no volveros a ver. Voy a salir de esta más pronto que tarde y de una pieza. Dicen los compañeros que si logramos derrotar a los fascistas, la guerra terminará en pocas semanas, creo que eso nos tiene muy motivados. Así que aquí estamos, luchando con todas nuestras fuerzas para que todo acabe pronto.

Ya sabéis que a muchos de nosotros nos incorporaron a finales de mayo, pero por suerte en el 904 hay mucho veterano acostumbrado ya a los tiros, a las bombas y a toda esta locura. Ellos son los que nos están ayudando a salir bien de este combate, aunque la suerte juega un papel importante en todo esto, la buena y la mala. Las balas van y vienen, las escuchas a tu alrededor, son como el zumbido de una abeja cuando pasan cerca.

Esta es una de las cosas malas, pero no la única. Me impresiona sin medida ver a los que han caído prisioneros, tienen una mezcla de odio y miedo en sus rostros. Creo que no quiero caer prisionero, me parece peor que la muerte, el final quizá será el mismo, pero el calvario hasta llegar ahí… No sé qué pensar.

A estos que tenemos con nosotros no les pasará nada, los llevarán a retaguardia y los encerrarán en algún campo. A nosotros, según dicen, no nos dejarán vivos si nos atrapan. Muchos de los compañeros prefieren pegarse un tiro a que los degüelle un moro. Hay que estar en esa situación para ver si te atreves a pegarte un tiro, yo prefiero seguir luchando hasta el final.

No os cuento más por ahora, ni sé si esto me lo censurarán. Las cosas parece que están saliendo como estaba previsto, al menos eso cuenta el capitán.

Os dejo, llaman a reunión y tenemos que prepararnos para seguir avanzando. Mamá, no te preocupes por mis pies, llevamos muchos kilómetros caminados y los zapatos que me traje de casa aguantan bien, peor lo pasan los que van con alpargatas, muchos se han mojado cruzando el río y se les caen a trozos, van medio descalzos. Escribiré en cuanto pueda.

Os quiero, os extraño y os llevo en mi corazón.

Joana, da un beso enorme a la niña y dile que papá la quiere muchísimo.

Hacia las cinco de la mañana, en ese sector donde se encontraba el 904 y en el resto del frente del Ebro la alerta era total entre las tropas franquistas. Se cruzaban informes bajo un único encabezado: «Los rojos se han infiltrado». «Por lo menos una compañía ha logrado cruzar», ese era el último mensaje de los sublevados antes de perder la comunicación telefónica en el área donde se encontraba Antonio y el resto de la Brigada Mixta.

Poco antes de las siete de la mañana, la Legión se topó de frente con los chicos de la 226 en la zona de la Balsa del Señor y los legionarios no salieron bien parados. La retirada de las tropas franquistas fue una realidad en distintos puntos: en algunos sectores de forma ordenada; en otros, a la desbandada. Las divisiones 13 y 50 sufrieron con el avance de los republicanos, se pidieron refuerzos, pero el caos llevó inevitablemente al repliegue.

A las ocho de la mañana, la línea de las tropas franquistas había quedado muy reducida e iba desde la derecha de la carretera de Gandesa-Camposines y por el norte de La Fatarella al Ebro. Se vieron obligados a retroceder en la mayoría de los puntos. En Mequinenza se había empleado toda la bandera de la Legión, los soldados que estaban de reserva, sin conocerse el resultado del combate. Lo que estaba ocurriendo a esas horas era que dos de los tres batallones de la 226 que habían cruzado se dirigían hacia la zona de Gilabert. No sufrían bajas y capturaban más material enemigo además de aumentar el número de prisioneros. Para entonces se estaba intentando de nuevo tender una pasarela hacia el otro lado del río, pero tampoco lo consiguieron.

A las diez de la mañana se combatió en muchos puntos, y los problemas seguían siendo para los sublevados. El 17 de Burgos había sido batido casi en su totalidad, la 18 bandera de la Legión luchaba en los Aüts con dificultades contra un batallón de la 226. El 7 de Valladolid resistía por el momento en Fayón. Nueve horas después, la Legión perdía los Aüts e intentaba en su retirada defender el cruce de Gilabert, dos de las compañías del 17 de Burgos se habían retirado a Fayón y otras dos huían hacia el oeste. Se pedían refuerzos urgentemente.

El parte republicano de esas primeras horas decía: «Triunfo para las armas republicanas. A primeras horas de la madrugada fuerzas españolas cruzaron el río Ebro entre Mequinenza y Amposta. Se han capturado a más de 500 enemigos y abundante material incautado. Unidades enemigas han huido a la desbandada. Continúa el avance».

El parte del bando franquista hablaba de algunas partidas en las inmediaciones de Fayón y de Ascó que habían conseguido infiltrarse con la complicidad de parte de la población civil roja de estos pueblos: «Han sido acosadas por nuestras tropas, que han causado al enemigo en este sector varios millares de bajas».

Pero no a todos les estaban saliendo tan bien las cosas como a los hombres de la 42 división. Al sur, sobre la zona de Amposta, el peso de la maniobra de distracción recayó en la XIV Brigada Internacional de la 45 división. Sus órdenes: cruzar el río por Font del Quinto y avanzar para cortar el ferrocarril y la carretera de Vinarós. Si lo lograban, las dificultades de los sublevados para hacer llegar sus refuerzos a las otras zonas serían enormes.

Habían pasado quince minutos desde que la 226 había cruzado el río, eran ya las doce y media y un numeroso grupo de franceses, belgas y catalanes que formaban el batallón número 1, Comuna de París, cruzaron en la zona de Mas de Miquelet. Algunos hombres a nado, otros en barcas..., y justo enfrente el batallón franquista 111. La fortuna no estuvo al lado del bando republicano, fueron descubiertos y hostigados de inmediato. Los nadadores en vanguardia, armados con machetes y granadas de mano, fueron los primeros en caer. Todo empezó a ponerse cuesta arriba para los hombres de la Comuna de París. Muchos perdieron la vida ahogados en el intento de pasar; los que lograron llegar lucharon a la desesperada, no había vuelta atrás, porque si regresaban por el río los cazarían también irremediablemente. Intentaron montar una pasarela y de hecho lo consiguieron, en poco más de cuatrocientos metros las tropas republicanas establecieron una cabeza de puente. Las bajas ya eran enormes en los dos bandos.

Durante la noche se mantuvo un mínimo equilibrio, los republicanos continuaron cruzando y ampliando la zona ocupada hasta el amanecer. Pasadas las seis de la mañana, todo cambió con la llegada de refuerzos franquistas. La 105 división había alertado y movilizado a todas las unidades de reserva. Varias compañías del Tabor 292 de Tiradores de Ifni habían caminado más de veinte kilómetros para apoyar a los de la 111. También estaban los de la 110 y los de la 262.

Bombardearon la pasarela y la dejaron bastante perjudicada. Los zapadores republicanos trabajaron como pudieron para rehacerla, pues de ello dependía la vida de los que defendían la cabeza de puente. Una y otra vez los franquistas contraatacaron, pero siempre eran rechazados. El problema para los brigadistas fue la falta de refuerzos y de munición. Con la pasarela hundida y las dificultades para cruzar en barca, tomaron conciencia de que estaban solos. Eran unos mil hombres los que habían conseguido asegurar unos dos kilómetros de cabeza de puente. En vista de la falta de todo, los hombres de la Comuna de París se situaron en semi-círculo esperando un milagro. Solo la llegada de la noche los podía salvar. Los franquistas con los nuevos refuerzos ya eran más de dos mil con apoyo aéreo y artillería.

Habían pasado doce horas desde el amanecer, eran las seis de la tarde y les quedaban al menos tres horas de luz. Los republicanos miraron angustiados al oeste, necesitaban que anocheciera para reorganizarse. Los franquistas lo sabían y lanzaron un último ataque con todas sus fuerzas. Consiguieron envolver por los flancos a los brigadistas, todo estaba perdido. La última batalla de la Comuna de París fue heroica, también para las tropas franquistas que los terminarían aniquilando. Junto a Amposta quedaron ochocientos muertos de la Comuna de París, cuatrocientos franquistas y otros tantos heridos. En poco más de tres kilómetros habían muerto más de mil doscientos hombres.

Para los republicanos, la acción sobre Amposta fue un éxito porque evitó que se enviaran refuerzos a la zona principal del asalto, en Gandesa. La realidad había sido una masacre. En el primer conteo por parte de las tropas franquistas junto a los trescientos cincuenta muertos republicanos sumaron a otros tantos prisioneros, pero al final los mataron a todos. El parte anunció más de ochocientos briga-distas muertos. El batallón Comuna de París había desaparecido.

Madrugada del 24 al 25 de julio de 1938
Frente del Ebro

Querida Joana, aquí estoy a cubierto, parece que vamos a tener otro momento de descanso. Avanzamos y retrocedemos para volver a avanzar. La noche está siendo larga y difícil, estoy cansado, pero estoy bien. Me aferro a vuestra presencia, a la tuya y a la de la niña, para no desfallecer. Sé que tengo en José, nuestro hijo, un angelito más junto a mí en esta locura. No negaré que en algún momento he pensado que si algo me sucede estaré junto a él, al lado de nuestro hijo. Pero os quiero tanto que no permitiré que eso ocurra.

Lo que estamos viviendo tiene que ser una batalla inmensa, aunque no vemos mucho. Más allá de donde estamos, los disparos y las explosiones que se escuchan al sur de donde nos encontramos no cesan, creo que hemos cruzado miles.

El capitán me ha comentado que nos estamos jugando la República en esta, y a mí lo único que me importa es que vosotros estéis bien, poco se puede hacer por esta República. Por suerte todos los compañeros seguimos sanos y a salvo, el miedo de los primeros momentos lo hemos dejado atrás y ahora algunos veteranos solo desean encontrarse con los moros para ajustar cuentas pendientes. Tienen sed de venganza, han visto cómo estos mercenarios pagados por Franco mataban a sangre fría a sus amigos cuando se rendían.

La madrugada fue larga para el 904, mientras la operación principal continuaba en el sector central. Al noroeste de Riba-Roja cruzó la tercera división, la resistencia era importante, pero pasaron y asaltaron Riba-Roja y Flix. Se avanzó hacia la sierra de La Fatarella y se luchó en Fayón y la Pobla de la Massaluca. A la 35 división le tocó llegar hasta Ascó. Los hombres de aquella división fueron dirigidos por el mayor Pedro Mateo Merino y por su jefe del Estado Mayor, Julián Henríquez Caubín, que era todo un profesional. Ambos sobrevivieron y luego pudieron contar todo lo que les pasó. Mandaron a la XIII y a la XV brigadas internacionales por el norte de Ascó y la XI por el sur.

En algún momento de la noche y confundidos por la oscuridad, los de la XI se toparon con supuestas tropas enemigas. Fue un error fatal, durante horas hubo una gran batalla entre los de la tercera división y la 35 división. Pelearon y se dispararon republicanos contra republicanos sin darse cuenta. Los de la XI que iban por el sur atacaron La Fatarella, ya ocupada por la tercera división. Alguien no había hecho bien los deberes. La historia cuestionó los movimientos de la tercera división. Al amanecer se descubrió el equívoco. La 35 prosiguió su avance hacia Gandesa, no exenta de problemas y hostigados continuamente por las tropas franquistas. Con todo, la noche estaba siendo un éxito para los republicanos.

El calor, la falta de agua y la sed también fueron los protagonistas. Pero el empuje de las tropas de la República no cesó, se rompieron las líneas de los sublevados. La fuerza fue tal que se llevaron por delante a los temidos moros, las tropas dispararon a matar y cayeron muertos, entre ellos no se hicieron prisioneros.

Antonio y sus compañeros de batalla salieron ilesos de aquella madrugada. Aunque no habían sido testigos de toda la ofensiva, vivieron en primera persona lo que suponía una guerra cruenta y violenta. Ese día habían sobrevivido, pero también experimentaron el horror de la batalla. Lo que no sabía mi abuelo era que había dado tan solo un primer paso hacia la muerte. No obstante, en ese momento la vida continuaba, y Antonio no dejaba de contar anécdotas a su familia.

Frente del Ebro, julio de 1938

Amada Joana, cada vez que nos dan unos minutos de tregua para descansar un poco, solo pienso en escribir, en explicarte lo que va pasando. Te siento tan cerca cuando cojo el papel y el lápiz que mi alma se apacigua y vuelvo a ser yo, tu Antonio.

En las últimas horas, camino del cruce de Gilabert, nos hemos encontrado con una sección de otra compañía, otros más de los que han ido pasando el Ebro durante la noche.

Qué alegría me he llevado al ver entre ellos a Jaime, uno de Badalona con el que coincidí en el comienzo de esta pesadilla. Se incorporó el mismo día y después terminó destinado en otra compañía, cerca de Almatret.

No ha pegado un tiro en su vida y se ha llevado un susto terrible hace un rato, en su primer intercambio de disparos. Ahí han perdido a un hombre, al comisario del batallón. No se ha dado cuenta de que les disparaban, solo ha escuchado gritos y se ha puesto a cubierto. A su lado el comisario ha comenzado a sangrar por la cabeza y ahí mismo se ha quedado muerto.

Pero Jaime dice que la bala le ha llegado por la espalda, desde retaguardia. Han hablado de una bala perdida, pero él cree que le han pegado un tiro aposta. Según cuenta, este comisario era un mala pieza.

Hace unos días hizo detener a un muchacho por no estar en su puesto cuando tocaba revista. Parece que a los chicos, días antes de cruzar el Ebro, los tenían encerrados en el campamento a cal y canto para que nadie se fuera de la boca. A nosotros también nos tenían igual.

Total, que cada día, para animarse un poco pensando en lo que estaba por llegar, uno se escapaba con cantimploras al pueblo a por vino y así pasar el rato con más alegría. Cuando el muchacho estaba en el pueblo llamaron a revista y, al no estar en la formación, el comisario lo acusó de traidor y fascista frente a los compañeros y dijo en voz alta que mejor que no volviera porque lo iba a fusilar.

Los amigos intercedieron por él, contaron la verdad, hasta un teniente estaba metido en ese grupo. Pero nada, en cuanto llegó con el vino, el comisario le hizo encerrar. Al anochecer le sacó del calabozo, le dio un pico y una pala y le hizo cavar su tumba. Mientras quitaba la tierra a golpe de pico y pala, el pobre muchacho tenía al comisario a su lado, que le amenazaba con pegarle un tiro en cualquier momento o que él mismo le daría el tiro de gracia por la mañana cuando le fusilaran, porque tenía que servir de ejemplo para el resto de la compañía.

Jaime cuenta que a última hora el capitán se apiadó del chico, se fue a por el comisario y le dijo que ya estaba bien de todo ese teatro. Mientras, el pobre chico, exhausto y destrozado, pensando que le iban a matar por un poco de vino. El comisario hizo que le perdonaba la vida, pero con el castigo de ir en vanguardia cruzando el río.

Lo que pasó esa noche dejó al muchacho trastornado, cambió y perdió su ser. En esos días no volvió a hablar con casi nadie, no se juntó más con los amigos, y cuando le preguntaban solo juraba una y otra vez que a la que pudiera le pegaría un tiro a ese malnacido del comisario.

Jaime dice que cuando ha escuchado el disparo, ha mirado hacia donde había sonado la detonación y ahí estaba el castigado, apuntando con su fusil. Cuando han cruzado miradas, el chico le ha guiñado un ojo sonriendo y después se ha ofrecido voluntario para enterrar al camarada comisario.

Lo han dejado cavando, dice que al rato ha aparecido todo manchado de sangre y diciendo que ya descansaba en paz ese hijo de la República.

Nos ponemos en marcha de nuevo.

Te quiero, mi amor.

***

Barcelona, primavera de 2005

El teléfono sonó un par de veces.

—Pepita, buenos días, ¿qué tal va todo?

Esa semana habíamos tenido problemas domésticos con el calentador y el agua caliente en Barcelona. La casa familiar seguía abierta y Pepi se encargaba de todo. Ella era mis ojos y mis manos al otro lado. Era mi familia, la persona a la que acudir para resolver cualquier problema. Hizo de madre y padre a la vez y me cuidó con el mismo cariño que lo hubiesen hecho ellos. Con Oriol siempre bromeaba, nos encantan los wésterns a los dos, y decíamos que Pepi era como el séptimo de caballería: cuando parecía que todo estaba perdido y que los nativos americanos ganarían la batalla llegaba el séptimo... En nuestro caso aparecía Pepita.

—Sí que estás preocupado, niño, vaya madrugón. El calentador está bien. Allí son tus siete de la mañana. Pero ¿qué haces levantado a estas horas? ¿Tan temprano te toca ir a la radio?

Por supuesto, a Pepi no le conté que llevaba toda la noche en la batalla del Ebro, intentando reconstruir lo que habían vivido el abuelo y los demás compañeros republicanos. Además me había estado informando sobre la vida de varios hombres que estuvieron junto a mi abuelo y que tuvieron protagonismo durante los meses que permaneció en el frente. En esta primera incursión me interesé especialmente por Guillermo Gómez del Casal y José Obrero.

Poco encontré del capitán Guillermo Gómez del Casal en el comienzo de la investigación. Por las cartas de mi abuelo se deducía que era un hombre de principios, honesto, que trataba bien a sus hombres y se preocupaba de verdad por lo que les pudiera ocurrir. Tuvo en sus manos una unidad muy especial, y la llevó a la gloria en más de una oportunidad durante los primeros días de lucha en el Ebro. Se ganó el respeto de todos en combate. Era un apasionado de la caza.

En cuanto al comisario, José Obrero, era un hombre profundamente comunista. Su cargo dentro del ejército era complicado. De hecho, los reclutas miraban a los comisarios con recelo porque, según decían los veteranos, tenían órdenes de disparar si alguno huía. José y Antonio trabajaron muchas horas juntos preparando la lectura de las noticias del día a la tropa. José Obrero era un personaje con un arrojo a prueba de balas. En el Ebro se llevó varios reconocimientos a su valor y después poco más se sabe de él. Alguien que responde al mismo nombre, José Obrero Rojas, murió en 1949 fusilado por la Guardia Civil por guerrillero, pero no he llegado a averiguar si ese hombre era él.

Regresé de nuevo, rápido, a aquella conversación con Pepi por teléfono. Con sus palabras, pronto avanzaría en mis ganas de saber más sobre mi abuelo.

—Pepi, he abierto la caja y necesito preguntarte un par de cosas. —Silencio, no hubo ni reacción ni respuesta—. ¿Sigues ahí, Pepita?

—Sí, niño, aquí estoy. —Se le entrecortó algo la voz, no estaba tranquila.

—Perdona, Pepi, pensaba que se había cortado —dije para relajar un poco el impacto del anuncio, aunque no entendía muy bien su reacción.

—No, te escucho bien. Qué necesitas.

Ella siempre era así, directa, sin rodeos. Yo lo sabía y tampoco quería andar dándole vueltas a las dudas que me planteaba esa nota sobre Antonio Zabala Pujals.

—Pepi, hay una nota, una escrita a máquina sobre la que te quiero preguntar…

Me interrumpió de inmediato.

—Niño, yo no sé. Lo que hay en esa caja es cosa de tu madre. A mí me contó poco y yo la ayudé hace muchos años...

—¿No te acuerdas cuándo?

—Ufff —soltó a regañadientes—. Sería hacia finales del 99, ella ya no se sentía bien. Pero desconozco lo que hay ahí adentro. No sé si te voy a poder ayudar —insistió Pepita.

Sospecho que la complicidad entre mi madre y Pepita era tal que en algún momento, después de darme la caja azul, le pidió que me ayudara poco, que fuera yo el que trazara el camino y no siguiera pasos ya dados antes por ella. Creo que esta fue la única razón por la que se mostró algo reticente y prefirió ayudarme lo justo. No encuentro otra explicación.

—Hay una carta de mamá donde cuenta algunas de las cosas que le sucedieron en esos años —comencé—. Recuerdos de bombardeos, cómo vivían en Badalona, las idas y venidas para comprar algo de comida. Pero también hay una nota, parece de un archivo...

—¿Cómo es?

—Pone el nombre del abuelo y un número de una carpeta.

—¿Tiene algo escrito a lápiz?

—Sí, Pepi —subí el tono de voz por la emoción, conocía la nota. Le repetí los datos del abuelo—. Hay un número de una carpeta y un número de expediente. Dime qué sabes, de qué va esto, por favor —supliqué.

—Sí, niño, seguramente es lo único que sé.

Intentaba estar callado mientras controlaba un huracán de impaciencia que desde mi interior quería gritar por la emoción. Aguanté a la bestia como pude.

—¿Entonces? ¿De dónde es? ¿De qué va esta nota?

—Es del Archivo de Salamanca. Realmente no sé qué documentos tienen, pero aparecen bajo el nombre del abuelo Antonio, figura como desaparecido. Esa fue la llamada que me pidió que hiciera. Tu madre no reclamó esos documentos, pero sí el número de expediente y los datos. Lo que tienes es lo que le enviaron por correo. ¿Esa es la nota?

—Creo que sí —respondí apresuradamente—, no hay ninguna nota más. Pero, Pepi, ¿por qué no reclamó los papeles? Quizá cuenten lo que le sucedió al abuelo, no lo entiendo.

—Tu madre ya estaba muy cansada, niño, y yo creo que sabía que algo no estaba bien dentro de ella. Piensa que desde que enfermó la tía Teresa y tras su muerte a finales de los ochenta, continuó sola con todo esto. Aunque la verdad es que ya no le pudo dedicar mucho tiempo.

—Pero ¿por qué no pidió ayuda?

Aunque ya comprendo más los motivos, en aquel entonces me costaba entender las razones que habían llevado a mi madre a mantener el secreto hasta el final, a no contarle a nadie más lo de la caja azul, ni siquiera a su hermana pequeña Antonia María. Era evidente la pena acumulada en todos esos años, sin duda fue un trauma para ella y para todos en la familia, pero había pasado mucho tiempo ya.

Cuando llegó a este punto, estoy seguro de que mi madre no quiso confirmar la muerte de su padre, aunque realmente esa no era la información que se guardaba en Salamanca, pero por si acaso prefirió que fuera otra persona, en este caso Pepita, la que hiciera la gestión. Fue el único trámite que permitió, en aquellos tiempos, que realizara otra persona. Una de las pocas veces que pidió un poco de apoyo.

—Gracias, Pepi, hablamos mañana, voy a ver si consigo esos documentos.

Colgué y me puse a buscar los teléfonos del Archivo de Salamanca. Me contestó una voz femenina, que en pocos minutos me estaba explicando la documentación guardada en ese lugar sobre el abuelo.

—¿Así que son nueve documentos? Pero ¿sabe qué son? ¿Los puede ver usted?

Creo que mi ansiedad viajaba a toda velocidad por la línea.

—No, señor, solo tengo en la pantalla la referencia.

—¿Y me pueden enviar una copia a Estados Unidos, a Miami?

—Sin problema, calcule una semana o diez días, depende de lo que tarde el correo.

Y así fue. Aquel día me enviaron una relación de los documentos que se encontraban en el Archivo de Salamanca, los cuales me llevarían durante los siguientes años a otros archivos, a los de Ávila y Guadalajara, a contactar con el grupo de la Memoria Histórica en Cataluña y a consultar en la Biblioteca de Fayón.

Todavía conservo el primer sobre del Ministerio de Cultura. Y el remite… Del Archivo General de la Guerra

Civil Española, Gibraltar, 2, Salamanca. Recuerdo que esa semana me sentía como Indiana Jones en la sala de mapas, esperando la luz del sol para conocer dónde se escondía el arca de la alianza. Esa fue la tónica de mi investigación durante años. Todo arrancó ahí, en Miami, cuando abrí por primera vez la caja azul. Ya no paré. Cualquier cosa me servía para reconstruir una historia, para realizar este homenaje a mi abuelo. Para continuar el tapiz que fueron tejiendo las mujeres de mi familia. Me topé con dificultades y algunos misterios que resolver en cuanto a documentos y fechas. Avanzaba poco a poco, pero iba encajando las piezas del puzle para poder contar qué le pasó a mi abuelo.

Aproveché los días de espera para seguir leyendo las cartas que había en la caja, las que esas cuatro mujeres habían ido recopilando y guardando con tanto anhelo. Especulé mucho imaginando qué documentos me iban a enviar de Salamanca. ¿Y si todo se resolvía en esos papeles? Demasiado fácil. «Nunca estas búsquedas salen a la primera», me repetía una y otra vez, quizá como protección por si me llevaba un disgusto, pero en el fondo quería saber cuanto antes lo que había sucedido. Por fin, la espera terminó. Tenía el sobre en mis manos.

—Oriol, ha llegado el sobre. Lo voy a abrir.

No tardó ni tres segundos en estar a mi lado.

—Vaya, qué nervios, ¡ábrelo ya!

Con cuidado fui rompiendo el lateral del sobre blanco, cogí todas las copias y las puse encima de la mesa. El corazón me iba a mil por hora.

—¿Qué es esto? —preguntó Oriol refiriéndose al primer documento.

—Un certificado de matrimonio.

Era el de mis abuelos. Se casaron el 8 de enero de 1931.

—Mira, es del Registro Civil del Juzgado Popular Local número 5 de Barcelona. Por alguna razón tuvieron que presentar una copia donde se mostrara que eran legalmente marido y mujer.

Oriol estaba leyendo el segundo papel.

—Y este es del Ministerio de Defensa Nacional, un expediente de la pagaduría del Ejército con el nombre de tus abuelos y el sello de «Desaparecido», acompañado de una declaración de tu abuela solicitando algún tipo de ayuda económica. Mira aquí.

Oriol señaló la parte donde ponía el número de hijos, habían tachado el 2 y añadido un 1. Habían quitado a mi tío José, muerto seis meses antes, pues el documento era del 19 de octubre del 38. Se me encogió el corazón. Seguramente mi abuela puso a sus dos hijos y cuando contó que solo mi madre vivía, lo modificaron. De los dos hijos que había parido, el nombre tachado era el de José. Ella todavía lo ponía en los documentos oficiales.

Estaba claro que Joana le pedía dinero al ejército. De esto iban los papeles que tenía el Archivo de Salamanca. Le habían pagado todo hasta el 30 de junio. Constaba por escrito que la paga del ejército a mi abuelo era para ella, enviada a Badalona. El reclamo quizá era de julio y de una ayuda, y cito textual, «para viudas de guerra». El problema: oficialmente mi abuela no era viuda porque Antonio seguía desaparecido, no muerto.

Quedaban dos hojas más por leer. La primera era un carnet de Joana con foto incluida, jovencísima, creo que no había visto ninguna imagen de ella tan joven. Una cartilla de pagos pendientes de ingreso. Pero el último documento cambió la historia de esta búsqueda, la complicó y mucho... Ocurre muy a menudo cuando investigas fechas y lugares, porque no todo coincide. Tenía delante un certificado seguramente escrito por un soldado sentado en una oficina, lejos del frente y de la realidad.

Don Agustín Segarra, Real Mayor Jefe del Novecientos Cuatro Batallón de la Doscientas Veintiséis Brigada Mixta.

CERTIFICO: Que el soldado Antonio Zabala Pujals perteneciente al 904 batallón de la 226 Brigada Mixta desapareció en acto de servicio defendiendo al Gobierno de la República el 30 de julio de 1938 en las proximidades de Mequinenza (Zaragoza) a consecuencia del ataque por las fuerzas propias sobre las posiciones enemigas, teniendo en cuenta su probada lealtad a la causa republicana...

El certificado continuaba hablando de la paga y de que tenía que entregarse el dinero a la familia, etcétera, etcétera. Estaba firmado por cuatro personas: el Real Mayor, el comisario de la brigada, el capitán y el comisario del 904. Por lo que había leído esos días en las cartas de la caja azul, no coincidía ni el lugar ni la fecha de su desaparición ni tampoco las circunstancias. Tampoco se barajaban esos datos en el anuncio en *La Vanguardia*. Yo buscaba a alguien desaparecido un

26 de julio y esta nota oficial hablaba del 30. Cuatro días más son una barbaridad para acotar una zona de búsqueda. Claramente algo no cuadraba. Añadí estos cuatro nombres a la lista de «Investigar».

—No lo entiendo, Oriol, no falla un día, son cuatro de diferencia. A mi abuelo ya lo daban por desaparecido el 26, pero no en Mequinenza sino en los Aüts. Y nada que ver con un ataque al enemigo. Supuestamente intentaba conseguir agua para todos, porque estaban muertos de sed y con golpes de calor, deshidratados.

—Quizá lo hicieron para ayudar a tu abuela, para que cobrase ese dinero. Imagínate la situación en octubre del 38.

—No tengo tan claro que el certificado esté escrito en octubre.

Oriol tardó un poco en responder, pues estaba analizando el documento más detenidamente.

—Es cierto, no tiene fecha, pero va en el mismo pliego de documentos. Todo es de la misma época y con la única intención de darle el dinero a tu abuela Joana.

Quizá Oriol estaba en lo cierto. Las siguientes semanas fueron muy intensas, y me centré en una fecha: el 30 de julio. En aquel momento pensé que era el camino, pero enseguida me pareció que era otro callejón sin salida. Aunque poco a poco fui desenredando los nudos de esta trama.

Los partes de guerra republicanos fueron una buena fuente de información que me ayudaron a reconstruir los hechos, a ordenar mis ideas. En el del 30 de julio me enteré de los intensos combates al norte de Fayón, pero eso era todo. Nada de Mequinenza (aunque está muy cerca). En los

Aüts, donde creía tener situado a mi abuelo, se abatió un Heinkel alemán. El 1 de agosto sí aparecía Mequinenza en el parte. Contraataques al sur de la población por parte de tropas franquistas. Intensos combates, muchas bajas en los dos bandos.

En el parte de ese día, Manuel Tagüeña, que fue uno de los comandantes, expresó su preocupación por los hombres de la 42 división, y la 226 Brigada Mixta formaba parte de esta división, porque estaban en una zona desértica con escasez de agua y vegetación. Se hablaba también de los actos de valor de soldados enviados a por agua, enfrentados a francotiradores y a grupos aislados, a partidas de soldados enemigos cuyo único objetivo era impedir el acceso a las fuentes de agua. Eso se acercaba mucho más a lo que habían averiguado Joana, Francesca y Teresa. Pero no coincidían las fechas. Era preciso volver a empezar. No iba a ser fácil.

Mientras, en el camino de la investigación sobre qué pudo pasar con mi abuelo, se iban cruzando otros nombres, que aparecerían además en otras ocasiones. Historias de hombres que también merecían ser rescatados del olvido. Personajes secundarios en la historia de mi abuelo, pero que fueron protagonistas de su propia película. Esta vez me llamó la atención el nombre de Manuel Tagüeña. En abril de 1938, Tagüeña, con tan solo veinticinco años, había sido nombrado comandante del XV cuerpo del ejército y tenía bajo su mando tres divisiones, treinta mil hombres. Con esos miles de soldados, la madrugada del 24 al 25 de julio creó una profunda cabeza de puente dentro del territorio de los sublevados en el Ebro. Sus comienzos como militar se remontan a pocos años antes de que se iniciara la guerra. Por aquel entonces había alcanzado el grado de brigada, no ascendió a oficial por ser de izquierdas.

La guerra lo cambió todo, se convirtió en el primer comandante del Batallón Alpino en la sierra de Madrid. Por méritos propios le dieron el mando de la 30 Brigada Mixta, y después, de la tercera división. En el Ebro aguantó toda la ofensiva y meses más tarde fue uno de los artífices de la retirada ordenada de las tropas republicanas. El 16 de noviembre de 1938, tras ejecutar la voladura del puente de Flix se dio por terminada la batalla del Ebro.

A partir de entonces intentó defender lo que quedaba en manos de los republicanos, el dispositivo de defensa colapsó y tuvo que huir como exiliado a Francia. De ahí pasó a la Unión Soviética como profesor de una academia militar, vivió en Yugoslavia, en Checoslovaquia, y finalmente abandonó la política y el comunismo y se exilió a México, donde murió en 1971.

Once años antes, en 1960, regresó a España para estar con su madre, gravemente enferma. Franco le ofreció la posibilidad de convertirse en un rojo arrepentido, pero él se negó: «Mientras los vencedores no acaben, de una vez por todas, con el espíritu de la Guerra Civil, mi puesto está y estará en el bando de los vencidos».

Seguir la pista de hombres como Manuel Tagüeña me permitió ir trazando un mapa que me iba conduciendo poco a poco a la posible reconstrucción de lo que vivió mi abuelo junto a los suyos en el frente.

4

UN RETRATO DE ANTONIO

Hubo un momento en que no paraba de tirar de todos los hilos posibles que me permitía el material de la caja azul. Lo importante era continuar hacia delante. Y lo que tenía claro es que quería conocer lo más posible a mi abuelo. ¿Cómo había sido su vida? ¿Quién era? ¿Qué pensaba?... ¿Quién era el hombre que fue a la guerra? ¿Cómo había sido su vida hasta ese momento?

Miraba constantemente su foto. Me tenía fascinado porque sentía que me parecía mucho a él. La saqué de la caja y la dejé apoyada de pie en el marco de la ventana, junto a la cama. La imagen de Antonio vestido de militar no me cuadraba. Ese uniforme era imposible que fuera de la 226 Brigada Mixta. Botas de montar y sable. Era de una unidad de caballería, pero sabía que en la Brigada Mixta no había caballos. ¿Entonces? ¿En qué momento sirvió en caballería? En Salamanca no había nada más, ni un solo documento nuevo. Así lo hablé con la persona que estaba al frente del archivo en ese momento.

—Nada, José Antonio, lo mejor es que llames a Ávila, al archivo militar, o a Guadalajara, ellos tienen mucha información. Piensa que en Guadalajara están los papeles de los campos de prisioneros.

—Gracias por la ayuda.

Colgué decidido a llamar a todas las puertas que me permitieran avanzar en la investigación. En Ávila no encontré nada sobre el abuelo, aunque sí mucha información sobre la 226. En Guadalajara la cosa fue diferente.

—Me dice que este señor nació el 2 de octubre de 1906.

—Así es. Si no aparece nada, probamos con el día 1, pero él nació el 2, aunque en algunos documentos viene la fecha cambiada. —No hizo falta mirar otra fecha.

—Sí, hay unos documentos militares. De la unidad en la que sirvió.

La voz del otro lado de la línea confirmaba que mi abuelo había estado en el ejército, pero eso ya lo sabía.

—Sí, en la 226 Brigada Mixta —afirmé casi con desgana, pues me veía de nuevo en otro callejón sin salida.

—No, se equivoca, sirvió en el Regimiento Dragones de Santiago, en el noveno de caballería.

Me quedé mudo. Miré la foto, estaba en lo cierto, era de caballería, del noveno de Dragones de Santiago.

—Pero ¿cuándo fue eso? ¿En qué momento formó parte del ejército?

Mis preguntas recibieron una respuesta inmediata.

—Se alistó en 1927.

—¿Cómo que se alistó? —Soné tan sorprendido que la voz respondió con menos energía.

—Es lo que pone aquí. Espere un momento, ya entiendo. Hizo el servicio militar en ese regimiento. Él era del reemplazo del 27, sortearon y le tocó caballería. No se preocupe, que se lo hago llegar todo.

Yo ya no estaba escuchando nada. Mi cabeza andaba dándole vueltas a la noticia. El archivo de Guadalajara sumaba una pieza más al rompecabezas. El 1 de agosto de 1927 Antonio Zabala Pujals pasó al servicio activo. En aquel entonces se dedicaba, según su hoja de filiación, al comercio, sabía leer y escribir. Estaba soltero, medía un metro sesenta y seis centímetros. Complexión fuerte, pelo negro, cejas pobladas, ojos pardos, nariz regular, barba naciente, boca regular, frente despejada, aire marcial, producción buena. Lo que asustaba más de esta hoja era el remate: «Queda filiado en virtud de la presente, para servir en clase de soldado por el tiempo de dieciocho años, que empezarán a contársele desde el día que ingrese en Caja, en las diferentes situaciones que determina la vigente Ley de Reclutamiento». En serio, ¡dieciocho años!… Me parecía mucho tiempo. Por tanto, una vez empezó la guerra, estaba dentro del tiempo para ser movilizado y formar parte de esa unidad.

Su destino: Barcelona. Todo apuntaba a que cumplió el servicio militar y siguió con su vida.

Y a mí me dio por leer todo lo que encontré sobre los Dragones de Santiago. Se formaron en junio de 1703 y a las primeras de cambio les tocó pelear en la guerra de Sucesión española. Después lucharon por todas partes: guerra de Sucesión austriaca, guerra de los Siete Años, guerra de la Independencia española, guerra de África, y también aportó un escuadrón expedicionario en la guerra de Independencia de Cuba.

Seguí leyendo las mil y unas vicisitudes y llegué al final, al día en que todo terminó. El noveno de caballería fue exterminado en julio de 1936, en las calles de Barcelona, por las milicias republicanas. Si mi abuelo hubiera estado cumpliendo el servicio militar obligatorio por aquel entonces no habría salido con vida el primer día de guerra. También era cierto que si esa unidad hubiera quedado en el bando republicano seguramente le habría tocado incorporarse y luchar con ellos en la Guerra Civil. La decisión de los mandos que estaban al frente de los Dragones en 1936 de unirse a los sublevados y avanzar por el centro de Barcelona, terminando todos muertos, le libró de tener que incorporarse al principio de la guerra. Sencillamente porque los Dragones de Santiago desaparecieron.

La foto me había ayudado y mucho, pues iba completando un perfil de mi abuelo. Regresé a la caja azul, dejé de lado las cartas y me centré en las estampas. Estaba la del día de su primera comunión, el 1 de mayo de 1914, como alumno del colegio de Calasancio. Esa pista era buena, me sirvió para reconstruir sus años de estudiante, con los escolapios. Lo hizo en la rama de comercio. El prestigio de los que salían del Calasancio era muy alto, la mayoría recibían ofertas de trabajo de importantes empresas. Y eso es lo que le pasó a mi abuelo. No sé muy bien a qué tipo de comercio se dedicaba Antonio, pero su trabajo le hacía viajar por Cataluña de lunes a viernes y los fines de semana los pasaba en casa. La correspondencia para Joana llegaba desde distintos hoteles y albergues en los que pernoctaba esos días. Esas cartas, Joana las guardó con las demás en la caja…, y en cada línea se podía intuir lo enamorados que estaban.

Pero la caja azul me tenía reservada una sorpresa más, los años de articulista y político de Antonio. En 1931 formó parte de Nosaltres Sols, una agrupación nacionalista radical catalana. Su nombre venía de la traducción al catalán del principal eslogan del partido irlandés Sinn Féin, *Ourselves only*.

Sus artículos de opinión cargaban contra el entonces presidente de la Generalitat, Macià. Por ejemplo, el sábado 10 de octubre de 1931 publicó en portada, junto al editorial de aquel día, un comentario donde dudaba del entorno del *president* Macià.

No me considero yo suficiente para juzgar su actuación, solo quiero resaltar un hecho, que puede demostrar que sus ideas no son las mismas de antaño y que puede demostrar que el hombre más entero, el hombre más enérgico que ha tenido Cataluña de un tiempo a esta parte, sea prisionero de un partido político formado por cuatro ambiciosos [se refería a ERC].

Según los ideales que hemos tenido la suerte de aprender de sus labios, no llego a entender puestas en su boca estas palabras: «… No hemos sido, no somos, no queremos ser una legación ni una embajada. No somos embajadores que vayan a tratar en tierra extraña; no nos hemos movido de nuestro solar, y la voz que ahora oís, señores del Gobierno, es la voz de hermanos».

Lo habéis entendido bien. No es un embajador, eso es, no representa ninguna nación y naturalmente al no representar a ninguna nacionalidad diferente, ya no me extraña que nos haga «hermanos». Hay que reconocer que si las anteriores palabras plasman el nuevo ideal del presidente Macià, no es pequeño el cambio operado.

Y yo me pregunto, si no ha cambiado de ideal, si quiere la libertad completa de Cataluña, ¿cómo es que preside un partido que cada día demuestra que es más españolista?

No quiero hacer dudar a los separatistas que aún creen. Ojalá partiera yo de una base falsa al hacer estos comentarios y me equivocara garrafalmente. Ojalá el presidente Macià rompiera definitivamente con los que le retienen prisionero y vuelva a la palestra para conseguir el reconocimiento íntegro de Cataluña...

Los artículos de Antonio aparecían siempre en portada junto al editorial del día y normalmente cargaba contra decisiones presidenciales, y sobre todo contra los hombres que aconsejaban al *president,* siempre según su análisis, buscando el beneficio propio y no el bien para Cataluña.

En el 34 pasó a formar parte de la lista del Partido Nacionalista Catalán de José María Xammar para las elecciones municipales en Barcelona. Xammar terminó en México, después de estar implicado en un complot para quitar de en medio al presidente Lluís Companys.

Está claro que al abuelo no le convencían nada las soluciones aportadas por los partidos del momento ni las situaciones en las que se vio envuelto. No le gustaba Esquerra Republicana ni Lluís Companys, y menos después del desastre del 6 de octubre, cuando se proclamó el Estado catalán. Murieron cuarenta y seis personas y más de tres mil ciudadanos acabaron encarcelados.

Estaba radicalmente en contra de la violencia como forma de presión, a pesar de ser parte de Nosaltres Sols. A finales del 34 decidió apartarse de la política, aunque algunos de sus amigos y compañeros intentaron convencerlo de lo contrario. Su defensa a ultranza del diálogo como base de negociación era admirada y apreciada. Pero la decisión estaba tomada. Su absoluta convicción en la no violencia le salvó de estar metido de lleno en aquellos hechos de octubre.

Las palabras de mi madre el día que me dio la caja azul tomaban sentido: «Te llevarás una sorpresa con el tema de la política». Me la llevé. Pero también con el abuelo que fui conociendo a través de la investigación. Para mí fue un descubrimiento saber que estaba tan preparado, que apostaba por la libertad y el crecimiento del país y que daba importancia al diálogo en tiempos tan calientes. Claramente existía otra manera de hacer las cosas en España, pero no consiguieron ser escuchados por la mayoría.

Otra fuente inagotable para sentirme cerca de mi abuelo y descubrirlo como persona fue leer una y otra vez las cartas que envió desde el frente. Solo hacía falta ponerse a leer para disfrutar de su manera de pensar o actuar. Lo mismo ocurría con su correspondencia a la familia: a Joana, a Teresa o a sus padres. Cada carta era una joya: se le daba muy bien contar historias.

Gracias a esas cartas, y a todo lo que he investigado y aprendido a lo largo de estos años, he podido reconstruir un relato. Gracias a esas jornadas de lecturas maratonianas, a las múltiples llamadas que realicé y a las visitas que hice… Esas horas de investigación, que fueron tan emocionantes y frenéticas como la de estos primeros días que he descrito, me permitieron recopilar y reconstruir la parte de la batalla del Ebro que vivieron mi abuelo y sus compañeros. Gracias a todo esto, he podido relatar qué fue lo que le pudo ocurrir. Gracias a la ayuda recibida de personas que quisieron compartir sus conocimientos y vivencias conmigo, a lo que tejieron las mujeres de mi familia, a los ánimos de amigos como Oriol o personas tan importantes en mi vida como Pepita, las palabras de mi abuelo fueron tomando forma. Cedo a continuación la palabra a mi abuelo, pero también a las mujeres que tanto le quisieron, a su padre… Ellos son los verdaderos protagonistas de estas páginas. Son contadores de historias. De las líneas de sus cartas surgen otros nombres, otras anécdotas, otros acontecimientos de la guerra…

SEGUNDA PARTE

EN EL INTERIOR DE LA BATALLA DEL EBRO

5

La movilización

Retomé la carta de mi madre. Sí, la carta que dejó a mi nombre en la caja azul. Allí estaba el principio de todo. El momento en que la historia de mi familia empezó a torcerse. La cadena de eventos que los marcó para siempre. La desgracia y la pena que les fue envolviendo, pero también esas páginas descubrían su capacidad de lucha. De nuevo las palabras de mi madre hacían que me trasladase a aquella época y por mi cabeza pasaban los acontecimientos vividos, proyectándose en esa pantalla de cine que plasmaba la vida de mi familia.

✳✳✳

José yacía en la cama envuelto en una sábana. Parecía dormido, pero estaba muerto. La abuela, con mucho cuidado y amor, lo había amortajado mientras le susurraba cosas bonitas y le besaba la frente, como cuando nos bombardeaban y nos escondíamos en las escaleras.

—Todo está bien, mi pequeño, descansa y vuela en paz. Volveremos a estar juntos.

Solo podía ver su carita, algo más pálido y con los ojos cerrados. Mamá, arrodillada junto a él con un rosario entre las manos, lloraba sin consuelo y repetía una y otra vez: «Mi niño, mi niño», mientras papá la sujetaba entre sus brazos.

No sabía lo que me estaba sucediendo, el dolor me abrumaba, quieta y paralizada a los pies de la cama que compartí con mi hermano hasta ese instante. Teresa se acercó, me cogió de la mano con fuerza y, por alguna razón que desconozco, sentí algo de alivio mientras me limpiaba las lágrimas con un pañuelo. No me pudieron sacar de ahí, de los pies de esa cama, en un buen rato. Esa fue la última vez que vi a mi hermano, esa es la última imagen que tengo de él, en ese instante en el que se apagó la luz de mi vida.

El resto del día lo pasé sentada en una silla, en la esquina del comedor, desconsolada y sola, más sola que nunca. La habitación estaba en penumbra y, frente a mí, vecinos y amigos entraban y salían, hablaban con los abuelos y con mis padres. Algunos preguntaban por la niña y se acercaban para hacerme una carantoña; otras, las más osadas, como la señora Rosa, la vecina, me abrazaban y me besaban hasta el hartazgo. Pero nada consiguió quitarme esa pena tan inmensa. La imagen de mi hermano en la cama me acompañaba, ya no volveríamos a jugar juntos nunca más.

Las conversaciones de los mayores giraban en torno al médico y cómo no había sido capaz de darse cuenta de lo enfermo que estaba José. Algún despistado pensaba que tenía que ver con la guerra, y así escuchaba por enésima vez la historia de la escarlatina, del antibiótico que nunca llegó, de las noches en vela, de los trapos de agua fría y vinagre para bajar la fiebre…

Hacía frío, la mañana había amanecido invernal en Badalona. Algunos vecinos nos habían dejado algo de verdura y huevos para comer. Nadie en casa había ido al mercado, pero ese día daban cinco huevos por persona, patatas y acelgas, lo que le permitió a más de uno sumar una pequeña cantidad para que la abuela pudiera cocinar. Pero el 12 de abril, en casa no se comió, nadie tenía hambre.

Muchas veces a lo largo de mi vida me he preguntado cómo pude ser tan consciente con cinco años de lo que ocurría. Nadie me explicó ni entonces ni nunca el significado de la muerte; tampoco lo pregunté, no me hizo falta.

Hoy sigo ahí, ahora mismo mientras te escribo estas líneas estoy sentada en esa silla, con mi vestido de manga larga, viendo el trasiego de gente ir y venir, con la imagen de mi hermano envuelto en la sábana y sus ojos cerrados. Lo eché tanto de menos, extrañé tanto su presencia, me quedé tan sola con su muerte. ¿Cómo habría sido mi vida, nuestras vidas, con él entre nosotros?

Después del entierro todos hicieron un esfuerzo para entretenerme, para que la vida fuera más fácil, sobre todo papá, que no me dejaba ni un segundo tranquila: juegos, cuentos, prácticas de lectura y caligrafía. Él se multiplicaba consolando a mi madre, ayudado por los abuelos y la tía Teresa, y preparándose para lo que venía. Sí, él ya lo sabía. Cuando murió José, sabía que si nada lo remediaba pronto le tocaría incorporarse a filas y entraría a formar parte de la guerra de manera activa.

Mamá cambió radicalmente el 12 de abril, se le terminó la paciencia conmigo y con la vida. Con José se fue una parte de su ternura y de la madre que yo había conocido, como si le hubiese dado miedo seguir queriéndome por si me pasaba algo. Ya no podía aguantar más la pena ni la tristeza. Vivía en un mundo muy personal, disgustada. Estas son cosas que ahora me vienen a la cabeza, no sé si son verdad, pero así lo siento. Yo también cambié, quizá no tanto las primeras semanas, pero con la marcha de papá a la guerra me convertí en un terremoto. Fue mi manera de reclamar atención.

Dos días después de la muerte de mi hermano, el 14 de abril, era Jueves Santo, pero ya no era un festivo ni se hacía ningún tipo de celebración religiosa, la República lo había convertido en su día, así que tocaba trabajar por el bien del país o del trozo del país en el que estábamos.

La tía Teresa fue a la oficina por la mañana temprano, regresó a media tarde de Barcelona y llegó con el rostro serio y desencajado, su cara mostraba preocupación y pena. Nadie pensó que se debiera a otro motivo que no fuera el de la muerte de José. Pero entró por la puerta como un huracán y, sin quitarse la chaqueta, se acercó a su hermano Antonio y le explicó que a primera hora había visto dos batallones de soldados jóvenes, la mayoría tenían diecisiete años, y que a muchos les habían sacado de sus casas la noche anterior y ahora estaban camino de la estación del Norte. Se los llevaban al frente, pero lo que preocupó más a Teresa fue que junto a ellos había otros tantos hombres mayores de treinta y cuarenta años, pues también habían ido a sacarlos de sus casas esa misma noche.

El ejército republicano iba puerta por puerta y se llevaba a todos los hombres entre diecisiete y cincuenta años. Prácticamente sin tiempo para nada, les hacían subir a los camiones. De ahí al cuartel, donde les daban equipo básico, y en menos de veinticuatro horas estaban en algún punto del frente. Inexpertos, asustados y con poco entrenamiento. La movilización total ya era una realidad, la República hacía aguas. Lo que contó Teresa dejó muy desanimados a mamá y a los abuelos. Eran horas muy difíciles.

—Antonio, ¿por qué no te vas? Puedes ir hasta Martorell y esconderte unos días, y después marchar a Francia.

—Y qué gano con eso, Joana, no puedo hacerlo. No quiero vivir huyendo, es un sinsentido, correría el mismo peligro que en el frente. Si me atrapan, me matarán. Al menos en la guerra puedo tener una oportunidad. No quiero vivir como un fugitivo.

La discusión duró toda la cena. Al anochecer seguían los cortes de luz; las velas y los candiles alumbraban el salón y poco más. Hasta pasadas las diez no había electricidad y para entonces yo ya estaba en la cama, pero me costaba quedarme sola. Notaba la falta de mi hermano a mi lado riendo bajo la sábana, me levantaba y a tientas cruzaba la habitación y saltaba a la cama de la tía Teresa.

Yo no me enteré casi de nada esos días, pero a papá le llegó la notificación de incorporarse a filas. Con la muerte de José y alegando que de joven había pasado la tuberculosis y que tenía dañados los pulmones, consiguió ganar algo de tiempo, pero poco más. La República, o lo que quedaba de ella, necesitaba hombres y poco importaba su situación personal.

***

Si algo he aprendido con todo este trabajo es a contextualizar las cartas de los míos. En cada una de sus letras aportaban datos que a mí me servían para poder armar el relato veraz consultando todo tipo de fuentes. Movilizaron a mi abuelo, y si se mira la historia, queda claro por qué fue justo en ese momento. La República no lo estaba pasando bien. En Cataluña, su bastión, la situación cada vez era más compleja. Algo que me impresionó fue ser consciente de la edad de mi abuelo en aquel momento. Tan solo tenía treinta y dos años cuando lo reclutaron. Ahora, mientras escribo estas palabras, soy ya más mayor que él. Era un hombre joven, con toda la vida por delante.

La primera semana de abril de 1938 los sublevados habían tomado Lérida. Fue la primera localidad importante de Cataluña, la primera capital de provincia, donde entraron las tropas franquistas. Lluís Companys, presidente de la Generalitat, pronunció el famoso discurso de «Los ejércitos extranjeros están a las puertas de nuestra casa». Algunos barrios aguantaron, los que estaban al otro lado del río Segre, que durante semanas se convirtió en una barrera natural. Lérida fue bombardeada sin piedad el 27 de marzo. Pasadas las cinco de la tarde, treinta aparatos de la Legión Cóndor alemana dejaron un rastro de más de cuatrocientos muertos en poco más de dos horas de bombardeo. La ciudad presentaba un aspecto dantesco, nadie paseaba por las calles, los vivos habían huido, uno solo se topaba con los muertos, edificios destruidos y un silencio sobrecogedor. Era la segunda vez que Lérida era machacada sin contemplación. La primera, cinco meses antes, en noviembre del 37; en aquella ocasión fueron los italianos los que dejaron más de doscientos muertos y quinientos heridos, la mayoría civiles.

A veces, uno encuentra información en las fuentes más inesperadas. Un jesuita superviviente a todo, a los bombardeos de los sublevados y a la represión de los republicanos, contaba en el libro de *Memoria de la Casa*, el diario donde los religiosos anotaban todo lo que iban viviendo, las imágenes impactantes que le acompañaron ese 27 de marzo.

> Es un espectáculo triste el que ofrece la mejor calle de Lérida, toda en ruinas. Quedan todavía muchos cadáveres sin desenterrar porque es un suicidio acercarse a los edificios destruidos, con las vigas colgando que se sostienen de milagro. Cerca de nuestra casa a simple vista se pueden contar ocho edificios destruidos, en algunos de ellos han muerto familias enteras.

Desconocía este tipo de trabajo que hacían los jesuitas, pero en las múltiples llamadas que hice a historiadores y amigos para recopilar datos, varios me sugirieron que consultara este diario sobrecogedor. También lo era la propia historia de estos religiosos, que fueron expulsados de España al iniciarse la Segunda República... Los que decidieron quedarse lo hicieron por su cuenta y riesgo.

Con el inicio de la Guerra Civil todo se complicó más. En Cataluña treinta y seis de ellos fueron asesinados, muchos otros terminaron en cárceles y checas, y unos pocos se salvaron de tanta locura, en muchos casos por la bondad de ciudadanos anónimos. Los que pudieron, como los de Lérida, se convirtieron en cronistas de lo que sucedía en la ciudad. Según los jesuitas, Lérida quedó prácticamente deshabitada, unas dos mil personas más o menos aguantaron como pudieron. El resto ya es parte de la historia de la guerra.

Volviendo al relato de cómo entraron los sublevados, la 46 división republicana era la encargada de resistir los ataques en ese sector y defender con diez mil hombres cualquier intento de penetración del enemigo. Al frente de dicha división, Valentín González, alias el Campesino. No aguantaron ni una semana, el día 3 de abril el parte de guerra del Cuartel General del Generalísimo decía:

> En el día de hoy, el Cuerpo de Ejército Marroquí ocupó primero el Castillo de Lérida, la Estación y la parte alta de la población y posteriormente toda ella, quedando solamente pequeños núcleos de resistencia que se están reduciendo rápidamente.

Una de las primeras órdenes que se ejecutaron una vez tomada la plaza fue hacer desaparecer cualquier rastro de los bombardeos. Negarlo todo era la consigna. Habían sido los rojos quienes habían volado la ciudad en su retirada. Mucho corrieron los sublevados para intentar borrar la masacre: destruyeron documentos y mintieron como si nunca hubiera sucedido, pero los jesuitas guardaron sus escritos, las imágenes del horror. Curiosamente, los perseguidos por lo peor de la República fueron los que contaron el desastre provocado por sus supuestos salvadores.

Lo que sucedió en Lérida fue un despropósito absoluto. Ante el empuje de los sublevados, el Campesino dio orden de retirada y decidieron volar algunos edificios y puentes para que no fuesen ocupados por el enemigo. Esto sirvió para mentir y justificar la destrucción de la ciudad negando los bombardeos. Se derruyó el puente viejo que cruzaba el río Segre por carretera y también el del ferrocarril. Las tropas republicanas se atrincheraron al otro lado, en los barrios de Cappont y La Bordeta.

José del Barrio Navarro, jefe de la 27 división republicana, y el general Antonio Cordón, al ver las decisiones tomadas y la salida en desbandada de la ciudad, criticaron la estrategia y las órdenes dadas por el Campesino y le responsabilizaron de la caída de Lérida. Del Barrio fue un paso más allá, dijo públicamente «que la retirada ha sido una huida» y acusó al Campesino de haber abandonado la ciudad de forma precipitada. No fue el único que pensó así entre los mandos españoles. De nuevo el Campesino era protagonista de noticias funestas.

La otra verdad fue que la 46 división republicana sufrió durante la defensa de Lérida un cuarenta por ciento de bajas, entre heridos, desaparecidos y muertos. La moral estaba por los suelos y el dominio aéreo de los sublevados contribuyó a ese estado de ánimo, y esa fue la clave de la toma de la ciudad.

La caída de Lérida dejó mal parado al Campesino en el lado republicano. En el otro bando se abrió un gran debate en torno a la decisión que tenía que tomar Franco: continuar hacia Barcelona o cambiar el objetivo. Franco, según algunas crónicas, cometió un error estratégico de bulto, o quizá no.

El general Yagüe, artífice de la entrada en Cataluña y la toma de Lérida, le pidió por activa y por pasiva que le dejase continuar hasta Barcelona y asestar un golpe casi definitivo a la República, porque estaba convencido de que apenas encontraría resistencia hasta la Ciudad Condal. Pero Franco no lo vio claro y decidió dar prioridad al avance por el delta del Ebro para llegar al mar. Yagüe recibió la orden de detener su avance, daba igual que no encontrase resistencia en el camino hacia Barcelona, tenía que detenerse.

Pero ¿qué había pasado realmente? ¿Por qué Franco tomaba esa decisión y no la de continuar hacia Barcelona? No fueron pocos los mandos que no entendieron su decisión. Nadie discutió al Generalísimo, pero no lo comprendieron. La realidad es complicada, el general Yagüe, jefe del Cuerpo de Ejército Marroquí, presionó a Franco para que le dejase atacar Cataluña y avanzar sobre Barcelona, pero la preocupación y el miedo pasaban por Francia. Franco creyó que los franceses querían intervenir y que eso supondría una internacionalización de la guerra. Yagüe contó con el apoyo de Solchaga, Vigón y Tella, entre otros. Pero los generales Aranda y Valera insistieron en tomar Valencia, pues estaban convencidos de que era un camino más fácil y estaba muy alejado de los franceses, así no tendrían una excusa para intervenir y cruzar la frontera.

La decisión final se convirtió en la batalla de Levante, que no pilló por sorpresa a los republicanos, pues se la esperaban, y durante semanas combatieron en un terreno complicado y más fácil de defender de lo que habían previsto los estrategas franquistas. El 15 de abril de 1938, Viernes Santo, las tropas del general Aranda llegaron al mar en Vinaroz, la zona republicana quedó dividida en dos. El titular de portada del diario *ABC* describió la situación así: «La Espada Victoriosa de Franco parte en dos la España que aún detentan los Rojos».

***

Mayo de 1938

La vida de Antonio había cambiado por completo y no solo por la muerte de su hijo: el descalabro republicano era una realidad, la operación de emergencia para intentar salvar la República estaba en marcha. El plan era contraatacar y cruzar el Ebro. Para ello se necesitaban tropas de refresco y se movilizaba a todos los hombres útiles, aunque se llamaba a cuantos pudieran sostener un arma a partir de los diecisiete y hasta los cincuenta. La República agonizaba y solo un golpe de efecto y una buena dosis de suerte podían impedir su final. El plan pasaba por ganar tiempo a cualquier precio, esperando que estallase la guerra en Europa o que alguna potencia como Francia decidiese actuar.

Antonio aguantó como pudo el reclamo para entrar a formar parte del ejército republicano. Acudió a amigos, contactos e hizo de todo para no ser movilizado, pero finalmente, el lunes 23 de mayo, salió de la casa de Badalona para no regresar nunca más. Esa mañana los soldados republicanos seguían preguntando puerta por puerta por los hombres de la casa para que se incorporaran de inmediato. Antonio tenía preparado un pequeño zurrón con un par de mudas, unos zapatos, papel y lápices. También llevaba ropa de abrigo y un trozo de pan y longaniza que hacía unos días la familia de Joana había traído de Martorell.

Se subió al camión que le llevó hasta el cuartel más cercano donde se entregaba el equipo básico, y el siguiente paso era ir a la estación para tomar un tren hacia un destino que no le sería comunicado por el momento. No hubo tiempo para nada, casi ni para despedidas. Antonio no quería hacer aquella situación más dramática. Era tanto el sufrimiento de la familia en las últimas semanas que se propuso que la despedida fuese lo más fácil y natural posible. No faltaron ni lágrimas ni palabras de consuelo, pero consiguió sortear el mal trago. El 24 de mayo, al día siguiente, ya estaba subido en un tren, rodeado de novatos como él, camino a su nuevo y desconocido destino y escribiendo su primera postal.

24 de mayo de 1938

Estimada Joana, ya estamos en Berga después de un día bastante malo. Veremos si mañana se nos da mejor. Hoy en Berga he pensado mucho en vosotros, recordando la excursión que hicimos el año pasado a Queralbs. Hace un poco de fresco, las montañas de los alrededores están muy nevadas. Aún no he tenido la necesidad de ponerme la bufanda que me diste ni algo más de abrigo. Aquí nos pasamos el día intentando averiguar adónde nos llevan y hablando de los fugados de Navarra, si lograrán llegar a Francia.

Besos a la niña, a los míos y tú recíbelos de tu Antonio que tanto te ama.

Queralbs era un pequeño municipio en la comarca del Ripollés, en la provincia de Gerona; al norte de Ribes de Freser, a los pies del Puigmal. Supuestamente, el primer destino de Antonio y sus compañeros era incorporarse a las unidades que defendían como podían los Pirineos y las zonas donde estaban las centrales que garantizaban la electricidad a ciudades como Barcelona. Ellos no lo sabían, pero la vida les preparaba un cambio de rumbo dramático. Mientras estaban en Berga, la plana mayor de la República decidió que todos esos hombres se trasladaran a Almatret y formaran parte de las Brigadas Mixtas de la 42 división con un único objetivo: cruzar el Ebro.

***

Las cartas de mi abuelo y de los demás miembros de la familia mencionan otras historias de la contienda que merecen la pena ser contadas. Al final, esa correspondencia conduce a otros hombres que sufrieron la guerra y que tuvieron sus vivencias. En cuanto vi lo de los fugados de Navarra y el interés de mi abuelo por saber qué les había ocurrido, me metí de lleno en las experiencias de estos soldados. Una vez más, mi desconocimiento sobre este hecho era absoluto, pero necesitaba hacer un homenaje a las ganas de saber de Antonio.

La caja azul no es solo la historia de mi abuelo, sino la de muchos hombres y mujeres que vivieron al límite, con la muerte a cuestas. A veces no puedo evitar narrar una historia dentro de otra y otra... Hay todavía tanto que contar de la Guerra Civil, tantas heridas que curar.

***

Navarra, 22 de mayo de 1938
Fuga del Fuerte de San Cristóbal

Leopoldo Pico y Baltasar Rabanillo se habían conocido encerrados en el infierno del Fuerte de San Cristóbal, una cárcel para dirigentes políticos, sindicales, militares y revolucionarios republicanos. Pulgas, chinches y la tuberculosis eran parte del paisaje. Por las noches se ataban las mantas a los tobillos para que no se las llevaran las chinches. Todos recibían el mismo trato: palizas y humillaciones. De comida, un trozo de pan con chocolate para todo el día y un plato de agua sucia con patata al que los carceleros llamaban «sopa».

A los dos les unían las ganas de fugarse. Leopoldo había intentado junto a su cuadrilla volar un puente, por eso y por comunista lo tenían preso. Baltasar era panadero, un tipo duro, y lo encerraron principalmente por comunista.

Durante semanas Leopoldo había elaborado un plan que los sacara de ese infame sitio, pero intentarlo solos era una locura y probablemente una misión imposible, necesitaban ayuda. Así que decidió contar con Julián, con Daniel

Elorza y con José, todos de Vitoria, comunistas que habían estado presentes en la voladura del puente.

Pero no eran los únicos que querían escapar y se sumaron un total de veintisiete hombres para llevar a cabo el plan de fuga. Los hermanos Aguado, los dos Franciscos Herrero y Hervás, Juanito Iglesias, Fernando Garrofé, Segundo Marquínez…, todos estaban locos por salir del presidio.

Leopoldo tenía claro que habría que desarmar a los guardias. El momento ideal sería durante la cena, cuando se abrieran todas las puertas para llevar el rancho a los presos; si se daban prisa, podrían huir. Pero huir ¿adónde? Los sublevados dominaban todos los puntos del territorio a los que ir, así que la única esperanza era llegar a través de las montañas hasta la frontera con Francia, más de cincuenta kilómetros, que en su estado físico y monte a través sería un calvario difícil de superar.

Otra opción consistía en esconderse en esas montañas, pero el riesgo era infinitamente mayor: sin ayuda de alguien de la zona ni comida ni ropa de abrigo, este plan se convertía en suicida. Además, esconderse, ¿hasta cuándo? Una semana, un mes o tal vez un año. El otro temor era cuánto tardarían en descubrir que se habían fugado. ¿Contarían con tiempo suficiente? ¿Los militares reaccionarían inmediatamente para intentar atraparlos? Y la última gran inquietud, ¿cuántos presos aprovecharían la fuga?

Leopoldo tenía claro que cuantos más huyeran, más difícil sería perseguirlos a todos, y por tanto mayor sería la probabilidad de éxito. En esos primeros meses del 38 cada día llegaban más y más presos. Había unos dos mil quinientos en un espacio donde apenas entraban cuatrocientos. Palizas y vejaciones eran parte del menú diario, no importaban las razones, el terror como ley funcionaba cuando había tantos hombres hacinados en tan poco espacio. Entre palizas, falsas fugas, supuestos ataques al corazón y unos cuantos desaparecidos sin conocerse razón alguna, más de trescientos hombres habían sido asesinados. Ya no aguantaban más, se decidió que la noche del domingo 22 de mayo sería el momento para poner en marcha el plan.

Leopoldo lo preparó todo. Ese domingo el alférez de guardia, Manuel Cabeza, decidió abandonar su puesto y marcharse a Pamplona a dar una vuelta. No era la primera vez que lo hacía y los presos lo sabían. Como castigo, después de la fuga, al alférez Cabeza le cayeron veinte meses de cárcel, pero esa ya es otra historia. Durante las últimas semanas había corrido un rumor entre los presos: alguien quería fugarse. Tanto secreto no podía guardarse por más tiempo, de modo que o huían o quizá no tendrían otra oportunidad.

Cuando aparecieron los soldados con el rancho, Leopoldo y Baltasar fingieron una pelea. Esa era la señal para desarmar a los guardias. El éxito fue rotundo, los guardias no se lo esperaban y fueron reducidos de inmediato. Una vez conseguido el objetivo, Leopoldo, con la gorra, la capa y la pistola de uno de los soldados, desarmó al resto de los hombres que los custodiaban. Todo fue muy rápido. Ya no eran solo los veintisiete que llevaron a cabo la operación, sino que cientos de presos se sumaron a la fuga. La voz se corrió y se fueron uniendo más y más.

Un numeroso grupo entró en la zona de guardia donde estaban cenando el resto de los soldados y los desarmaron.

A las armas requisadas añadieron palos y barras. Tocaba ir a por los centinelas de las garitas: uno se resistió y murió de un golpe en la cabeza, dos se dieron a la fuga y corrieron montaña abajo dando la voz de alarma, los demás se rindieron. El follón fue mayúsculo, tanto que un corneta que regresaba de permiso se topó con cientos de presos corriendo montaña abajo. El corneta, asustado, decidió correr y sumarse a los que daban la voz de alarma.

No eran ni las nueve de la noche cuando aparecieron los primeros camiones con soldados y reflectores, pero para entonces Leopoldo, Baltasar y otros setecientos noventa y tres presos ya se habían marchado. Los últimos en salir, al ver la pronta reacción de las tropas de Pamplona, regresaron a sus celdas voluntariamente, pero muchos otros pudieron huir durante meses.

Todo los fugados de Navarra tenían nombre. Aquí va el destino de alguno de ellos: José Marinero, Valentín Lorenzo y Jobino Fernández consiguieron llegar a Francia. La historia cuenta que también lo logró un cuarto hombre del que no se conoce el nombre ni más detalles. Leopoldo no lo consiguió, lo mataron sin contemplaciones, y junto a él cayeron otros doscientos siete fugados. Catorce hombres, entre los que estaban Baltasar, los hermanos Aguado, Antonio Casa, Daniel Elorza, Francisco Herrero y Francisco Hervás, terminaron en un juicio que los condenó a muerte, y los fusilaron públicamente en Pamplona. A Gregorio Morata se le encerró en un psiquiátrico por inadaptado, pero así pudo salvar la vida.

Otros quinientos ochenta y cinco fueron capturados y aumentaron sus penas en diecisiete años más.

El último detenido, tres meses después, fue Amador Rodríguez, alias Tarzán. Le pusieron ese mote porque sobrevivió escondido en el monte comiendo caracoles, ranas y hierba durante noventa días.

El director de la cárcel, Alfonso de Rojas, fue destituido. También el administrador Carlos Muñoz, por malversación de fondos. El alférez de guardia, Manuel Cabeza, después de los veinte meses de cárcel tuvo que enfrentarse a un consejo de guerra, pero no fue condenado. Esta fuga también dejó un gran número de desaparecidos, de los que no se supo nunca nada más.

Estoy seguro de que si mi abuelo Antonio hubiera vivido también habría seguido con el mismo interés las dos mayores fugas de la Segunda Guerra Mundial. Fugas que ponen aún más en primer plano la importancia de lo que sucedió en el Fuerte de San Cristóbal. La primera fue en Sobibor, Polonia, donde cuatrocientos judíos y un puñado de prisioneros de guerra rusos y gitanos se unieron para fugarse. El plan era muy sencillo: solo tenían que salir corriendo, sabían que algunos morirían bajo los disparos de los centinelas pero el resto lo lograrían. El 14 de octubre de 1943, al mediodía, todos los presos corrieron hacia la puerta principal y la derribaron. Muchos murieron bajo el fuego de las ametralladoras de las SS, pero los demás continuaron. Una vez tumbaron la puerta, huyeron hacia el bosque tras superar un campo de minas. Entre toda esta confusión, algunos judíos y un grupo de soldados rusos consiguieron armas y mataron a veinte guardias de las SS. De los cuatrocientos que intentaron la fuga, cien perdieron la vida, pero la mayoría logró unirse a los partisanos y siguieron combatiendo a los alemanes.

La otra gran fuga, parecida a la del Fuerte de San Cristóbal, fue la de los setenta y seis aviadores aliados que lograron huir a través de un túnel del Campo Stalag Luft III. Cincuenta de ellos fueron capturados y asesinados por la Gestapo, a veintitrés los devolvieron al campo de concentración y tres lograron llegar a Reino Unido. Hollywood popularizó esta hazaña con la película *La gran evasión*.

Pero ninguna de las dos se acercó a las cifras del Fuerte de San Cristóbal, que hoy en día sigue siendo la mayor fuga en tiempos de guerra. No sé si mi abuelo Antonio llegó a enterarse del paradero de alguno de los fugados de Navarra. Lo que está claro es que él vivió paralelamente sus propias vivencias. Sus cartas proporcionan lo que experimentaron otros hombres. Era tiempo de morir, y tiempo de amar.

***

26 de mayo de 1938

Estimados todos, solo unas letras para haceros saber que estoy bien. Hemos hecho noche en El Morell, que está a poca distancia de Reus. No sabemos ni cuándo ni cómo continuaremos, por ahora parece que seguiremos camino por carretera, pero todo está por decidir.

Cuidaos mucho todos.

Joana, sé muy valiente y cuida a la niña y da ánimos a todos de vuestro Antonio que tanto os quiere y os extraña.

El Morell estaba a poco más de once kilómetros de Reus, aunque por entonces Antonio no sabía que su vida había cambiado horas antes cuando se había decidido que él y el resto de sus compañeros de viaje pasarían a formar parte de la 42 división de la República.

28 de mayo de 1938

Estimados todos, solamente unas palabras para que sepáis que seguimos en El Morell. Parece que hoy saldremos destinados para la 42 división, cuando estemos en el sitio ya os escribiré a todos y os contaré más detalles. Ahora solo os puedo decir que sigo bien. Joana, cuídate muchísimo y cuida a la niña.

Papá, mamá, Teresa, ánimo que me parece que pronto nos veremos.

Recuerdos a mis suegros y a Casa Font y Monegal.

Besos,

ANTONIO

Antonio vivía más preocupado por lo que podía estar pasando su familia que por lo que le podría suceder a él. Joana, su mujer, no estaba bien, pues no terminaba de salir del oscuro pozo en el que había caído después de la muerte del pequeño José. Una de las cosas que más sentía al haber sido movilizado fue dejarla sola. Por eso quiso regalarle una despedida íntima y especial la última noche que pasaron juntos, aunque luego no tuvo tiempo para mucho más.

Él podía suponer que en casa, en Badalona, sus padres y su hermana comenzarían a retomar el día a día con una pena infinita, pero resignados y con el consuelo que les daba cuidar de la pequeña Juana. Pero la herida de Joana parecía incurable, su esposa se había convertido en una mujer poco habladora y de mirada perdida. Seguramente como un puro acto de supervivencia para resistir tanto dolor. Él deseaba tanto volver a su lado y consolarla…

6

LA ESPERA

Frente del Ebro, julio de 1938

Mi querida Joana, avanzamos y retrocedemos, seguimos bajo fuego enemigo, todo el rato pendientes para no caer en emboscadas. La sensación es que ellos corren y nosotros les alcanzamos, pero al rato caemos en una emboscada y somos nosotros los que corremos y ellos los que nos alcanzan. Tranquila, que estoy bien. Es curioso cómo el miedo ha ido desapareciendo en parte y ahora la sensación es de estar alerta. No tengo sueño ni tan siquiera me siento cansado. Todo llegará, seguramente.

Por suerte, del grupo de siempre, es decir, de los que nos hemos ido juntando estas semanas antes de que comenzara la ofensiva, seguimos todos bien, pero ya han caído unos cuantos muchachos. A varios los conocía de las clases y las lecturas de los periódicos. Es desolador verlos muertos, no sé cómo describirte la sensación.

Hace un buen rato que ando con Francisco Herrada, buena gente, es de los veteranos. Se alistó en el 37 y lleva casi un año de guerra. Ya ha pasado por esto antes y cuando las cosas se tuercen tira del carro.

Aquí andamos, contándonos la vida. El pobre perdió de muy joven a su padre de bronconeumonía y a su madre le manda todo el dinero que puede, ya que la mujer es pobre de solemnidad y malvive en Barcelona. Me ha pedido que si le sucede algo ayudemos dentro de nuestras posibilidades a la buena mujer. En cuanto pueda te mando la dirección y si podemos compartir alguna cosa con ella, estoy seguro de que algo podremos hacer.

Si te digo la verdad, últimamente pienso en Federico. No te negaré que hay momentos en que me enfado y no comprendo cómo no nos ha ayudado para salir de todo este lío, aunque cuando me sereno un poco, entro en razón y me imagino que poco pudo hacer. Ya suenan de nuevo los cañones. Herrada dice que nos vamos a poner a cubierto, que tenemos otra vez jaleo. Parece que quieren ahora que tomemos un punto que llaman «los Aüts».

Te quiero, mi amor, y solo sueño con estar de nuevo en casa.

A veces, en el relato de mi abuelo, adelanto acontecimientos en sus cartas para poder conocer y entender a algunos personajes que tuvieron que ver con su destino. Federico fue uno de ellos, él pudo cambiar su paradero, pero finalmente no le fue posible. En el fragor de la batalla, lo recuerda con cierto desencanto, pero todo es mucho más complejo de lo que parece. Y también me emociono al ver cómo Antonio se relacionó con los demás durante aquellas duras jornadas y cómo en apenas unos meses estableció lazos de amistad fuertes y de camaradería con un grupo de hombres, unidos irremediablemente a un mismo destino, desolador. Nunca se olvida de nombrarlos en la correspondencia. Pero retomemos el relato con Federico. Su historia y la relación con mis abuelos también merece la pena ser contada.

***

Federico Durán era uno de los jóvenes médicos más brillantes del bando republicano, llevaba meses salvando vidas gracias a su método revolucionario de transfusión de sangre. Por primera vez se había conseguido preservar y transportar la sangre que se donaba en retaguardia hasta el frente sin que se estropeara. Era el primer servicio de transfusión y almacenamiento. Este descubrimiento supuso un cambio radical en el mundo de la medicina. Por aquel entonces, lo que se hacía eran transfusiones directas de brazo a brazo.

Durán caminaba apresurado hacia el cuartel general del servicio de transfusión en la calle Mallorca de Barcelona, pensando en Joana y en el mensaje que había recibido, donde le pedía ayuda para poder sacar a Antonio de primera línea. No era la única que vivía con esa angustia. Ese mes de mayo del 38 se estaba convirtiendo en un calvario para muchas familias catalanas, que veían partir a sus hombres, jóvenes y mayores, hacia la guerra. En Cataluña, en aquellos momentos estaba siendo especialmente cruenta la guerra.

—No sé cómo les voy a poder ayudar, está todo tan difícil que parece imposible sacar a nadie del frente. El pobre Antonio se va a tener que apañar solo. Maldita sea, después de todo lo que han tenido que pasar con el pequeño José..., y ahora esto. Algo se me ocurrirá, tengo que intentarlo.

Federico hablaba solo mientras seguía andando a paso rápido por la calle Balmes, cerca del cruce con la calle Mallorca. Luchaba contra sí mismo y sus contradicciones, quería ayudar, pero él era un oficial reconocido y admirado, y el ambiente estaba enrarecido entre las facciones políticas que manoseaban el poder por aquel entonces. Si le pillaban tratando de favorecer a un amigo, se podía montar un lío gordo. Se detuvo justo en la esquina, sonrió y soltó un rotundo:

—A la mierda los políticos.

La verdad es que le daba igual.

—Los amigos son para siempre —seguía hablando para sí mismo, en un tono bajo—, y estos políticos que nos manejan no son buena gente. Hoy están y al día siguiente desaparecen o se cambian de bando.

Tenía razón en apostar por los amigos y no por los que gobernaban. Los ciudadanos estaban hartos de guerra, muerte y penurias, y viendo el avance imparable de las tropas sublevadas, la guerra estaba muy difícil como para dejar abandonado a alguien a quien quería y apreciaba.

La familia Durán y la de Joana tenían mucho trato. Todos venían de Martorell, un pueblo a unos cuarenta kilómetros de la Ciudad Condal, aunque Federico había nacido en Barcelona, en el barrio de la Barceloneta. Joana, su hermana Mercedes y los cinco hermanos Durán solían juntarse y divertirse antes de que estallara la guerra. Federico siempre había sido el más listo, se parecía mucho a su padre, muy creativo, amaba el deporte y destacaba por encima de sus hermanos en casi todo. Era tan evidente la brillantez del joven Federico que en casa decidieron hacer un esfuerzo económico, aconsejados por los maestros de la escuela, para que fuera a la universidad.

Su pasión era la química, pero terminó estudiando medicina como querían sus padres. En sus años universitarios aún destacó mucho más. No pasó inadvertido para nadie, tampoco para un grupo de compañeros masones que siempre a la búsqueda de mentes brillantes lo reclutaron en 1927, convirtiéndose en un miembro más con el sobrenombre de Pasteur. Por eso, y por comunista, fue juzgado por rebeldía una vez terminada la guerra por el Tribunal Especial para la Represión de la Masonería y el Comunismo. Pero esa es otra historia.

La relación con Joana siguió durante todos esos años. Después llegaría la boda de la abuela con Antonio, el nacimiento de Juana y el de José. Nada se interpuso a esa amistad, ni el comienzo de la guerra los alejó demasiado. Era cierto que ya no coincidían como antes, como cuando eran más jóvenes, pero seguían hablando. Joana integró al abuelo Antonio en el grupo de Martorell, y enseguida se convirtió en uno más. A Federico le encantaba discutir con Antonio, sobre todo de política. La implicación de Antonio con Nosaltres Sols y su posterior entrada en el Partido Nacionalista Catalán de Josep María Xammar, presentándose a las elecciones en Cataluña, le convertían en el blanco de todo tipo de preguntas, debates, dudas y desacuerdos. Eran los tiempos en que las tertulias se eternizaban en cualquier cafetería.

En 1936, con el comienzo de la guerra, Federico fue destinado al Hospital 18 en la montaña de Montjuic de Barcelona y atendía a los heridos que llegaban de todos los hospitales de la ciudad. Durante esos días tomó conciencia por primera vez de que las transfusiones brazo a brazo no eran la solución. Necesitaban algún método de transfusión más efectivo. Había que encontrar la forma de guardar y transportar la sangre. Fue por aquel entonces, mientras Federico atendía heridos noche y día y comenzaba a pensar en soluciones para poder hacer otro tipo de transfusiones, cuando Antonio junto a Joana y los niños se alejaron del centro de Barcelona, donde vivían, y se establecieron en Badalona, en casa de mis bisabuelos y la tía Teresa.

—Cuánta muerte y miseria le espera al pobre Antonio —murmuró Federico, que no era capaz de sacarse a su amigo de la cabeza, parado frente a la puerta del centro de transfusión—. Con todo lo que hemos pasado ya, esto no terminará nunca.

Su lamento fue escuchado por Enric, uno de sus ayudantes, que llegaba en ese instante.

—¿Va todo bien, Federico?

—Sí, nada, cosas mías.

Abrió la puerta del edificio de la calle Mallorca y entró. Lo primero que hizo fue escribir a Joana, quería que supiera que haría todo lo que estuviera en su mano para ayudar y cambiar en lo posible esa pesadilla que les estaba tocando vivir, y aprovechó también para darle ánimo y ofrecerse para cualquier otra cosa que necesitara ella o la niña.

Federico era comandante del ejército republicano y le habían ordenado aquella misma mañana que preparase para el mes de julio un buen número de reservas de sangre para ser enviadas hacia un nuevo frente que se abriría muy pronto. Tan misteriosa y escueta orden estaba acompañada de otra que le obligaba a ir y venir del frente. Según le explicaban, para supervisar los puntos en los que se instalarían los hospitales de campaña. A ser posible, lo más cerca de primera línea, junto al río Ebro. La falta de ambulancias obligaba a no alejar mucho los hospitales. Los camilleros cargarían a los heridos durante kilómetros.

Mientras leía la nota en la que se le pedía cumplir con la mayor discreción sus nuevos cometidos, pensó en lo lejos que quedaba la mañana que había cambiado su vida. Justo el día en que llegó la carta de un par de buenos amigos y compañeros de profesión, Serafina y Wenceslao, desde el frente de Aragón, que le pedían ayuda y se lamentaban por la falta de sangre para atender a los heridos y poder salvar más vidas. Ese día Federico apostó por cambiar la historia, se propuso resolver esa situación y comenzó a trabajar en un sistema que le permitiera almacenar sangre en grandes cantidades, para posteriormente ser trasladada a cualquier hospital de campaña que lo necesitara. Lo logró, y envió los siete primeros litros de sangre al frente de Aragón.

El proyecto arrancó casi de cero. Sumando varios elementos que resultaron ser claves. La invención de una aguja especial para la extracción, el envase de vidrio en el que recoger la sangre extraída mientras se mezclaba con anticoagulante, ayudado todo ello con un sistema de vacío. Se hacían pruebas para saber el grupo sanguíneo, pero no eran cien por cien eficaces, así que se recomendaba inyectar una pequeña dosis y esperar unos diez minutos, y si no pasaba nada se procedía a realizar la transfusión. La temperatura había que mantenerla siempre a dos grados, y la botella, en posición vertical durante un máximo de quince días. Antes de administrar la sangre a un paciente se calentaba un tiempo al baño maría.

Otra parte importante pasaba por la donación, se hacía en ayunas y estaba limitado el tiempo entre donaciones: tenían que transcurrir tres semanas. Si no se seguían estas indicaciones, la persona que donaba corría el riesgo de morir o que su sangre no estuviese en condiciones óptimas y no pudiera ser utilizada. Ya por aquel entonces a cambio de dar sangre se ofrecía comida, y para muchos, con los malos tiempos que corrían, era la única forma de poder llevarse algo al estómago. Las órdenes de Durán eran muy estrictas, el control sobre los donantes y el tiempo entre donaciones muy riguroso. Este era a grandes rasgos el método Durán, toda una revolución que cambió para bien la vida de muchos y que es la base de nuestro sistema de transfusión de sangre actual. El último punto y no menos importante para salvar a los soldados que caían heridos pasaba por cómo transportar la sangre. Se consiguió adaptar un camión frigorífico que se utilizaba para llevar y traer pescado. Se hacían envíos semanales al frente, se mantenía una media de treinta y cinco litros de sangre en cada hospital y el camión adaptado consiguió llegar a trescientos kilómetros de Barcelona con su preciado cargamento.

Federico no se quitaba a Joana y a Antonio de la cabeza, así que intentó una maniobra más antes de salir hacia el frente al día siguiente, y pidió el nombre del médico que estaba al mando del servicio sanitario de la 42 división donde habían incorporado a Antonio. También añadió en la carta enviada a Joana una petición para que Antonio, si podía, lo averiguara y le solicitara cita para que le visitase. Su idea era que cuando Federico preguntara por Antonio, le sonara al capitán médico de la 42 el nombre y su caso. En la mejor de las situaciones, entre colegas, podría intentar convencerlo para trasladar a su amigo a uno de los hospitales que controlaba, para que trabajara como auxiliar o camillero. Estaba seguro de que si se encontraba a su cargo podría hacerle la vida algo más fácil y más segura. Aunque en tiempos de guerra nadie estaba a salvo de su ventura. Federico no lo tuvo nada fácil. Mientras, mi abuelo continuaba a la espera de un destino incierto en el frente.

**

29 de mayo de 1938
Almatret, Lérida

Estimados padres y hermana, ¿qué os puedo explicar de mi vida? Nada o casi nada, llevo viajando sin parar estos últimos días: ahora en tren, ahora en camión. Como, duermo y poco más. He aquí lo que es por ahora mi vida de soldado al servicio de la República. Hoy he ido a la revisión médica y poco ha faltado para que el doctor no me felicitara de tanta salud que tengo. Si no me ayudáis no habrá nada que hacer.

Por eso le digo a Joana en su carta que mire a ver si Federico, que ya es comandante y está de jefe del servicio de transfusión de sangre en el frente, puede hacer alguna cosa.

Yo me encuentro como siempre, ni más bien ni más mal. De todas formas por aquí hay buenos aires que seguro me sentarán bien. No he pensado en preguntarle a Joana si ha recibido las dos cartas que envié desde El Morell, ¿han llegado? Y vosotros ¿qué hacéis? ¿Qué tal estáis?…

No puedo alargarme más, acaban de dar orden de formar, no sé por qué será. Si queréis escribirme, la dirección momentánea la tiene Joana.

Besos a todos, recuerdos a los conocidos, y vosotros lo que queráis de vuestro hijo y hermano que mucho os quiere.

ANTONIO

Teresa terminó de leer la carta en voz alta, junto a ella sus padres y Joana habían seguido con atención todo lo que explicaba Antonio. Joana reaccionó de inmediato.

—Ya he hablado con Federico, le he pedido ayuda, que haga lo que pueda para sacar a Antonio de primera línea.

—¿Piensas que podrá hacer algo? —preguntó un tanto angustiada Teresa.

—No lo sé, rezo para que así sea. No quiero que le ocurra nada, bastante nos está haciendo pagar esta vida.

Joana se quedó con la mirada perdida, pensando en su pequeño. Un silencio triste llenó la estancia de la casa de Badalona, nadie se atrevió a mostrar ni un resquicio de esperanza. Era Antonio el que siempre se mostraba positivo, y sin él en esa casa, todo pasaba por un golpe de suerte o un pequeño milagro que les quisiera proveer el destino. Lo que se podía hacer se había hecho, pero por ahora ni respuestas ni resultados.

Teresa guardó de nuevo la carta en el sobre con mucho cuidado, casi con miedo a romperla, como si la nota fuera algo casi sagrado. Le pidió a Joana la dirección para escribir a su hermano, quería responder cuanto antes. Salió de la galería camino de su habitación, y a mitad del pasillo se giró y les preguntó a sus padres si querían escribir a Antonio por su cuenta o les dejaba un hueco de papel en blanco.

—Ya le escribiremos nosotros —respondieron casi al tiempo los dos—. No te preocupes, Teresita, y cuéntale lo que quieras a tu hermano.

Teresa continuó hacia su habitación, ahora seguida de la pequeña y revoltosa Juana, que repetía sin parar, riéndose:

—Yo también quiero.

Le pidió un trozo de papel porque ella quería escribir a papá, como hacían los adultos.

***

Esa tarde Antonio no estaba tranquilo, los oficiales llevaban todo el día revueltos. Algo pasaba. No hacía ni veinticuatro horas que estaban en Almatret y no sabía si era por la proximidad del frente, pero era evidente que algo les tenía muy alarmados. De repente después de merendar llamaron a formar, no estaba previsto y todos corrieron dejando lo que estaban haciendo. «Para un rato de descanso que tenemos y ya se ha montado jaleo», pensó Antonio.

—¿Qué pasará ahora? —le preguntó con preocupación Fernando Caros, uno de los nuevos compañeros del abuelo con el que le uniría una gran amistad.

—Chisss, calla y escucha, que son capaces de arrestarnos por hablar.

Los nervios estaban a flor de piel y la incertidumbre provocada por todos los días de viaje y por no tener noticias de los suyos los desquiciaba. Las cartas de Antonio sí que llegaban a Badalona, pero hasta entonces no se había repartido nada de correo entre la tropa. Las órdenes que escucharon mientras estaban en la formación era que tenían que cambiar de posición.

—Por ahora dentro de Almatret —gritó el capitán.

Tocaba ponerse en marcha, pero por suerte era cerca, dentro del mismo pueblo. Antonio se movió con celeridad, cogió sus cuatro cosas y caminó hacia el nuevo emplazamiento siguiendo las indicaciones del oficial al mando. Quería tener un buen sitio, pero su sorpresa fue mayúscula cuando llegaron él y unos cuantos más que le habían seguido: estaban frente a una iglesia

—Pues aquí vamos a pasar la noche.

Entró, estaban los bancos y el altar, pero habían desaparecido las figuras religiosas. Ni cristos crucificados ni vírgenes. Afortunadamente no había ardido, ni tampoco parecía que se hubiera hecho mucho destrozo; al contrario, todo estaba en buen estado. Se encaminó hacia el final, junto al altar encontró una puerta abierta y se dio cuenta de que no había nadie en esa estancia. Dejó sus cosas al pie del ajimez, una pequeña ventana por donde entraba luz, y se puso a escribir. Aprovechó el tiempo que tenía libre para contarle a Joana lo que le estaba sucediendo.

Desde la sacristía, mayo de 1938
Cerca de Almatret (Lérida)

Queridísima Joana, te escribo desde la sacristía de una iglesia de Almatret, que parece que nos va a servir de refugio por esta noche. Estamos muy cerca del frente, pero no te inquietes porque por ahora todo parece estar en calma. Yo me encuentro bien, sigo pidiendo revisión médica alegando enfermedad crónica, aunque estoy en la lista de «útil para todo servicio».

Nos hemos reunido ocho compañeros en esta sacristía y estamos como en una habitación aparte. Para ser nuestro nuevo cuartel, no estamos mal.

¿Tú qué haces?, ¿qué tal la niña? Ya ves, las preguntas de siempre, pero deseo tanto tener noticias. Dale a la niña muchos besos de parte de su padre. Os extraño mucho, pero me consuelo pensando que quizá pronto nos volveremos a ver y estaremos juntos para siempre.

Prueba a escribirme a esta dirección, pero no sé si llegará nada. Nos están moviendo tanto que a saber si los del correo sabrán dónde entregar las cartas.

Nos han dicho que esto de la iglesia es provisional, que ya nos van a ir cambiando a nuestras compañías, pero estamos como en Barcelona, nadie te sabe contestar a lo que preguntas. Escríbeme, porque no perdemos nada. Llevamos veinticuatro horas en este pueblo, ya nos han mudado dos veces de sitio y le sumamos además que los viajes no han sido ni mucho menos agradables. Menuda cruz.

Pero lo importante es que hemos llegado sanos y salvos, que es de lo que se trataba. Ahora mi única preocupación y la de todos es llegar al final de este descalabro con los huesos enteros. Parece que no tendremos instrucción en lo que nos queda de tarde, así que aprovecharé para escribir un rato más y me afeitaré. No me reconocerías, no me he afeitado desde que salí de casa. Ya iré dándote noticias de mi vida, que por ahora ya ves que no es muy agotadora.

Muchos y muchos besos a la niña. Recuerdos a tus padres, a los míos, a mi hermana, y tú recibe todos los pensamientos de tu hombre, que no sabes cuánto te quiere.

Cada día que pasaba crecía el grupo de nuevos amigos. Antonio tenía un extraño imán con la gente, la casualidad, o quizá el destino, estaba juntando a un grupo de hombres que formarían el núcleo duro de la 4 compañía de la 226 Brigada Mixta, todo un referente en el cruce del Ebro. Si les hubiera conocido el director de cine Sam Peckinpah, habría rodado una película sobre ellos. Pocos días les faltaban ya para saber que pertenecerían a esa compañía. Durante esos primeros días la dirección a la que se podía escribir al abuelo Antonio aparecía como «compañía de depósito». Destino un tanto incierto para la correspondencia y para ellos, que no habían sido todavía asignados a compañía alguna. Pero, como digo, apenas les quedaba tiempo para cambiar su destino y pertenecer a ese núcleo duro e imprescindible para la batalla del Ebro.

Joan Morás era un chico de Vallcarca, de pelo oscuro, complexión fuerte, seguramente porque se había criado ayudando a su padre, que trabajaba para el señor Raimón (un conocido de los padres de Antonio) de albañil (paleta). Era un tipo duro por definición, no estaba en el frente por voluntad propia; sin embargo, compartía la idea de muchos de los que estaban en esas unidades: no creía en políticos ni en guerras, pero no le apetecía vivir en un mundo dominado por fascistas.

Antonio y él podrían haberse conocido en casa de los padres de Antonio, cuando Joan hizo junto a su padre unos pequeños apaños en la cocina de Francesca. Pero no había sucedido, nunca habían coincidido en la casa. Lo cierto es que en aquellos momentos, en tan extremas circunstancias, tan cerca del frente, ambos se complementaban bien. Y allí fue donde coincidieron y sus vidas se cruzaron. Los dos tenían muy buen sentido del humor. Antonio le ayudaba con las cartas y Joan era una máquina cuando tocaba picar para abrir trincheras.

Víctor era con el que mejor se llevaba. Los dos tenían un punto de unión muy curioso: era el marido de Rosa, la cajera de la Casa Vidal i Ribes, amiga de Joana. Y aunque no se conocían antes de ir al frente, la amistad de sus mujeres les generó una sensación de familiaridad. Tenían una formación académica parecida. Víctor tenía el pelo castaño, sin llegar a ser rubio, y era delgado pero fuerte. Al igual que a Antonio, se lo habían llevado a la fuerza al frente. Tenía familia a la que alimentar y cuidar y poco podía ayudar desde allí. Echaba mucho de menos a su mujer. Odiaba visceralmente la guerra, la miseria y el hambre. En cuanto empezaban a caer bombas, se transformaba. Eso lo descubrió sobre todo la noche que cruzó el Ebro. Víctor fue el mejor camillero en su sector, donde expuso su vida sin miramiento una y otra vez por salvar a sus compañeros.

Fernando Caros, el que le había preguntado nada más llegar a Almatret que qué pasaría, era el flojo del grupo, un chico joven y muy sentido. Tanto la guerra como tener que ir al frente le habían atrapado y aniquilado moralmente. Antonio se pasó gran parte del viaje dándole ánimos, ya que el chico estaba hundido en la tristeza más absoluta. Fernando le mostraba cada segundo un agradecimiento eterno por lo que hacía por él en esas circunstancias y le seguía a todas partes. El chico estaba convencido de que no saldría con vida de esa historia. La fortuna quiso que el capitán del 904 lo pusiera a trabajar como su ordenanza. Gracias a ello tenía información privilegiada que compartía siempre que podía con Antonio.

Francisco Herrada, que ya ha aparecido en la carta donde en pleno fragor de la batalla del Ebro se cuentan ambos su vida, era un veterano de la campaña de Aragón, un tipo noble, de familia extremadamente pobre que sobrevivía gracias a la paga de soldado que mandaba a su madre para que pudieran comer. No le temía a la muerte porque no tenía nada que perder. En Teruel había visto muchas barbaridades, lo peor del ser humano. Por alguna razón que nunca explicaba, era uno de los que querían ajustar cuentas con los moros.

Junto a ellos, otros treinta nombres de jóvenes llegados de todas partes de España, la mayoría veteranos, retales de unidades que habían luchado por última vez en el frente de Aragón. Ese era el pelotón de Antonio.

El mes de mayo llegaba a su fin, atrás quedaba el recuerdo de salir de casa para enfrentarse a un destino incierto. Y junio de 1938 arrancaba sin grandes cambios para todos los recién incorporados. Pero estar en Almatret junto a tanto soldado tenía un problema añadido: los rumores. Eran un calvario, un sinfín de malas noticias que se extendían rápidamente y no se sabía cuáles eran ciertas o si todo lo que llegaba a sus oídos era mentira.

El frente estaba demasiado cerca y ese era el mayor temor, que les ordenaran colocarse en primera línea. La verdad es que podía suceder en cualquier instante. Las órdenes eran estar permanentemente alerta, no deshacer los macutos, por si había que salir a toda prisa, y estar preparados para lo que estaba por llegar. Aquella situación era un sinvivir.

1 de junio de 1938
Almatret

Estimada Joana, son las seis y cuarto de la tarde, llueve y aprovecho un rato, de los pocos que tenemos de descanso, mientras esperan que escampe la lluvia, para escribirte esta postal. No sufras por mí, que yo estoy relativamente bien a pesar de que os extraño mucho. La lluvia y este estar sin hacer nada no son una buena medicina para la añoranza. Dile a la niña que su padre piensa mucho en ella y que le manda muchos besos.

Ya me dirás cuando me escribas si recibiste la carta que te envié anteayer, en donde te decía que es el momento de ver a Federico Durán. Diles a mis padres y a Teresa que hoy no les voy a escribir, me quedan muy pocas postales y me toca ahorrar. En este pueblo no hay de nada. Esta gente está pasando muchas penurias, hay mucha falta de todo.

En la carta que te menciono antes también hay una para ellos.

Para tus padres y para los amigos muchos recuerdos, con ganas de que termine esta pesadilla.

Besos y abrazos para todos, miles para la niña, y para ti todo lo que quieras de tu marido, que te extraña y te ama.

Antonio no estaba tranquilo, tanto viaje complicaba sobremanera tener noticias de casa, ni tan siquiera sabía si sus cartas llegaban a destino. Además, por otra parte, las provisiones de papel y sellos se le estaban acabando y eso le dejaría incomunicado. Decidió pensar en un plan para conseguir papel, pero ¿cómo?

Almatret era un pequeño pueblo de interior, con poco más de mil habitantes, su plaza Mayor, la iglesia ocupada por Antonio y sus compañeros, algunas masías e incluso alguna que otra ermita cercana, perdida tierra adentro. Cada casa tenía su pequeño huerto de subsistencia, algo de ganado y mucho campo de secano.

Poco habían notado la guerra sus habitantes. Por esas tierras no pasaba nada ni nadie, así que vivían con cierta tranquilidad, cerca del Ebro. El río era el punto de encuentro de mujeres, niños y hombres que disfrutaban de sus aguas cuando el calor apretaba. Al otro lado, a un paso cruzando en barca, estaban los pueblos de Mequinenza y Fayón, que eran las poblaciones más cercanas, pero no se relacionaban mucho con los habitantes de estas aldeas.

A principios de 1938, Almatret había despertado de golpe a la realidad que vivía el país, pues, con la gran ofensiva de los sublevados en Aragón, comenzaron a llegar al pueblo familias que venían huyendo del frente. Cargados con lo que habían podido salvar. A los que trataban de alcanzar Barcelona les quedaba un largo trayecto, pero todavía mucho más a aquellos que querían seguir hacia el norte para cruzar a Francia. Ellos estaban convencidos de que nada ni nadie pararía a Franco.

Poco podían hacer las gentes de Almatret por todos ellos. En el pueblo no había casi de nada, lo justo para sobrevivir. Pero eso no fue impedimento para mostrarles la cara más amable. Siempre dispuestos a ayudar, nunca faltó un plato en la mesa para ninguno de esos desesperados que encontraron la solidaridad que necesitaban.

Las charlas con los recién llegados siempre terminaban en el mismo punto: aconsejaban a los del pueblo que, más pronto que tarde, huyeran, que no saldrían vivos los hombres ni enteras las mujeres si llegaban los sublevados. Hablaban con la voz entrecortada del que había visto con terror hasta dónde llegaba la vileza humana. Cuánta razón tenían, lo peor estaba por venir. El frente se detuvo al otro lado del Ebro, a un paso del pueblo.

Los primeros en ocupar Almatret fueron los republicanos. Ellos se instalaron y lo convirtieron en un enorme campamento militar. Tomaron esas tierras, preparando la gran ofensiva. Se ocuparon las casas, los establos y la iglesia. Se requisaron los rebaños y la poca comida que pudieran tener. Eso solo duró un par de días, para alimentar en parte a los recién llegados.

Después comenzaron a enviar desde retaguardia camiones con provisiones para los soldados y los habitantes del pueblo, pues estos últimos cocinaban, hacían pan y lo que hiciera falta. Los convirtieron en trabajadores voluntarios para la causa. Sin ser sus paisanos muy conscientes de ello, la guerra comenzó a girar en torno a Almatret. Lo mismo sucedió en otros pueblos donde las fuerzas republicanas se preparaban para contraatacar a orillas del Ebro.

Sin embargo, los aldeanos no las tenían todas consigo, cada mañana desaparecían unos cuantos vecinos del pueblo. Muchos temían que la presencia de tanto soldado se convirtiera en la excusa que necesitaba el enemigo para atacar y bombardearlos. Los que pudieron, cargaron con lo poco que les quedaba, algún recuerdo familiar y algo de comida, y pusieron rumbo hacia Barcelona. Otros se la jugaron, pensando que el mejor camino era pasar de noche al otro bando, al de los sublevados, y comenzar una nueva vida en Mequinenza o Fayón.

Cada vez estaba más claro que algo ocurría en esa parte del Ebro. Los sublevados recibían informes a diario de que se estaba preparando una buena, por parte de los espías, de los soldados que decidían huir y cambiar de bando y de los paisanos que cruzaban huyendo de la vida en el lado republicano, pero no tenían claro cuándo y cómo se haría.

Tanto fue así que la noche que se cruzó el Ebro, cuando a Juan Yagüe, general al mando del Cuerpo de Ejército Marroquí por el lado de los sublevados, le despertaron para decirle que los rojos habían cruzado el Ebro, él exclamó: «Gracias a Dios, ¡todo el mundo a sus puestos!». Estas palabras reflejan la tensión acumulada durante días, pendientes de saber qué iba a suceder. Hacía tiempo que esperaban algún movimiento de los republicanos.

Por otra parte, los hombres de la República llevaban días cruzando a escondidas e infiltrándose en territorio enemigo, marcando posiciones, puntos de ametralladoras, cañones, distribución y cantidad de tropas. La labor de los espías aquí fue determinante.

Lo cierto es que Almatret se convirtió en un inmenso campamento militar durante aquella primavera de 1938, meses durante los que se comenzó a escribir la historia de los chicos de la 42 división, entre ellos la de mi abuelo Antonio.

5 de junio de 1938
Almatret

Mi querida Joana, he terminado de cenar y aprovecho la poca luz del día que hay en nuestra habitación para enviarte mis pensamientos. Contarte que anteayer te envié una postal, por eso pocas cosas nuevas tengo para decirte, así que he decidido narrarte paso a paso lo que hago de un día a otro.

Me levanto muy temprano, a las cinco y media, me lavo y luego salimos a formar para ir a buscar la leche, desayunamos y después toca instrucción hasta la hora de comer. Se me da bien lo de disparar, lo de tirarme al suelo no tanto. Un rato de descanso y vuelta a la instrucción, cenamos y a dormir. Para comer casi siempre hay lo mismo, judías con carne. La verdad es que hay buenos cocineros y están muy bien guisadas.

Me encuentro relativamente bien, agotado por la instrucción y, como tú bien sabes, se supone que no me puedo cansar con mis problemas de respiración.

Mañana me toca médico, no sé si me quiere ver por lo de la pleuritis. A ver por dónde me sale, igual me vuelve a felicitar por ser el más sano del campamento. En las cartas anteriores te pedía que vieras a Federico Durán, ¿le has podido ver? Hazlo, por favor, que quizá pueda hacer algo por mí.

El otro día enviaron a unos cuantos al hospital y yo creo que si el médico quiere fijarse, encontrará la enfermedad que realmente sufro, o quizá lo sabe y no se quiere dar por enterado.

Nada más, amor, te escribiré muy a menudo, cada día si aguanta el papel.

Cómete a besos a la niña y tú recíbelos de tu marido que tanto te quiere.

Antonio se quedó pensando un instante, ¿y si esa visita al médico era porque Federico había podido interceder? Tenía tantas esperanzas puestas en él. Pero sin noticias de casa, todo era pura especulación. Lo cierto era que las revisiones se sucedían casi a diario. Hasta entonces de poco le había servido informar de que sufrió tuberculosis de joven y que esa enfermedad le había dejado secuelas en los pulmones. Pensó que era una paradoja que los quisiesen bien sanos para morir después bajo fuego enemigo. Obnubilado en sus pensamientos sobre los médicos, no se dio cuenta de que Fernando lo observaba.

—¿Todo va bien, Antonio?

Se sobresaltó al escuchar la voz de su amigo.

—Sí, perdona, estaba en lo mío. Le he escrito a Joana insistiéndole en lo de mi amigo Federico, a ver si me puede sacar de esta y facilitarme un destino un poco más alejado de primera línea. No sé si lo del médico de mañana, quizá…

Fernando no le dejó terminar.

—Olvídate, mañana nos van a pinchar. Toca vacunarse. He visto la orden en la mesa del capitán.

—Malas noticias, entonces.

«Maldita sea. No hay nada bueno en todo esto», se dijo Antonio. La noche vino acompañada del silencio. A pesar de estar tan cerca del frente, no se escuchaba nada, alguna chicharra y poco más.

Lo que no sabía mi abuelo era que en Badalona seguían a la espera de noticias. Joana había mandado un segundo mensaje a Federico para poder verse entre las idas y venidas de este a los hospitales que estaban cerca de la zona de combate, después de que respondiera a su primer mensaje. Ella había perdido un hijo y no estaba dispuesta a perder un marido, haría todo lo que estuviera en sus manos para sacar a Antonio de donde estaba.

Al amanecer del 6 de junio, lo que había visto Fernando Caros en las órdenes del día se confirmó. En la formación se nombró al primer grupo que tenía que pasar por la enfermería a visitar al médico y llevarse un banderillazo, y entre ellos estaba Antonio.

6 de junio de 1938
Almatret

Estimada Joana, he salido de casa del médico, que me ha puesto una inyección y aún me tiene que dar cuatro más, de un día para otro. Me ha comentado que normalmente a los que tienen mi enfermedad se les considera para servicios auxiliares, pero que ahora, aun sabiéndolo, todos somos útiles.

A pesar de que las cosas están así, me parece que si alguien se preocupara por mí saldríamos de esta. Por eso te ruego, mi amor, como te comentaba en la otra carta, que vayas a ver a Federico.

Gracias a la inyección me han rebajado momentáneamente de servicio, así que hoy no tengo instrucción; con lo que me duele el brazo sería incapaz de levantar el fusil. Si no fuera por lo mucho que pienso en vosotros y lo que os extraño me parecería que estoy de vacaciones, con tortura médica incluida, pero de vacaciones. No quiero perder el buen humor.

No sufras por mí, que estoy bien y ya sabes que si toca luchar, lucharemos, aunque no me quiero ver en esa situación. ¿La niña qué hace? ¿Come mucho? ¿Se porta bien?

Dale un millón de besos. Dáselos también a mis padres y a mi hermana, y tú recibe muchos más.

Antonio pensaba seguir insistiendo para que Federico le ayudara. Era su única carta, pero también era realista y no contaba mucho con ello. Aunque lo cierto es que nunca perdió la esperanza de que se produjese el milagro. Se dio cuenta de que lo mejor era prepararse bien para lo que pudiera llegar. Y eso, por desgracia, significaba jugarse la vida en una guerra en la que no creía. Lo que tenía claro era que no quería terminar en la lista de bajas. Tenía demasiadas razones para seguir viviendo.

Esa mañana, Francisco, Joan y Fernando también pasaron por la enfermería a que les pincharan y quedaron relegados del servicio, como Antonio. Víctor, el marido de Rosa, se libró del mal trago, por lo que le tocó hacer instrucción todo el día. Los cuatro amigos aprovecharon para descansar y compartir penas y alegrías. Llevaban más de diez días sin noticias de los suyos, pendientes de que les volvieran a trasladar, pero de nuevo el destino les preparaba una sorpresa: todos pasarían a formar parte de uno de los batallones protegidos, el 904. No les tocaría estar por las noches en las trincheras junto al río, en primera línea del frente, con interminables guardias, siempre atentos a lo que hiciera el enemigo. Pero a cambio eran los que más instrucción tendrían que hacer. ¿La razón? Aún tardarían unos cuantos días en enterarse. Sin que lo supieran, pues no había ningún comunicado oficial, el 904 era una unidad especial: ellos y los del 901 habían sido elegidos para pasar los primeros el Ebro. Irían de avanzadilla en cuanto comenzara la ofensiva.

Francisco, Joan, Fernando, Víctor y Antonio fueron más que compañeros de batalla. Se convirtieron en un grupo

unido, que se apoyaban los unos a los otros, que se consola-
ban cuando tenían pesadillas o les visitaban los miedos. Juntos, a pesar de las circunstancias, vivieron buenos momentos.
Procuraron hacerse compañía, estrechar lazos y tratar todos
de salir de aquello. A los cinco el destino los había llevado
hasta allí, pero esperaban salir juntos del frente y reunirse
alguna vez lejos de la guerra.

Sus charlas por las noches, cuando el silencio y el cansancio invadían el campamento, los acercaba a su otra realidad, menos castrense y más humana. Todos traían historias
en sus alforjas, alegrías y tristezas. Daba igual si alguno había
tenido mejor fortuna en la vida, ahora les tocaba enfrentarse
a la ley de las balas, que no distinguían entre buenos y malos,
entre afortunados y desafortunados. Solo se tenían los unos
a los otros, y en cuanto entraran en acción lucharían por
ellos, por salir vivos, por no tener que contar a la madre de
uno o a la mujer del otro cómo se habían quedado en el camino.

Algunos, como Antonio o Víctor, querían seguir esperanzados mientras aguardaban, deseaban pensar que el milagro
llegaría y que no les tocaría estar en primera fila, pero con el
paso de los días algo sucedió dentro de ellos. En el fondo se
dieron cuenta de que no querían dejar a sus amigos solos en
esas circunstancias.

Los veteranos como Francisco hablaban de cómo
comportarse cuando el miedo les invadiese y creyeran que
estaban muertos en vida sin poder disparar o moverse. Eso
también les pasaría a ellos, en cuanto comenzaran los tiros,
no podrían evitarlo. Al final se trataba, según Francisco, de

controlar el miedo, porque tenerlo lo iban a tener, el secreto era que no se apoderase de ellos.

Esas noches también servían para compartir cartas en voz alta, para hablar de amor, de sueños de futuro o de si todo terminaría con la victoria de los sublevados. Si seguirían con sus vidas o si sería mejor huir a otro país. Fue en una de esas noches cuando Antonio fantaseó con la posibilidad de huir a Argentina si todo terminaba con Franco mandando en España, pero no sabía cómo reaccionaría Joana ante esa idea. No quería que su familia pasara más penurias, tenían que buscar otro camino.

10 de junio de 1938
En las afueras de Almatret

Estimados todos, cuatro letras para deciros que ya estamos fuera del pueblo. Atrás ha quedado Almatret, la sacristía y parte de la incertidumbre. De momento nos hemos instalado en una masía en la que parece que estaremos muy bien. Una vez más me toca deciros que no sufráis por mí. Celebrad con la alegría de siempre que todo va bien y tened confianza, que yo estoy seguro de que no me va a pasar nada. Supongo y deseo que hayáis recibido todas mis cartas, llevo seis o siete escritas.

Joana, sé muy valiente y cuida mucho a la niña, y da muchos recuerdos a tus padres.

Recuerdos a los conocidos y besos a toda la familia, y vosotros todo lo que queráis de vuestro Antonio.

Cada cambio de emplazamiento y cada movimiento suponían un retraso más a la hora de tener noticias de casa, la posible llegada de las cartas tan deseadas y necesarias para saber cómo marchaban las cosas en la familia. No había otra manera de comunicación, ni teléfono ni nada. También esos movimientos por la zona, el ir concentrando tropas, solo podía significar que se acercaba el momento de entrar en acción, al menos es lo que hacían correr de nuevo los veteranos a espaldas de los oficiales, que no tenían confirmación alguna de que fueran a entrar en combate por ahora.

Mucho más al norte de donde se encontraba la 42 división, los republicanos contenían a los sublevados en la zona del río Segre, en la parte más cercana al Noguera-Pallaresa. Ese era el destino inicial de Antonio y sus compañeros, pero se habían librado sobre la marcha. Los desviaron en el último momento para formar parte del ejército del Ebro.

A principios de junio, el Ejército del Este republicano luchaba por reconquistar Tremp, Balaguer, Sort y recuperar el control de las instalaciones hidroeléctricas que abastecían a Barcelona y todo su cinturón industrial.

La aviación franquista terminó con la ofensiva, bombardeando sucesiva e implacablemente a las tropas republicanas, pero no pudo romper la línea de resistencia que montaron junto al río como barrera natural. Fueron capaces de aguantar hasta principios de 1939, muchas semanas después de que todo terminara en el Ebro.

En los Pirineos, la 43 división republicana, la Heroica, estaba en las últimas, en la Bolsa de Bielsa. Quedaban pocos días para que se retiraran hacia el país vecino y todo el afán de ese puñado de valientes era conseguir proteger a la población civil que huía a Francia, como siempre había contado la abuela María. El 15 de junio, después de cumplir y proteger la huida, cruzaron las montañas. La mayoría siguió hasta Portbou y regresó a tiempo para formar parte de la ofensiva en el Ebro, y unos pocos, entre trescientos y cuatrocientos, cruzaron al lado controlado por los sublevados. Lo que querían era regresar con sus familias, que habían quedado en territorio bajo control de Franco.

12 de junio de 1938
En las afueras de Almatret

Estimadísima Joana, hoy hace dos meses de la muerte de nuestro querido José, pero te puedo dar una buena noticia, me parece que él me está cuidando.

Por la postal que os envié anteayer a nombre de todos, sabéis que ya estoy destinado a un batallón y a una compañía, pero la buena noticia es que todas las compañías de este batallón, menos la nuestra, están en las trincheras. Menos la 4, que es a la que he ido a parar yo. Y espera el noticrón: me han nombrado delegado de Cultura, relegado de todo servicio, guardias, limpieza, cocina; de todo salvo de seguir practicando con las armas.

Por la mañana, tengo que encargarme de poner en orden el periódico y preparar las charlas y las clases. Por la tarde, tengo cuatro horas de trabajo, dos horas enseñando a los analfabetos, que son muchos, y dos horas más de ampliación de cultura para los que ya saben leer y escribir. Así que ya ves, la suerte no me abandona. Tienes que tener confianza en que vamos por buen camino.

Diles a los de tu familia que no les escribo porque tengo muy poco papel y sé que tú les das noticias y recuerdos. A la niña, no sé qué decirte que le hagas. Le querría hacer tantas cosas, darle tantos besos, que lo dejo en tus manos. A ti no tengo ni que decirte que mi último pensamiento de cada noche te lo dedico. Recibe lo que más quieras de tu marido.

Voy a aprovechar el otro lado de la carta para escribir a mis padres y a Teresa.

Estimados padres y hermana, no sé si habrá llegado a vuestras manos la postal que escribí desde estas montañas anteayer. Si no os ha llegado, repetiré alguna de las cosas que os contaba.

Mañana espero que tengáis un día maravilloso, toca celebrarlo de la mejor manera que podáis. Yo a las dos de la tarde, cuando todos estemos en la mesa, os enviaré un pensamiento volando y de esta forma me parecerá que estoy con vosotros y también celebraré a mi manera este día especial.

Estoy en una casa de payés rodeado de un paisaje muy parecido al de Osor, con mucha naturaleza, yo creo que si no fuera por estas circunstancias se podría incluso hacer salud.

Lo único que nos falta y en abundancia es el agua. Esto no quiere decir que no tengamos, es sencillamente que la tenemos que ahorrar. Ya os explicará Joana la suerte que he tenido, así que ánimo y a pasar los días, que quien día pasa, año empuja.

Termino, que están llamando para el rancho y no hay que despistarse a las horas de las comidas.

Muchos besos de vuestro hijo y hermano, que mucho os quiere.

La vida empezaba a sonreír algo más a Antonio y a sus amigos, pues entraron todos a formar parte de la 4 compañía. Las buenas noticias no pararon ahí, ya que estaban a punto de llegar las primeras cartas de casa y con ellas noticias, emociones, lágrimas y sonrisas. Era en esos instantes cuando mi abuelo tomaba conciencia de lo mucho que quería y extrañaba a los suyos, donde se daba cuenta de que no estaba en una guerra en la que creyera ni pensaba tampoco que iba a cambiar el mundo y que todo iba a ser mejor después. Simplemente le había tocado estar en el infierno, donde daba igual que saliera vivo o muerto. Nunca ganaba, siempre perdía.

14 de junio de 1938
Almatret

Queridos padres y hermana, ayer cuando me iba a acostar recibí la postal de mamá, la número tres del día 9. Estoy tan contento, tan lleno de alegría, es de las primeras que llegan y se me llenan los ojos de lágrimas de emoción.

Me pedís que os explique muchas cosas y vosotros sabéis de sobra que mis explicaciones son de pavo real, una tontería tras otra, pero a pesar de esto intentaré satisfacer dentro de lo posible vuestra curiosidad.

Me levanto por la mañana sobre la seis y media, pasamos lista y después a desayunar. Estos días hay de todo, café solo, con leche y chocolate. Bueno, por ahora chocolate solo han dado dos días. Después toca ir a lo que llamamos el hogar del soldado, porque he de arreglar el periódico mural, que es uno de los trabajos que tengo encomendados. Después a preparar las lecciones de la tarde, algo de instrucción de armas y a las doce comemos. Casi invariablemente judías, con bacalao frito unos días, otros con carne y muy pocas veces con jamón cocido. Nos dejan un rato de descanso hasta las dos y ahí arrancamos con las clases para analfabetos y semianalfabetos, hasta las cuatro.

De cuatro a seis van las clases de ampliación de cultura, geografía, geometría y aritmética, algún dictado y lectura. De seis a ocho toca ayudar al comisario en la clase de lectura del periódico y explicación de lo que se ha leído. A las ocho cenamos, casi el mismo menú de la comida, aunque a mí me dan un vaso con café, por enchufado, y a las diez, después de jugar y cantar un rato, nos vamos a dormir. Parecen unas colonias si no fuera porque estamos en el frente.

Ya veis que mi vida no es tan perra como os puede parecer. Otro día ya me alargaré más, que se termina el papel. Necesito recibir muchas noticias vuestras, como el pan que como, mucho mejor que el pan, porque el nuestro está regular.

Escribidme diariamente, por favor. En las cartas de cada día poned papel y sobre para poderos contestar.

Nada más, muchos recuerdos, besos y abrazos de vuestro hijo y hermano que mucho os quiere.

7

ENTRE EL HORROR Y LA CALMA

Pero pronto se desató el infierno anunciado. La espera fue tan solo un espejismo. Antonio y sus amigos sabrían de primera mano lo que era la guerra, sin épica ni banda sonora de fondo. Un golpe de realidad junto a sus compañeros de batalla. Suficiente con unos destellos para reflejar el horror.

Julio de 1938
Atacando la sierra de los Aüts

Estimada Joana, no sé cómo explicarte todo lo que me está pasando desde que he cruzado el Ebro. Hemos pasado de casi no recibir disparos a una ofensiva contra lo mejor del ejército de Franco, al menos eso es lo que nos va gritando el comisario José Obrero, alias Dinamita, mientras nos felicita por nuestro «arrojo y valentía mostrados frente a los fascistas».

Solo te puedo decir que sigo vivo, que la toma de los Aüts ha sido una locura. Creía que la gente se asustaría pensando en que estábamos frente a la Legión y los moros. Todo lo contrario, los veteranos han apretado los dientes y han ido a por todas; los jóvenes, aterrados, al ver la exhibición de valentía de tantos hombres, se han sumado y han ido hacia delante con todo.

No me he separado de Francisco durante el jaleo, me parece un milagro estar vivo. He visto a chicos muertos y heridos, de los nuestros y de los de ellos, las imágenes de la guerra no tienen nada de glorioso como nos han tratado de vender todas estas semanas atrás. Esto es lo más horroroso por lo que tiene que pasar un ser humano. Heridas terribles, cuerpos mutilados, brazos, piernas, sangre, un calor insoportable, moscas. Al escribirte y pensar en ello me vuelven las arcadas, solo tengo ganas de devolver. Sé que no lo entenderás, pero espero no caer herido; si no tengo que seguir en este mundo que sea de un bombazo certero y que me vaya rápido.

Yo anímicamente estoy bien, mucho mejor de lo que pensaba, no tengo ni fatiga, ni tan siquiera un poco de flojera. Son tantos los nervios que creo que mi cuerpo no se acuerda de lo demás.

Francisco dice que tengo madera de duro, que me he portado como un veterano ayudando a los compañeros en el ataque. He podido hacer poco, me he parado junto a algunos que caían heridos a mi lado para sacarles de en medio, de tanto tiro, pero poco más.

No sé ni lo que he hecho ni cómo, no entiendo de dónde salen las fuerzas que me llevan a intentar salvar a los heridos. A muchos los reconozco de mis clases. Me parte el alma verlos ahí tirados, con poca vida o sin ella. Fernando y Joan siguen vivos. Después buscaré al resto.

A Fernando le he visto hace un momento pegado al capitán Gómez del Casal. El pobre no puede ni con el fusil, no se ha recuperado del susto, todos lo llevamos dentro, pero a algunos se les nota más.

Con Joan, el hijo del albañil, nos hemos abrazado en cuanto nos hemos encontrado después del ataque. No te voy a negar que se me han saltado las lágrimas de la emoción, o de todo el susto que me acompaña. Si se calma un poco todo, vamos a juntarnos por la noche para cenar aquellos que vayamos coincidiendo, como hacíamos en el campamento.

A ver si hay tiempo, porque me temo que esto va a seguir. El objetivo es tomar el cruce en Gilabert. Todos los que hemos sacado de esta sierra nos estarán esperando ahí, reagrupados y listos. Será otra locura.

¿Qué hago en esta guerra, Joana? No es la mía, maldita sea y malditos sean todos los locos que nos han metido en ella. Perdóname, necesito desahogarme un poco. El calor sigue siendo terrible. Nos queda agua; poca, pero queda. Aunque parece más caldo caliente, por no decir una barbaridad, que ya te la imaginas.

Lo que peor llevo ahora mismo son las Pavas, esos malditos Heinkel que ya nos sobrevuelan para avisar dónde tienen que bombardear. Aquí estoy metido en este agujero, pensando en Badalona, en las escaleras de casa junto a mamá contando historias a Juana y a José para que no se asustaran… Soy capaz de sentir tus manos, Joana, apretando con fuerza las mías. Muy cerca tengo a Fernando metido en otro agujero, gritando que no me mueva. No sé quién cavó esta trinchera, seguramente un legionario de los que hemos mandado ladera abajo.

Antonio seguía vivo a esas horas, no solo había cruzado el Ebro sino que había formado parte destacada de la toma de la sierra de los Aüts. Y también había estado en las operaciones de toma de prisioneros y material bélico del enemigo. Pero aún faltaba lo peor, la vida le tenía preparada una más en medio de todo ese horror. El día 25 por la noche cenó junto a algunos de sus compañeros y amigos, pero al amanecer del 26 las cosas cambiarían para siempre.

Pero ¿cómo fueron esas cuarenta y ocho horas de ofensiva republicana en el Ebro?

Algo he adelantado ya, justo cuando recreé en Miami parte de la batalla del Ebro, lo cual supuso el punto de partida de esta investigación. ¿Por qué se sacrificaron realmente Antonio, sus compañeros y los demás en ese julio del 38? ¿Qué estaba ocurriendo antes de esa fatídica fecha del 26 de julio en que el destino de mi abuelo cambió drásticamente? Mientras la 42 tomaba los Aüts y pensaba en cómo conquistar el cruce de Gilabert, todas las miradas de los mandos republicanos estaban realmente en la 35 división, todo el sacrificio se estaba haciendo por y para ellos. La ofensiva sería un éxito si los de la 35 alcanzaban sus objetivos. Eran la crema de la crema de esa operación y de las tropas de la República. En torno a unos doce mil hombres bajo tres Brigadas Internacionales: la XI, la XIII y la XV, unidad de zapadores, de ametralladoras y transmisiones.

Los de la XIII fueron los primeros en cruzar y completar sus objetivos. Les tocó pelear inicialmente, pues se toparon con algo de resistencia por parte de las tropas sublevadas, pero no les costó demasiado poner en retirada al enemigo. Detrás de la XIII cruzó la XV, y al amanecer, a eso de las cinco de la mañana del día 25, la XI comenzó a pasar. Había que llegar lo más rápido posible hasta Ascó.

También cruzó en ese sector la tercera división republicana. Para entonces, según un informe del jefe de la XI Brigada, se habían conquistado Riba-Roja y Flix, donde estaban limpiando de rebeldes el pueblo para seguir progresando hacia sus objetivos. Las órdenes eran claras: rapidez sobre todo, no entretenerse y penetrar profundamente. A las seis de la mañana de ese día 25 se había roto el dispositivo enemigo en ese sector. Ascó cayó en manos del 44 batallón de la XI Brigada.

Pero al anochecer de ese día la tercera división se encontró con una tremenda resistencia en La Fatarella. Cuando se acercaban a la población, porque era uno de los objetivos marcados por el alto mando, ya de noche cerrada, se vieron obligados a entrar en combate al toparse con fuerzas hostiles, según comunicaron, pero por más que apretaron no consiguieron avanzar ni unos pocos metros. La resistencia del enemigo fue tenaz, la situación no cambió hasta el amanecer. Con los primeros rayos de luz, y mientras siguió la lucha, se dieron cuenta de que las supuestas tropas enemigas eran soldados republicanos. Cesó el fuego y los mandos de la tercera división intentaron averiguar qué había pasado. ¿Cómo habían llegado tropas republicanas hasta ahí antes que ellos?

La explicación era sencilla: la locura de avanzar sin detenerse, esas eran las órdenes, sin tregua ni descanso, avanzar, avanzar y avanzar. Los del 41 batallón de la XI Brigada se había desviado más hacia el norte de lo que tocaba, no estaban para nada en el sitio que les habían ordenado. Realmente estaban perdidos, no lo sabían y creían estar seguros de que cubrían el flanco de la división, pero no era así.

A mediodía comenzaron a ser conscientes de la confusión. Alguno de los mandos sospechaba que estaban en zona de acción de la tercera división. Aun sin estar seguros de que andaban por donde no debían, alcanzaron La Fatarella, y ya que habían llegado hasta ahí, decidieron tomar la población que estaba en manos de los sublevados.

La acción fue brillante y derrotaron al enemigo con una maniobra audaz, aunque perdieron mucho tiempo. Para entonces el atardecer se les había echado encima, estaba anocheciendo. La situación era muy delicada, los mandos desconocían dónde estaba el resto de la brigada, estaban solos en territorio hostil, y tampoco sabían dónde se encontraba la tercera división, con la que en teoría deberían haber contactado a lo largo de esa tarde. Solo podían tomar una decisión: atrincherarse para pasar la noche y seguir el camino al amanecer, con los primeros rayos de sol.

En la vida, como en la guerra, cuando todo puede salir peor, sale peor. No llevaban ni una hora en La Fatarella cuando advirtieron que se acercaba un gran número de hombres, vieron luces y movimiento, pero la oscuridad era absoluta, no había luna, ni tan solo un resquicio de resplan-

dor que los ayudara a identificar a las fuerzas que se apro-
ximaban. Se dio la orden de inmediato de parapetarse y resistir, estaban convencidos de que era un contraataque
enemigo.

Tenían otro problema: por lo que intuían, con lo poco
que se podía ver, los sublevados habían conseguido refuerzos,
de tal manera que los atacantes eran ahora muchos más. Los
hombres del 41 batallón estaban en inferioridad numérica.
Tocaba luchar por sobrevivir. Solo podían plantear una
defensa total, les iba la vida en ello, tenían que parar a los
atacantes, y lo consiguieron.

La noche fue larga y salvaje, y con los primeros rayos
de sol unos y otros se dieron de bruces con la realidad:
estaban luchando republicanos contra republicanos. El
enfado fue general, reclamos de todo tipo y más que palabras
entre los mandos que terminaron a tortazo limpio. Lo que
quedó en La Fatarella fue un puñado de hombres muertos y
mucha munición malgastada.

El avance republicano continuó, pero el episodio de la XI
Brigada, en esas horas cruciales del paso del Ebro, era difícil de
entender. Quedó claro que no estaban cumpliendo con las órdenes que se les habían dado. Dos de sus batallones iban por
libre, el 41 era uno de ellos. Los otros dos, unos dos mil hombres aproximadamente, habían decidido parar a la altura del ki-
lómetro 6 de la carretera Gandesa-Flix. No había ninguna razón para que eso sucediera y hoy en día cuesta entenderlo. Por
delante, a unos veinte kilómetros, estaban la XIII y la XI brigadas, y junto a ellos los dos batallones de la XI, que seguían a
su aire.

Sin dudarlo, y viendo todo lo que pasó esa noche, la suerte estuvo en el bando republicano, pues salieron bien parados de una situación que era extremadamente peligrosa. El avance tan rápido de las tropas de la República dejó expuestos a muchos de los batallones, que fueron hostigados por partidas enemigas emboscadas en peñas y matorrales. El avance tuvo su recompensa, pues se llegó hasta la sierra de Pandols y Cavalls.

La XV Brigada internacional, la Abraham Lincoln, formada principalmente por estadounidenses, canadienses, irlandeses y británicos, siguió cubriéndose de gloria, ese y los siguientes días, como contaba la canción popular que tarareaban los milicianos y que Alejandro Massó incluyó como tema principal de la banda sonora de la película ¡Ay, Carmela!

Llevaban por delante a los de la XIII Brigada y continuaron hasta Gandesa, pero a partir de ahí se toparon con problemas serios, algunos por falta de suministros, tal y como cuenta la canción en la película de Carlos Saura:

En los frentes de Gandesa,
rumba la rumba la rumba la,
no tenemos municiones
ni tanque ni cañones,
ay, Carmela,
pero nada pueden bombas,
rumba la rumba la rumba la,
cuando sobra corazón,
ay, Carmela.

Lo único que pudieron hacer fue sitiar la ciudad. Gandesa era el punto clave en el avance, fue el principio de la resistencia enconada de las tropas franquistas y nunca llegó a caer.

***

La mañana del martes 26 de julio mi bisabuelo estaba aterrado. Había salido a comprar *La Vanguardia* y el titular de la portada era el siguiente: «Avance victorioso a través del río Ebro, que fue pasado ayer entre Mequinenza y Amposta».

—Pero si ahí es donde está Antonio —lo dijo en voz alta y nadie se sorprendió, ya lo sabían en casa, pero no le dijeron nada por no preocuparle.

Teresa y Joana lo habían escuchado temprano en la radio, donde el parte de guerra republicano decía: «Triunfo para las armas republicanas que han llevado a cabo una operación de guerra de extraordinaria dificultad, conquistando todos los objetivos señalados por el mando».

Muy distinto era el parte del otro bando: «En el frente de Cataluña el enemigo ha persistido en sus ataques en el valle del Ebro al amparo de los destacamentos ligeros que cruzaron el río durante la noche del 24 al 25.

»Las fuerzas que cruzaron el río cerca de su desembocadura, aproximadamente un regimiento, fueron aniquiladas, siendo enterrados más de trescientos muertos, pasando de cien el número de ahogados y de trescientos cincuenta el de prisioneros hechos. [Estos últimos fueron fusilados sin contemplaciones y pasaron a engrosar la lista de muertos, que cambió a seiscientos cincuenta sin prisioneros].

»Los que cruzaron en la zona sur de Mequinenza han sido también batidos y acorralados por nuestras tropas, después de haberles destruido su puente.

»En el sector del Arco, sector de Mora de Ebro, continúa la hábil maniobra de nuestras tropas, que ha colocado a los destacamentos rojos en grave situación de perder sus puentes, destruidos por nuestra aviación y elementos de combate».

Nada que ver lo que contaban unos y otros, pero siempre era igual: informar desinformando, una de las máximas en tiempos de guerra, donde conocer la verdad era casi misión imposible.

En casa estaban colmados de preocupación, sabían que Antonio participaba en esa operación. La duda era si le habrían dejado en retaguardia, quizá en servicios auxiliares, o si había cruzado con los demás y estaría sabe Dios dónde, combatiendo en esa gran ofensiva, si es que estaba vivo. Nadie quiso ponerse en lo peor, optaron, sobre todo las mujeres de la casa, por tratar de averiguar dónde estaba la 42 división y si la 226 Brigada Mixta aparecía en alguna reseña de la prensa dentro de la zona de combate. No les costó mucho: la 42 había cruzado cerca de Mequinenza.

Teresa no fue a la oficina, estaba muy preocupada por la suerte de su hermano, aunque no lo decía y trataba de no mostrarlo. El esfuerzo de todos desde ese día pasaba por intentar situar a Antonio en mitad de todo ese lío. Poco podían imaginar que estaba luchando en primera fila, tomando los Aüts y a punto de recibir órdenes para una misión tremendamente complicada. Tardarían muchas semanas en saber parte de la verdad.

***

Sin embargo, de nuevo, conviene echar una mirada atrás en este relato para contar los días anteriores a la acción del Ebro y así ir completando poco a poco las piezas que faltan de este puzle. Para saber toda la verdad sobre lo que pasó mi abuelo Antonio junto con sus compañeros en el frente. Por eso vuelvo otra vez a los días de calma y a cómo el destino fue trazando un trayecto sin retorno. Regreso a junio, a cuando los días iban pasando y los entrenamientos les daban una pista de cómo podría ser la ofensiva, pero todo bajo un estricto secreto.

16 de junio de 1938
Almatret

Estimados padres y hermana, si alguien os dice que las alegrías no hacen llorar, ya le podéis decir con todas las letras que es mentira. Hoy he recibido noticias vuestras, y nunca os imaginaríais, por mucha literatura que se haga, lo que significa recibir noticias de los seres queridos.

Se queda fuera de todo lo que uno pueda suponer. Hoy he recibido la carta número dos y la postal número cinco. En la carta hay sellos y postales de las que ahora mismo voy a utilizar dos. Seguro que habéis notado que en las mías me repito, que os cuento las cosas dos veces, pero es que temo que se pierdan algunas.

Os digo que he caído en esta compañía de pie, soy delegado, me paso las tardes dando clase y como en la cocina con los rancheros. Afortunadamente, estoy muy bien considerado por todo el mundo, me aprecian y me respetan, y yo procuro ser simpático con todos.

Ya he llenado la postal, así que mañana os escribiré más.

El mes de junio estaba pasando en un abrir y cerrar de ojos, Antonio no tenía un minuto de tranquilidad, cosa que era de agradecer en esa situación. Tampoco sabía si sus nuevas responsabilidades como delegado cultural le podrían suponer algún tipo de beneficio en caso de que su brigada entrara en combate. La realidad era que aunque estaba rebajado de todo servicio, cada día tenía que cumplir con una parte de instrucción y eso debía darle una pista sobre su futuro.

La noche de ese día 16, Antonio no podía dormir porque seguía abrumado por las cartas que habían llegado y por la cantidad de información que le daban todos los miembros de la familia. A las escritas por su madre y hermana se habían sumado otras de su padre y de Joana. Tardó en leerlas, lo hizo lentamente, como el que saborea una buena copa de vino. Cuando terminó, sentía que su corazón estaba compungido, lleno de tristeza y melancolía, pero decidió volver a empezar, palabra por palabra, línea a línea. No le importaba volver a llorar imaginando a los suyos en casa escribiendo esas cartas.

Muy querida Joana, hoy 16 de junio a las ocho de la noche, estas montañas que me rodean y esta rústica sala de la escuela que regento son testigos de mi llanto. Pero es un llanto silencioso, cubierto de alegría porque he recibido noticias vuestras. Ahora mismo te respondo porque no podría dormir si no lo hago.

En otras cartas ya te he explicado la suerte que he tenido de ser destinado a esta compañía. Padre me habla de los esfuerzos que hicisteis para verme cuando me marché. No lo pudieron hacer porque me fui por la Estación de Francia, mucho antes de lo previsto, una hora antes. De todas formas quizá fue mejor porque así me fui más sereno, que estas despedidas son fatales y deprimen de una manera formidable.

Me dices que me echas de menos, piensa que no pasa una hora sin que yo piense en ti y os eche mucho de menos. A pesar de todo te repito que estoy bien. Que como mucho y que las ventajas que tiene mi cargo son evidentes.

Confianza y a esperar mejores tiempos, que no tardarán. Besos infinitos para la niña y para ti de tu

ANTONIO

Terminó la carta y las lágrimas seguían resbalando por sus mejillas; las primeras fueron de pena y añoranza, las de ahora eran de rabia por todo lo que les estaba tocando pasar. Se secó las lágrimas con la manga de la chaqueta como pudo. Tenía los ojos enrojecidos y no quería que nadie viera que había llorado. La oscuridad era absoluta, sin luz, y sin la posibilidad de encender una vela o algo para alumbrar un poco. La orden era tajante y te podía costar la vida estando tan cerca del frente, así que optó por irse a su cama, una suerte de sacos rellenos de tomillo y romero. Todos dormían sobre esos sacos rellenos, porque según el comandante eso desinfectaba y aplacaba el olor a sudor insoportable que se formaba con el calor y la falta de higiene por la escasez de agua.

Ya en la cama y mientras intentaba conciliar el sueño, que no era fácil después de tantas emociones, pensó en su hija, en cómo le enseñaría a leer y a escribir, igual que ahora lo hacía con todos esos soldados. Pensó en la suerte que estaba teniendo, seguramente ayudado por su hijo, que desde el cielo cuidaba de él. No había cerrado los ojos cuando escuchó la voz de Francisco susurrando:

—Antonio, ¿duermes?

Por un momento pensó en no responderle, en hacerse el dormido, porque no estaba para muchas monsergas esa noche.

—Dime, Francisco. —Al final no se aguantó.

—Mañana por la mañana tenemos tiro. Hazme el favor de fallar algunos, que terminarás de francotirador de la compañía.

No era la primera vez que se lo decía. Por alguna razón que desconocía se le daba bien lo de disparar, sin duda estaba entre los mejores, pero en tiempos de guerra y tal y como venía la mano, lo mejor era no destacar en nada.

—No te preocupes, así lo haré.

No podían evitar el cuidarse unos a otros. Se dio la vuelta y se durmió. Al amanecer, con los primeros rayos de sol, Antonio decidió levantarse; tenía unos minutos antes de que tocasen diana, se acercó hasta unas lonas que cubrían unas cajas y aprovechó la poca agua del rocío que se acumulaba en ellas para lavarse la cara y asearse un poco. De ahí a desayunar, y después a preparar todo lo que le había pedido el jefe de propaganda sobre los trabajos realizados por los soldados. Era la parte que menos le gustaba de sus obligaciones, sabía que utilizarían todo ese material para hablar maravillas de cómo pasaban sus días en el frente los valientes muchachos republicanos, para tapar miserias, pero los dos bandos hacían lo mismo, así que no le quedaba otra.

Terminó pronto y se planteó perder algo de tiempo y llegar tarde a las prácticas en el campo de tiro, pero era arriesgado y le podían meter un paquete. Respiró profundamente y se encaminó hacia su siguiente obligación del día.

—¿Qué te sucede, Antonio? No das una esta mañana.

La voz del capitán Guillermo Gómez del Casar retumbó en la oreja de Antonio.

—Nada, señor, no he pasado una buena noche.

El capitán lo miró, tenían muy buena relación, apreciaba a Antonio y le pareció detectar algo en su voz.

—Deje el arma y acérquese un momento, quiero hablar con usted, soldado.

Antonio se temió lo peor. A pesar de la buena relación, el capitán era el oficial al mando y seguramente se había dado cuenta de que estaba fallando a propósito.

—¿Estás bien, Antonio?

El tono era compasivo, más de un amigo que de un oficial. Antonio se relajó.

—Sí, señor, solo estoy preocupado por si me meten en el grupo de francotiradores.

El capitán soltó una carcajada.

—Eres demasiado bueno como maestro como para que yo te saque y te meta en tiradores. Y tienes puntería, eso es verdad, pero te quiero enseñando a todos estos chicos y cuando empiece el jaleo estarás a mi lado. Regresa a tu posición y no malgastes balas. Que no tenemos suficientes.

Antonio volvió junto a su arma y por un instante pensó en seguir fallando, pero solo fue un instante; en el siguiente disparo, la bala dio de lleno en su objetivo.

21 de junio de 1938
Cerca de Almatret

Estimados padres y hermana, parece que lo hacen adrede, pues cada día que tengo carta me la dan antes de cenar y, claro, como me emociono, no tengo hambre y todo esto beneficia al ejército. De todas formas no dejéis de escribir, que mañana a la hora de comer hago las paces; de pan y almendras no voy escaso, después del café con leche de la mañana estoy media hora que no paro de comer con tal de resarcirme de la noche anterior.

Mi vida ya la sabéis, ya os la he contado varias veces y lo que me mantiene con ilusión son las clases que doy por la tarde. Ahora me han aumentado la faena, cuando termino las clases, he de leer la prensa. Algunas veces yo, otras el comisario, que se le conoce con el sobrenombre del Dinamita, hemos de comentar lo leído, y terminamos siempre resaltando las consecuencias felices para la causa que defendemos.

El auditorio está muy atento y aquí todo el mundo me tiene en estima, lo que me beneficia, pues me aprecian los oficiales y me respetan los compañeros. Sinceramente no soy creído, sé que no hay para tanto, ni mucho menos.

Me preguntáis por mi enfermedad y si se me ha agravado. Afortunadamente no es así, me encuentro perfectamente.

Cuando estaba en Almatret, conseguí que me reconociera el capitán médico y viera verdaderamente el mal que sufro. Pero aquí sigo, por ahora no me ha servido de nada, ya que sin terminar el tratamiento me incorporaron a esta compañía, pero no os preocupéis que estoy bien.

Solo os quiero dar las gracias, no podéis entender lo agradecido que os estoy por todo lo que me contáis, amo vuestros escritos que son todo un memorial.

Besos y recuerdos a toda la familia, y vosotros lo que queráis de vuestro hijo y hermano.

Las jornadas se sucedían y Antonio estaba cada vez más integrado en el día a día de la guerra. Le habían trasladado de nuevo, a él y a los ochocientos hombres que formaban el 904 batallón; ya no se encontraban en Almatret, estaban a unas tres horas del pueblo.

El entrenamiento diario era muy intenso, no tanto para él que seguía gozando de privilegios. A los demás les estaban enseñando a combatir en todo tipo de situaciones, pero haciendo énfasis en que luchaban en inferioridad numérica, siempre en un dos contra uno que obligaba a tirar de talento para aprovechar los pocos recursos y salir con éxito.

La segunda parte del entrenamiento que se había incorporado esa última semana consistía en subir y bajar de una barca, cubrirse y responder a fuego enemigo desde la orilla, y cómo moverse para no terminar volcando el bote y por tanto en el agua. Preguntaron cuántos sabían nadar y se aseguraron de mezclar a nadadores con los que se enfrentaban por primera vez con la posibilidad de morir ahogados. Muchos días coincidían entrenando con el 901, casi realizaban los mismos ejercicios, la diferencia era que los mandos del 904 los tenían subiendo y bajando de la barca hasta el aburrimiento.

Mientras tanto, el resto de las unidades se pasaban el día entre guardias en las trincheras de primera línea, y cuando salían de la guardia les tocaba practicar con las barcas. Las noches, después de cenar, se convertían en momentos de diversión para rebajar la tensión a la que estaban sometidos: bromas, risas y baile en torno a un montón de soldados sentados en círculo, como si estuvieran alrededor de una hoguera pero sin fuego ni luces. No necesitaban nada más.

Antonio seguía recibiendo un gran número de cartas: las de sus padres, que escribían por separado para que le llegaran más, en cantidad como él les pedía; las de su hermana Teresa; las de Joana, que algunas venían con palabras de la niña, su hija, que con paciencia y supervisión de su madre empezaba a tener una caligrafía comprensible, cuatro palabras y poco más que ocupaban un cuarto de la carta.

La familia había conseguido durante esos días garantizar el envío de un par de pastillas de jabón, algo de comida y alguna cosa más con un conocido de Antonio que viajó desde Almatret. Este muchacho se apellidaba Gutiérrez, un afortunado que había logrado un par de días de permiso. Resulta que era de Badalona y se había comprometido a pasar por casa de Antonio para ver a la familia, decirles que estaba bien y a cambio llevar de vuelta al campamento una muda de calcetines, una camiseta, jabón, papel, sobres y sellos, y todo acompañado de una carta de la madre de Antonio, aunque todos habían escrito un trozo para que tuviera noticias de cada uno.

Gutiérrez nada tenía que ver con los del 904, era otro muchacho más que había sido llevado al frente, que vivía solo para conseguir un permiso y pasar por casa… y por fin lo había logrado. Con Antonio había coincidido alguna que otra vez en el reparto de prensa, porque Gutiérrez era de los que estaban con todo el tema de las cartas y los periódicos y por eso se relacionó con Antonio.

Gutiérrez repartía el correo y el periódico, y cada día le tocaba una compañía distinta, así que cuando le asignaban el 904 era a Antonio a quien tenía que ver. Se saludaban siempre efusivamente, como si se conocieran de toda la vida, solo porque los dos eran de Badalona, y eso allí ya les convertía casi en parientes.

Antonio recibió una buena noticia la mañana en que Gutiérrez, mientras le entregaba unas cartas, le confirmó que tenía un permiso de cuarenta y ocho horas y que se marchaba a Badalona.

—Si necesitas algo de tu casa, te ayudo encantado, Antonio.

A mi abuelo se le abrió el cielo, tenía los calcetines, o lo que quedaban de ellos, destrozados, así que le rogó que pasara por casa, que les contara que estaba bien y se trajera algunas cosas, pocas para no sobrecargarle una vez que regresase. Pocos días antes de cruzar el Ebro se dejó de repartir el correo, por lo que ya no volvieron a coincidir nunca más.

Antonio abrió con mimo el pequeño paquete que contenía su tesoro recién llegado, cogió la camiseta y la acercó a su nariz. Olía a casa, a su madre en la cocina, a su padre sentado en el sillón de la galería leyendo la prensa, a la chica, como llamaba a su hermana Teresa, levantándose perezosa por la mañana para tomarse su vaso de café con leche. Olía a Joana y a sus abrazos interminables y a las risas de la niña. Por un instante se emocionó con el olor y los recuerdos. Le parecía increíble no estar con todos ellos, junto a su familia, y, sin embargo, encontrarse a un paso del frente y convencido de que en cualquier momento cruzaría el Ebro, irremediablemente, para pelear con los sublevados.

Un poco más tarde vivió un día un tanto especial, no solo por la toma de conciencia de que cruzarían el Ebro, sino también porque una mujer se acercó hasta el campamento preguntando por él.

—Antonio, hay una mujer junto a la puerta de la masía que pregunta por ti —le dijo uno de los chicos de la cocina, que llevaba un rato buscándolo.

—¿Estás seguro?

—¿Tú eres Antonio Zabala?

—Sí, soy yo —respondió de inmediato mientras sentía que le estallaba el corazón.

Por un momento pensó que su mujer había cometido la imprudencia de ir a su encuentro. Mientras caminaba hacia la puerta, su emoción aumentaba a cada paso. Los nervios le jugaron una mala pasada y terminó corriendo, pero cuando la divisó a lo lejos, vio que no era Joana; es más, no la reconocía.

—Perdón, ¿pregunta usted por Antonio? Soy yo.

La voz entrecortada por la carrera y por los nervios hizo que la chica ni le respondiera, se sacó una carta del bolsillo y se la dio. Fue entonces cuando abrió la boca.

—Me dice su mujer que se cuide y que no se deje matar.

La sorpresa de Antonio fue absoluta, no entendía nada, ¿quién era esa joven y qué tenía que ver con su esposa? Enmudeció ante la situación. Con las mismas, la chica se dio la vuelta y se marchó. Antonio corrió detrás de ella preguntando insistentemente quién era y qué hacía ahí. Solo consiguió arrancarle unas pocas palabras: limpiaba en casa de la tía Pepa, estaba de paso y con mucha prisa. La tía Pepa era una pariente de esas con las que Antonio no tenía mucho contacto, pero que con los acontecimientos de las últimas semanas, la muerte de José y su partida al frente, parecía que se preocupaba algo más de todos ellos.

Fue la única visita que recibió Antonio durante las semanas que pasó en Almatret.

En la carta de Joana, que Antonio abrió al instante, su mujer le contaba todas las gestiones hechas con Federico Durán para intentar sacarle de ahí. También le explicaba que necesitaban el nombre del capitán médico de Almatret, cosa complicada para Antonio, pues ahora estaba a tres horas del pueblo y sin saber si continuaba el mismo médico que le atendió ocupando esa plaza.

Antonio decidió responder de inmediato, se disculpó por no tener el nombre del médico y se mostró intrigado por la joven que, visto y no visto, se había acercado hasta el campamento. Lo de conseguir el nombre del médico era una misión que, como le comentaba a su esposa, se le antojaba complicada porque ni estaban cerca del pueblo, ni había ningún tipo de facilidad para llegar hasta donde se encontraban. Aprovechó para desearle un feliz día de San Juan a Joana, animándola a celebrarlo y a relajarse un poco de tantos días malos. No faltaron los millones de besos para la niña y la insistencia para que le hablara de él y de lo mucho que la quería.

25 de junio de 1938
Campamento especial junto al Ebro

Mi querida Joana, ¿cómo te ha ido la noche del 24? A mí bien, aunque echándote de menos como te puedes imaginar.

Te voy a contar cómo lo celebré. Los que llegamos los últimos a esta compañía, o sea los que salimos de Barcelona hoy hace un mes, hemos formado un grupo que nos llevamos muy bien y acordamos celebrar el día de uno que es hijo del maestro de obras que le hace el trabajo al señor Raimón, y se llama Joan.

Por suerte, por la mañana nos dieron membrillo para desayunar y todos nos lo guardamos y comimos solo pan con aceite. Después a la hora de comer nos guardamos el vino y lo pusimos todos en una cantimplora y un chico del grupo, que es de Viella, tenía una longaniza hecha en su casa y la reservaba para una ocasión especial. Pues bien, a la hora de cenar cogimos el rancho que era bastante bueno, fideos con patatas, y caminamos unos minutos fuera del campamento, bajo unos olivos, y allí cenamos. Nos comimos la longaniza y el membrillo de postre y todo regado con unos sorbos del vino del mediodía, porque por la noche no dan vino, y hasta un cigarro y todo. *¡Visca!*

Al regresar al campamento, nos encontramos a toda la tropa cantando. Estuvimos un buen rato y también disfrutamos. Después a dormir, pero ya ves qué bien lo pasamos. Lo dediqué todo a tu recuerdo y a nuestra salud, mi amor. Ojalá hubiésemos podido brindar con champán.

Cómo te recuerdo siempre, mi amor. No sufras por mí. Yo cada día estoy mejor, tengo muchos amigos y mi relación con el comisario y el capitán es excelente. Así que hazme el favor de estar tranquila.

Muchos besos a tus padres, a la familia.

Recuerdos para todos, y para ti y para la niña lo que queráis de vuestro Antonio que tanto os ama.

San Juan sería una jornada especial para el 904, sobre todo para el grupo de amigos de Antonio. La unión y la camaradería entre ellos se hizo mucho más fuerte y fue clave para cuando empezó la ofensiva. Esa velada les dejó por lo menos buenos recuerdos y que la vida se podía vivir intensamente, incluso en tiempos de guerra. Fue noche de risas, recuerdos, canciones y sueños por cumplir.

En cuanto al tema médico, Antonio seguía sin conseguir el nombre del capitán que necesitaba Federico. Del grupo, habían trasladado a Víctor, el marido de Rosa, que era con quien mejor se llevaba y con el que compartía muchos puntos de vista; tanto era así que este último incluso intentó que estuvieran juntos en la unidad sanitaria, para transportar heridos cuando empezara el jaleo, pero no lo logró. Para Guillermo Gómez del Casal, el capitán, Antonio era intocable. Era el delegado cultural y uno de los mejores tiradores, aunque esto último no se lo decía nunca porque sabía que a Antonio no le gustaba.

Víctor tuvo suerte, pues estaba en el lugar y en el momento adecuados cuando pasaron a buscar voluntarios para camilleros. A Antonio, simplemente no le tocaba, y con toda seguridad su capitán no habría permitido que abandonara el 904. Ni él ni el comisario, porque entre otras cosas tenían en alta estima a Antonio por su capacidad a la hora de enseñar en sus clases y por todas las actividades culturales que organizaba. Además, ser un excelente tirador en tiempos de guerra lo convertía en un as en la manga, en un bien muy preciado. Antonio era demasiado importante para su batallón.

Por otro lado, y pensando fríamente lo que pasó durante esos días de batalla, una vez cruzado el Ebro, ser camillero resultó un calvario, pues tenían que ayudar a los amigos a intentar sobrevivir y dejaban a otros, sin más, moribundos a su suerte, solos y llenos de dolor. Creo que mi abuelo, si hubiera sido camillero, no habría sido capaz de abandonar a sus amigos a su suerte en esas circunstancias. El hueco de Víctor como mejor amigo lo cubrió Joan Morás, el chico de Vallcarca.

Antonio andaba preocupado esos días con Joana porque le había contado que no se sentía bien y que la niña parecía estar también mal de la tripa. «Problemas intestinales sin importancia», pensó, por no ponerse en lo peor. Joana le había escrito para su tranquilidad que había ido al médico. Pero eso a Antonio no le cuadraba. Después de lo que había sucedido con José, su mujer odiaba a los médicos sin límite, y no iría a la consulta salvo que estuviera realmente mal. Quizá todo era por la escasez de alimentos, tal vez estaban pasando penurias y hambre. Cada vez caían más bombas sobre Barcelona y era más difícil que llegaran suministros. Entre los soldados del frente, de todas las unidades que estaban preparándose para cruzar el Ebro esos días, se habían puesto de acuerdo para comer un poco menos y guardar cinco barreños de comida para que la repartieran en Barcelona entre la gente cada día. Nunca conseguí averiguar de qué manera y cómo se repartía esa comida, que supuestamente se enviaba de regreso a la Ciudad Condal.

Quizá ese era el problema, el hambre, aunque había algo más… La segunda cosa que le quitaba el sueño a Antonio era que en las últimas cartas Joana insistía en acercarse hasta Almatret para verlo; después de la visita sorpresa de la chica que limpiaba en casa de la tía Pepa, Joana pensaba que ella también lo podía intentar. Él sabía que su mujer era capaz de eso y mucho más, pero le insistía en que le parecía una locura, aunque se muriese de ganas de verla, porque él estaba alejado del pueblo y no sabía si le darían permiso para pasar un rato con ella. Tampoco era fácil el viaje, cargado de incomodidades y peligros. Con la aviación tan activa podía ocurrir cualquier cosa en esa alocada aventura.

Pero no todo eran malas noticias. El delegado cultural de la división tenía que ir a buscar material a Barcelona y Antonio le había pedido el favor de que pasara por su casa, a ver a los suyos, para que les contara que estaba bien y convenciera a Joana de que no era una buena idea viajar hasta el frente para verlo. Además quería que se cerciorase de si la niña estaba bien, si no tenía ningún problema de salud y si les llegaba suficiente comida. Entre lo que podían comprar en el mercado de Badalona y el pequeño huerto casero de subsistencia, tendría que bastarles para estar más o menos bien. Si además le entregaban papel y sellos y algunos sobres de champú para lavarse el pelo, sería el hombre más feliz del Ebro.

***

27 de junio de 1938
Cerca del Ebro

Estimada Joana, por fin he podido saber el nombre del médico que me dio las inyecciones. No sé si es el que tú crees, se llama Alejandro Combalia y es el médico de la división, sí, en mi misma división, y tiene el grado de capitán.

¿Ya ha regresado Federico? A ver si cuando vuelva puede hacer alguna cosa. ¿Has podido ir a Martorell? ¿Qué te ha dicho el alcalde? ¿Qué tal está Joan y el resto de la familia? Quiero que me lo cuentes todo, así cuando recibo una carta me voy hasta la escuela y allí, completamente solo, la leo y me parece que estoy en casa charlando contigo.

¿Te acuerdas de esas charlas que teníamos? Venga a romper nueces mientras decidíamos si pondríamos gallinas o conejos en el jardín, porque serían mucho mejor que los patos, que ensuciaban demasiado. Ya volveremos, mi amor, no te preocupes, que todo termina.

Se terminará esta época y comenzaremos otra mejor. Puedes estar contenta porque ya ves que puedo escribir a menudo. Entre el papel que me envías y lo que voy sacando de por aquí me da para mandarte una al día. Después de un mes fuera de casa, por lo menos he podido enviarte quince cartas.

No escribo ni a los amigos ni al trabajo porque prefiero guardar el papel para escribirte a ti. Lo mismo me pasa con tus padres, diles que no los olvido, pero aquí un papel y un sobre son objetos casi de lujo.

En mi última carta te contaba que seguramente tendrías visita. No sé cuándo, pero pasará José de Mataró, le podéis dar alguna cosa para mí: calcetines, sobres de champú, papel para escribir... Poca cosa, que yo no tengo sitio donde guardarlo y si salimos de marcha, entonces todo molesta y algunas cosas me las hacen tirar.

Bueno, mi Joana, ya hemos hablado un rato. Mañana o pasado trataré de escribir y contarte cosas nuevas. A ver si pasa algo porque normalmente nada de nada.

Miles de besos para la niña y para ti.

Te quiero.

Joana salió disparada al poco de terminar de leer la carta. Le dijo a Teresa que se hiciera cargo de la niña, que ella se acercaba a Barcelona a ver a Federico, que estaba trabajando en el centro de transfusión de la calle Mallorca. Calculó una hora y media para llegar, cogiendo el tranvía y caminando un poco después, eso si no había alarma de bombardeo. El nombre del médico era lo que necesitaba su amigo. Tardó una hora exacta y el reencuentro entre Joana y Federico fue emocionante. Charlaron un largo rato. Ella confiaba ciegamente en él y sabía que haría lo imposible para sacar a su marido del frente.

Por desgracia, nada salió como había previsto Federico. Intercambió comunicación con el capitán Alejandro Combalía, pero este le explicó que no le permitían ningún traslado. Todo apuntaba a que en los próximos días se produciría una ofensiva y el mando había suspendido cualquier cambio de batallón de los hombres que estaban en la 226 Brigada Mixta, especialmente los del 904 y el 901. Eran a los que estaban preparando para cruzar el Ebro, los primeros. Había llegado tarde. Federico se quedó desolado. No sabía qué decirle a Joana, no le podía hablar de ningún asunto militar y menos de que se estaba preparando una ofensiva en la que su marido estaría en vanguardia, jugándose el tipo.

El destino de Antonio caminaría junto a los hombres de la 4 compañía de la 226 Brigada Mixta. Ya nada ni nadie podría sacarle de donde se encontraba. La vida había movido ficha de nuevo.

8

AGUA, MISIÓN SUICIDA

25 de julio de 1938
Los Aüts

Al atardecer, resguardados entre rocas, Antonio, Francisco, Fernando y Joan se juntaron para cenar. Sus rostros reflejaban sufrimiento, no eran los mismos hombres que hacía cuarenta y ocho horas habían cruzado el río; ahora la muerte había bailado con ellos, seguían vivos, aunque rotos por dentro de tanta miseria. Su amistad en ese momento era lo único que los mantenía a flote, la solidaridad entre ellos.

Lo peor en los Aüts eran los bombardeos continuos, no había agujeros suficientes para esconderse y cubrirse. Habían sacado a la Legión y aguantado algún contraataque, pero los bombardeos no cesaban. Por ahora nadie retiraba a los heridos y a los muertos de ninguno de los dos bandos. A duras penas, algún enfermero cubría como podía las heridas.

Durante la cena no pararon de hablar, porque los cuatro amigos eran conscientes de su suerte por estar juntos y vivos, habían visto morir a unos cuantos conocidos. Al principio, en la conversación todo eran preguntas.

—¿Has visto a fulanito de tal? ¿Está bien? ¿Quién más ha caído?

Joan se dirigió a Antonio en un momento de la cena para pedirle que no se expusiera tanto, que las balas no perdonaban.

—No, hombre, no, Joan, solo he intentado seguir al comisario —afirmó Antonio.

—Ese hombre está loco, Antonio. No le llaman por casualidad Dinamita. No tiene nada que perder y tú tienes mujer y una hija —fue la respuesta contundente de Joan.

—Escúchale, Antonio —replicó Francisco—, que tiene razón. A partir de ahora toca agachar bien la cabeza y tomárselo con más calma. No sé si seguiremos avanzando hacia el cruce ese que dicen que tenemos que tomar, pero con todo el plomo que nos están enviando hay que ir con cuidado, nada de heroicidades, seguimos vivos y eso es lo importante. —Era la voz de la experiencia, del veterano curtido en combate.

Antonio se quedó pensativo, no tenía la sensación de haber estado en peligro durante el asalto a los Aüts, no más que el resto. Era cierto que había pensado mucho en Joana y en la niña, y hasta en su hijo, que creía, sin dudarlo, que le estaba ayudando desde el cielo. Pero sobre todo tenía muy presentes a todos los chicos que corrían a su lado, a la mayoría los conocía de sus clases, por ellos estaba peleando en ese lugar inhóspito, por nada ni nadie más. Le importaba un bledo la República, los sublevados y Franco. Estaba ahí disparando por Fernando, Joan, Francisco, Víctor y el resto de sus compañeros.

La cena nada tenía que ver con la comida de hacía unos días en el campamento, aunque daba un poco igual, apenas podían tragar de los nervios. El agua era otro de los problemas; tener tenían, pero poca y caliente. Las cabezas pensantes que habían organizado ese follón podían haber tenido en cuenta que estaban en un paraje desolado, donde el agua brillaba por su ausencia.

Terminaron de cenar y Antonio y Joan continuaron allí un rato más, porque Francisco estaba en el primer grupo de guardia y Fernando regresó donde se encontraban los oficiales, en un improvisado puesto de mando.

—¿Crees que podremos dormir algo? —le preguntó Joan a Antonio.

—No sé qué decirte. No me fío nada. Igual tenemos que salir corriendo, pero estoy rendido. Si puedo, daré una cabezadita. ¿Qué vas a hacer tú, Joan?

—Si no te importa, me quedo aquí contigo, a ver si consigo quitarme este temblor que me acompaña y puedo dormir algo.

Antonio se fijó en su amigo y vio cómo le temblaba la mano izquierda, se la cogió con fuerza y la frotó varias veces, buscando una reacción. Joan se lo agradeció.

—Hoy es San Jaime, estaríamos de verbena en Barcelona, Antonio. —Sonrieron casi a la vez.

—Menuda noche de fuegos artificiales nos van a dar, Joan. No te preocupes, que vamos a dormir tan poco como si estuviéramos de fiesta.

Dos horas después, la noche seguía llena de explosiones y disparos. Se escuchaba la voz del capitán, que susurraba mientras iba pasando por donde se encontraban sus hombres agazapados.

—¿Estáis bien? —preguntaba en voz baja, saltando de trinchera en trinchera, de agujero en agujero—. Descansad lo que podáis, en un par de horas iremos a por ellos de nuevo. Ahorrad munición.

Estaba claro que la ofensiva no se detenía en los Aüts. Al menos para los del batallón 904, no parecía que el infierno se fuera a parar. El siguiente agujero era el de Antonio y Joan, Guillermo Gómez del Casal llegó agachado y a toda prisa, a punto estuvo de dar un traspié y caerse por un pequeño terraplén, pero Antonio lo sujetó con fuerza.

—Gracias, Antonio, te estaba buscando.

Eso no sonaba bien. Con la que había liada, lo peor era que le buscara un oficial.

—Necesito que cuando avancemos de nuevo, antes del amanecer, elijas a un voluntario que te ayude y retrocedas para ir a por agua. Hemos dejado una balsa no lejos de aquí, no sé si la sitúas.

Gómez del Casal sacó un pedazo de papel de su bolsillo y una cerilla.

—Ven, agachémonos, tápanos con la chaqueta para que no se vea la luz —le pidió a Joan.

La prendió para alumbrar un pequeño y rudimentario mapa de la zona y le marcó a Antonio hacia dónde tenía que dirigirse.

—No será fácil, hay partidas de sublevados por detrás de nuestras líneas y, por lo que me cuentan camaradas de otras unidades, han perdido a varios hombres de los que han ido a por agua. Lo suyo sería que llegaras hasta la Balsa del Señor.

—¿Donde nos encontramos a los legionarios? —preguntó Antonio.

—Sí, ahora creo que no hay nadie, aunque me consta que el enemigo ha dejado francotiradores para que maten a todo el que se acerque y nos muramos de sed.

La información que tenía el capitán no era del todo cierta: los sublevados no solo tenían partidas de francotiradores sino que dominaban el lado derecho de la balsa. El izquierdo era republicano, en medio una gran zona de tierra de nadie. La cara de Antonio reflejó preocupación, mal iluminada por la cerilla que estaba a punto de consumirse. En un momento había pasado de ser el delegado de Cultura a recibir órdenes para afrontar una misión suicida.

El capitán lo miró y comprendió lo que estaba pasando por la cabeza de Antonio.

—Te necesito a ti, Antonio, eres el mejor tirador que tengo y estoy seguro de que eres el único que lo puede lograr.

—Si me permite, capitán, yo le acompañaré.

Era Joan el que interrumpió para ofrecerse voluntario. Por una parte, asistía atónito a la propuesta que le estaba haciendo a Antonio mientras les cubría con la chaqueta, pero, por otra, no sabía si lo que les esperaba era peor de lo que estaban viviendo. «Por lo menos nos alejaremos un rato de esta roca maldita de los Aüts y del continuo tiroteo que estamos soportando», pensó.

—Si te parece bien, Antonio, por mí no hay ningún problema.

—Sí, está bien, prefiero que me acompañe alguien conocido.

La respuesta fue inmediata, sabía que con Joan no tendría quejas ni malentendidos. Se la estaban jugando y tenían que estar de acuerdo en todo.

—Entonces, voy a hacer que te traigan todas las cantimploras que puedan. ¿Cómo vas de comida?

—Bien —respondió Antonio—, aunque no estaría mal llevar algo más.

—Cuenta con ello, y voy a pedir cargadores extras para vuestros fusiles.

Antonio y Joan llevaban un máuser cada uno. El capitán siguió con sus explicaciones:

—Si todo va como está previsto, nos encontraremos cerca de este cruce.

Lo marcó con un trozo de lápiz que llevaba en el bolsillo. El círculo en el plano marcaba un área próxima al cruce de Gilabert, cerca de Fayón. Las expectativas de la 226 Brigada Mixta a esas horas eran elevadas, pues pensaban que podrían tomar ese punto durante el día, pero nunca llegó a suceder tal cosa.

—Es para ti, no lo pierdas. ¿Cuánto tiempo crees que necesitas? —Le dio el rudimentario plano.

Antonio dudó.

—No lo sé, no lo tengo claro. Si encontramos partidas enemigas o tiradores cerca del agua, eso nos puede retrasar. Para llegar, necesitaremos no menos de cuatro o cinco horas y otras tantas para volver. No nos vamos a arriesgar a plena luz del día. Nos tocará esperar, y cuando anochezca nos acercamos al agua, llenamos las cantimploras y regresamos. Pongamos que, en el peor de los casos, mañana al amanecer estaremos de vuelta.

—Tranquilo, os esperaremos, pero piensa que nos iremos moviendo. Te va a tocar buscarnos, pero no creo que te cueste llegar hasta donde estemos.

Cuando se retiró el capitán, Antonio miró a Joan y le soltó un rotundo:

—Menudo lío nos hemos buscado, amigo.

La misión era muy peligrosa, retroceder suponía que podían recibir disparos de los dos bandos, tocaba andar escondiéndose y a saber cómo se las apañarían. Eso si no se perdían, que era otra posibilidad muy real. Pasadas las cuatro de la madrugada del 26 de julio, a oscuras y cargados con un buen número de cantimploras, provisiones extra y un puñado de munición, Antonio y Joan descendieron de los Aüts en busca de agua.

Llegados a este punto, la gran pregunta es: ¿qué le pasaba al agua del Ebro? No podía entender la razón o las razones por las que teniendo tanta agua ahí mismo no la utilizaban. Las respuestas eran varias y todas abrumadoras.

El primer problema desde el inicio del combate eran los bombardeos que impedían la construcción de pasarelas y puentes para que se cruzara el río con facilidad. A esto había que sumar los cadáveres, tanto de personas como de animales, y la contaminación provocada por el combustible de las mismas bombas convertían el agua en no potable.

La segunda razón era que los sublevados, como técnica de defensa, abrieron río arriba las compuertas de las presas para aumentar el caudal, que a su vez arrastraba de todo por el cauce del río, por lo que las aguas bajaban turbias y llenas de restos.

La tercera era que el batallón de sublevados que controlaba Mequinenza decidió arrojar el estiércol de las caballerizas y todo lo que salía de sus letrinas al Ebro para tratar de envenenar el agua. Maniobra muy poco inteligente porque terminó afectándoles a ellos.

Por todos estos factores, desde que se planeaba cruzar (y se cruzó) el Ebro, no se utilizó nunca el agua del río para beber, y se optó por utilizar algunos manantiales y balsas que se sabía estaban a resguardo de todos estos peligros.

El Ebro en 1938 era todo menos un río limpio, y además en algunos tramos bajaba con poco caudal debido a la sequía que se estaba sufriendo ese verano; por ejemplo, en la zona de Miravet los republicanos cruzaron andando.

A las cuestiones de salubridad del agua había que añadir además un factor de carácter táctico para mi abuelo Antonio, la razón por la que no podía coger agua fácilmente del Ebro. Antonio y Joan tenían la opción de intentar llegar al llano de Fayón para acercarse hasta el río, pero hubiesen tenido que cruzar por la Val Granada y volver a subir. Esto suponía un camino de demasiados kilómetros y bastante expuesto, y hubiesen tenido que sumar un desnivel de no menos de trescientos metros. Se mirara por donde se mirase, cualquier opción era muy arriesgada.

* * *

En Badalona, esa misma mañana del 26 de julio las sirenas sonaron a las nueve, pero no se escucharon explosiones ni tampoco los cañones antiaéreos. Se respiraba una sensación de esperanza, las noticias que llegaban sobre el avance en el Ebro hicieron creer a la población civil que las cosas podían cambiar. Después de tantos meses de derrotas, ¿sería cierto que la República podía recuperar el pulso en el frente y dar un vuelco a la guerra? Era una pregunta sin respuesta por el momento, y en cualquier caso no impedía que los que tenían a familiares en el frente temiesen por la vida de todos ellos. No llegaban las listas de bajas, aunque los rumores hablaban de muchos muertos en los dos bandos.

Joana intentaba consumir las horas ocupada con cualquier cosa, buscando distraerse para mantener la calma, aunque su hija era todo un terremoto. En casa no se hablaba de nada de lo que estaba sucediendo, aunque ella y Teresa escuchaban la radio a todas horas, medio a escondidas. La tenían con muy poco volumen, tratando de imaginar qué le podía estar sucediendo a Antonio. Jamás pasó por la cabeza de Joana que su marido estuviese metido en una misión «especial» que le pudiese costar la vida.

**

Desde la salida del sol, con los primeros rayos del amanecer, los dos hombres cargados con las cantimploras se movían con sumo cuidado, tratando de no hacer ruido, pero no se habían cruzado con nadie hasta entonces y eso les tenía un tanto despistados. Se suponía que por donde habían descendido, durante la noche cerrada, debía estar parte de los otros batallones de la brigada, incluso gente de la 227, al menos eso era lo que les había advertido el capitán. Aprovechando la luz, Antonio miró el mapa: si no se cruzaban con fuerzas republicanas en los próximos minutos, era porque en todo ese desbarajuste se habían desviado y dentro de nada estarían en una zona más complicada de cruzar. Pero quizá estaban más a la derecha...

—Mierda, Joan —se quejó en voz baja Antonio—, espera un momento. —Su amigo se detuvo en seco—. ¿Y si nos encontramos más a la derecha? Buf, por ahí es por donde cruzan las partidas de sublevados que huyen en busca de sus unidades.

Joan no supo qué responder, tenía ganas de parar un rato y reponer fuerzas. Antonio estaba en las mismas.

—Joan, por ahí, de frente, parece que hay un buen sitio para escondernos y de paso comemos algo.

Les quedaban todavía restos de la cena y les habían dado provisiones extra para que aguantaran todo el día. Se sentaron al refugio de unas piedras y maleza alta. Era temprano, pero el calor apretaba ya. Se escuchaban disparos, voces, susurros y alguna chicharra. Antonio estaba convencido de que se habían alejado mucho del camino, y que se encontraban cerca de tierra de nadie, por donde campaban a sus anchas los grupos de sublevados que huían hacia Fayón buscando a los suyos.

—¿Te preocupa algo, Antonio? —cuchicheó Joan.

—Que no sé dónde estamos —respondió preocupado—, y además no hemos avisado a ninguno de nuestros amigos.

Nadie sabe por dónde andamos. Esta maldita misión nos va a costar un disgusto. No teníamos que haber salido tan a la carrera.

—Pero si han sido las órdenes que nos han dado —le rebatió Joan, contrariado y consciente de que su amigo tenía razón.

Era cierto, el grupo de amigos amanecería sin verlos, pero Joan confiaba en el capitán o en alguno de los muchachos que les acercaron las cantimploras para que contasen que les habían enviado a por agua; eso si preguntaban por ellos, claro. Además, Fernando iba con el capitán, seguro que estaba al tanto de la misión.

Antonio seguía pensativo, le apetecía un trozo de pan seco mojado en un buen café con leche, era su desayuno favorito. Cerró los ojos y regresó con su mente hasta el campamento, a principios de julio, podía hasta oler el café. Recordó aquellos días de espera, entre el miedo, la incertidumbre y la esperanza. Aquellas jornadas donde tanto disfrutaba enseñando y donde leer las cartas de los suyos era un consuelo.

**

2 de julio de 1938
Veinticuatro días antes de desaparecer

Querida Joana, he terminado ahora mismo de desayunar y el día parece que ha amanecido algo más fresco, menos mal. Después de tomarme un café bien caliente con pan, que lo he mojado y bien mojado en el café, me he quedado con hambre y me he hecho con otro trozo de pan, una tostada, y me he ido a la cocina para que lo untaran con un poco de aceite y sal. Han protestado un poco, como siempre, pero son buena gente y al final lo han hecho y ya tienes aquí a un hombre satisfecho.

Después he ido al bosque a hacer un trabajo, ya me entiendes, y aquí estoy dispuesto a responder a tu carta del 26 de junio que me llegó ayer. Por esa carta deduzco que ya has regresado de Martorell. ¿Qué tal te ha sentado? ¿Cómo están la familia y los amigos?

Veo que te preocupas por lo que te explico del agua y de la cama. Estate tranquila, una cama de tomillo y romero no la tiene todo el mundo, y si no está más blanda es porque nos da pereza ir a por más, porque en este lugar hay para el padre y para la madre.

Lo del agua ya nos preocupa más, pero para beber no nos falta y lo de lavarnos empieza a ser bastante secundario.

Entiendo la tristeza en el día de tu santo (24 de junio), yo te felicité y deberías desear que todos te felicitaran. Ya sabemos que en este mundo y en los tiempos que corren siempre hay algo que no está bien, pero al final ya verás que de todo esto saldremos mejor parados de lo que nos parecía al principio. Ten confianza como yo la tengo, ya verás como más pronto de lo que pensamos volveremos a estar juntos.

Veo que en casa ya han recibido carta de tu hermana y de Francisco, me alegro mucho y sé lo contenta que está tu madre. Te ruego que les des recuerdos a todos los vecinos que se preocupan por mí. Roura, el alcalde, ¿qué hace? ¿Lo han movilizado? Y a Manuel, ¿también se lo han llevado? Ojalá que no, me sabría mal por Magdalena.

Me tiene intranquilo el problema de la alimentación, por todos vosotros, pero más por ti, que dices que no te sientes demasiado bien. Procura cuidarte mucho y no dejes de ir al médico y sigue sus consejos. No te quites ni esfuerzo ni dinero. Cuando cobre, si es que nos pagan, te enviaré todo el dinero. Sobre todo cuidaos todos mucho, y si podéis disfrutar un rato no lo dejéis escapar.

Piensa que aún nos quedan unos años de juventud y que los tenemos que aprovechar. Te prometo que por poco que podamos, los aprovecharemos. Trabajaremos, pero también nos daremos todos los caprichos que podamos. Así que anímate y a esperar tiempos mejores, que tengo el presentimiento de que no han de tardar.

He visto las letras de la niña, dile que estoy muy contento. Aquí hay una perrita que tiene que parir, tengo pedido un cachorro y cuando termine la guerra lo llevaré conmigo a casa.

Miles pero miles de besos y abrazos de vuestro padre y esposo que no os olvida.

Antonio aquel día tenía además otra hoja preparada para responder a las cartas de sus padres y de Teresa, su hermana. A principios de julio Joana no era consciente todavía de que el malestar que tenía era debido a que estaba embarazada. No se le había pasado por la cabeza que la noche antes de partir, ella y Antonio habían hecho el amor apasionadamente, y que fruto de ese último encuentro había quedado encinta. Eran tiempos de guerra, época de muertes y nacimientos inesperados.

Estimada mamá, la carta de hoy va a tu nombre porque respondo a la tuya que me llegó junto con la de Joana. Estoy muy contento porque sé que no es fácil encontrar un momento de paz para ponerse a escribir y veo la constancia y estoy muy agradecido. Sé que habéis comido gallina, espabilad a alimentaros mucho, que os conviene con tanta miseria que hay.

Sé por las noticias que llegan hasta aquí lo mucho que sufrís los que estáis en la retaguardia. Estoy seguro de que nosotros, a pesar de todo lo que supone estar en el frente, estamos mejor que vosotros.

No me cansaré de deciros que os cuidéis mucho y que no sufráis por mí, que estoy todo lo bien que se puede estar en estas circunstancias.

No recuerdo si os dije que había recibido la carta de los tíos Ramón y Teresa; cuando les escribas, diles que pienso mucho en ellos y que en mi cartera llevo la flor que me dio Teresa momentos antes de marchar.

Hermana, ¿cómo van las carreras? ¿Cuántos bombardeos te han pillado por el camino? Ten mucho cuidado, más vale llegar una hora tarde que no que te pase algo. Cuando leo el periódico, pienso en todos, pero especialmente en ti, que has de ir y venir cada día de Barcelona.

Quedo esperando la carta que me habéis prometido de papá, al que responderé así la tenga.

Espero no dejarme nada por responder, a veces cuando termino de poner la carta en el buzón me acuerdo de muchas cosas que me he olvidado de deciros.

Sé que estáis hablando de venir a verme, y hasta hace unos días era más o menos fácil, pero ahora parece que no dejan entrar al pueblo, Almatret, a nadie que no sea vecino. Para colmo yo no estoy en el pueblo, aunque pudierais llegar, lo difícil sería hacerme saber que habéis llegado y que el comandante me diera permiso para bajar. Además el viaje se tiene que hacer en condiciones bastante malas, creo sinceramente que es mejor no intentarlo.

Espero que las cartas sigan llegando a tiempo, aunque estando rodeado de montañas y con todas las dificultades naturales que tenemos en la zona me temo que no será fácil.

De salud por ahora estoy perfectamente, no estoy haciendo muchos esfuerzos y llevo una vida bastante metódica, no me resiento más de lo que me resentía normalmente. Mi trabajo ha disminuido bastante, los soldados tienen muchos más servicios y no pueden asistir tantas horas a clase, algo se está preparando. Os digo que si de repente pasan varios días sin tener noticias mías, no sufráis, que yo estoy perfectamente. Bueno, no queda papel para nada más.

Muchos besos y abrazos, os quiero y os extraño.

***

Joan despertó a Antonio, y este dejó atrás los recuerdos que le trajo el aroma del café.

—Deberíamos ponernos en marcha. No es bueno que nos quedemos mucho rato quietos en un punto.

Antonio sacó el trozo de papel del bolsillo, miró de nuevo el mapa y se fijó en un pequeño cerro enfrente de ellos, era el Vesecrí. No lo sabía, pero ese sector estaba lleno de sublevados. Era uno de esos puntos que no había podido ser tomado hasta el momento por el ejército republicano del Ebro. Calculó a ojo.

—Estamos a una hora —le dijo a Joan—. Al otro lado tiene que estar la Balsa del Señor.

La idea era tomar algo de altura, bordear el cerro hacia la izquierda y desde ahí observar lo que quedaba por delante, sin que los vieran, siendo muy prudentes. Eso si la poza estaba al otro lado, como pensaba, aunque seguía sin saber muy bien dónde se encontraban exactamente, pero por lo menos tenía un plan.

Mientras todo esto ocurría, la 42 división continuaba su ataque contra los puntos estratégicos que quería conquistar. La 226 Brigada Mixta había sido reforzada con algunos batallones de la 227 Brigada Mixta y del 3 de caballería, unidades con las que nunca se cruzaron Antonio y Joan. Parte de estos soldados estaban camino de Fayón, enclave que tenían órdenes de ocupar.

Los dos amigos caminaron durante media hora y el cerro parecía que estaba muy cerca, pero también las explosiones que sonaban a sus espaldas. Los sublevados recibían refuerzos. Una sección de artillería había llegado a las nueve de la mañana y la 18 bandera del Tercio tenía el apoyo del 73 batallón de la 13 división, que se situó en el flanco izquierdo, aliviando en parte los ataques de la 226 Brigada Mixta contra la Legión.

Antonio se detuvo de nuevo. Desde donde estaban se intuía en parte, muy a lo lejos, a sus compañeros bajo el fuego enemigo. Parecían moverse hacia el lado contrario de donde habían partido ellos en plena noche.

—No sé si los vamos a encontrar de vuelta, Joan, estos ataques y contraataques nos pueden dejar en tierra de nadie, ya verás.

Joan optó por ser mucho más práctico y le respondió con una frase demoledora:

—Si salimos vivos de lo del agua, ya nos preocuparemos de encontrar a nuestra compañía.

Antonio lo miró.

—De la balsa saldremos vivos —aseveró con rotundidad—, pero lo de después, a ver hasta dónde somos capaces de llegar.

Mientras los dos amigos continuaban el camino sin saber muy bien qué iba a ser de ellos, sus compañeros andaban metidos en una batalla que no parecía tener fin. El parte de guerra del bando republicano sobre lo que sucedió ese 26 de julio decía:

> Hoy ha proseguido la brillantísima acción de los soldados españoles, que siguen avanzando victoriosamente en los sectores comprendidos entre Mequinenza y Amposta.
>
> El enemigo ha sido desalojado y perseguido de la mayoría de sus posiciones y cercado y reducido en aquellas otras en las que opuso resistencia.

En nuestro victorioso avance ha sido ocupado el cruce
de carreteras de Maella a Fraga con el camino de Fayón,
montes de Ascó, sierras de Chercón, y de las Perlas y Macizo
Mugrón, cortando la carretera de Ascó a Gandesa, Castillo
y pueblo de Ascó, Venta de Camposines, sierra de los Caballos y pueblos de Corbera, capturándose la guarnición
íntegra del mismo.

Otras fuerzas leales han capturado los pueblos de Riba-
Roja y Flix. También se han ocupado el vértice Montserrat
y el pueblo de La Fatarella, sierra de Pandols, sierra de Pecha
y los pueblos de Benisanet, Miravent, Pinell y Mora de Ebro.

El parte continuaba y hablaba de tres mil prisioneros y
de un sinfín de material requisado, pendiente de ser clasifi-
cado. Ese día en el sector del Ebro para los sublevados habían
continuado las operaciones de limpieza de las partidas que
pasaron el río Ebro entre Fayón y Mequinenza, donde se
había dado muerte a ciento veinte hombres y se habían hecho
ochenta prisioneros. Ni unos ni otros contaban la verdad. El
caos y el despropósito mandaban y lo estaban viviendo los
combatientes sobre el terreno. Los republicanos era cierto
que habían hecho más de tres mil prisioneros, pero también
habían sufrido muchas bajas, muchas más de ciento veinte.

Antonio y Joan seguían su aventura. Y Antonio durante
el camino no podía evitar regresar en su pensamiento a los
días pasados, cuando parecía que no todo estaba perdido. Le
relajaba. Cuando había esperanzas de regreso, de una vida
junto a los suyos. Pero también miedo de no saber nada de
su familia, de sufrir por no estar junto a ellos. En su cabeza

tenía grabadas las palabras de las cartas que enviaba y recibía e iba construyendo una historia íntima a base de recuerdos.

**

3 de julio de 1938
Veintitrés días antes de desaparecer

Mi querida Joana, ayer recibí tu carta desde Martorell, junto a la de tus padres.

Me hizo muy feliz ver cómo a la niña y a ti os sentó de maravilla el viaje. Pasasteis un día tranquilas y libres de sustos, y de los mosquitos que no os dejan en paz en Badalona.

Veo por lo que cuentas que sigues yendo al médico, pero que afortunadamente ya te sientes mejor. Esto es bueno, sigue al pie de la letra las indicaciones que te da y no dejes de cuidarte mucho, pero mucho mucho.

No me cuentas si en Martorell has podido hacer alguna gestión del estilo que hizo tu hermana tiempo atrás, ¿has desistido? No sé tampoco si has recibido las cartas en donde te doy el nombre del médico que me ha visitado. Ya me lo contarás y lo que piensas que se puede hacer.

Veo que fuiste a Martorell con tu madre, mucho mejor, porque no encontrándote demasiado bien es mejor ir siempre acompañada, y más en estos tiempos de angustia e inquietud. Me imagino que de regreso a Badalona habrás llegado muy cansada porque cargas con un montón de kilos de peso. No hagas muchos esfuerzos que puedan resultar perjudiciales para ti.

De lo que me cuentas de las gallinas, parece como si nos lo hubiéramos contado todo, porque pensamos lo mismo. ¿Has recibido tal vez la carta donde te hablaba de ello? Creo que es del mismo día, así que no es posible. Nos transmitimos el pensamiento, estoy seguro.

En tu última carta me dices que no me olvidas. No hace falta, mi amor, que me lo digas, estoy plenamente convencido. Te conozco y conozco a la niña y sé de vuestros sentimientos hacia mí. Estoy completamente tranquilo.

Cuando me escribas, háblame de la comida. Estoy al tanto y tengo miedo de que paséis hambre. Por mí, estad tranquilas, porque como suficiente. Mira, ayer comí un plato (ya sabes, el que me llevé) lleno hasta arriba de escudella. Tenía patatas, judías, carne y bacalao. Tres arenques a la brasa, todo acompañado de pan y un bote de leche condensada vacío lleno de vino.

Por la noche lo mismo, las sobras de la comida, pero esta vez solo dos arenques y sin vino. Pero yo me fui a la cocina y en el cubo de nuestra comida eché cinco dados de calcio (somos once) y le dio un gustito, y hasta el cocinero estaba asombrado de que le hubiera salido tan bueno.

A media tarde nos habían dado un poco de conejo y un trago de vino. La mujer de uno de los de la compañía, después de pasar todo un calvario, llegó hasta el pueblo. Ella fue la que trajo el conejo y el compañero lo repartió con todos los amigos.

Fue todo un sinfín de casualidades y suerte, porque se enteró de rebote que la mujer estaba en el pueblo y le tocó pedir permiso para ir a verla. Se lo concedieron para pasar la noche con ella y a la mañana siguiente recogió las viandas y regresó al campamento.

Cuando les fui a avisar, por la tarde, porque tenían clase, encontré a todo el grupo cocinando y al pillarles *in fraganti* me invitaron a conejo y vino.

Ya ves, querida, que puedes estar tranquila en cuanto a la comida.

Por ahora nada más, todo el amor más sincero de tu marido, que nunca te olvida.

Mi niña, papá te manda muchos besos, sé buena y pórtate muy bien.

Las letras de esas cartas le recordaban muchos detalles. Los intentos de Joana y su familia para mejorar su situación a través de Federico, el médico. Esos viajes de su esposa para poder llevarse toda la comida posible para Badalona. Los sueños que continuaban teniendo con las gallinas y los huevos en el jardín de casa… Pero también era consciente de la falta de comida en retaguardia y que esa fue una realidad acuciante en las primeras semanas de julio, porque no solo se habían incrementado los bombardeos y los cortes de luz, sino que llegaban pocos alimentos a la población civil. El hartazgo generalizado de la gente había provocado más de una protesta popular espontánea, que no solía terminar bien cuando intervenían los milicianos.

Había cosas que Antonio intuía, pero que no llegó a saber del todo. El 4 de julio, poco antes de la medianoche, sonaron las sirenas en Badalona, las bombas empezaron a caer casi de inmediato sobre el barrio de la Salut, en la calle

Francesc Ascaso, en la avenida 14 de Abril... El objetivo era claramente civil, porque no había fábricas cerca.

Joana, la niña, Teresa y sus padres estaban en la cama, pues la falta de luz hacía que mucha gente se acostara temprano, y les pilló durmiendo. Corrieron hacia la escalera casi a ciegas, tropezando con algún que otro mueble con las prisas y sin otra luz que los fogonazos de las explosiones de las bombas y las armas antiaéreas.

Los primeros heridos fueron llegando al hospital de Badalona. Los vecinos de la calle Guifré se llevaron la peor parte; no hubo suerte para algunos de los ingresados, dos de ellos murieron a las pocas horas.

Pero lo peor estaba por llegar con las primeras luces del día, y después de una noche tan larga. A las ocho de la mañana, quince aviones Savoya italianos atacaron de nuevo Badalona. Ahora sí que el objetivo estaba claro, comenzaron a soltar bombas en la zona industrial mientras sonaban las sirenas. La fábrica de La Cros, la fábrica textil de Can Mitjans, los depósitos de Campsa, las vías del ferrocarril..., todos recibieron impactos. Más de treinta y cinco heridos y al menos catorce muertos, entre mujeres, niños y hombres que trabajaban en las fábricas. Las bombas no hicieron distinción alguna, la moral de los ciudadanos de Badalona se quedó por los suelos.

Juana describiría en la carta que dejó a mi nombre en la caja azul el terror que pasaron en aquellas jornadas, cómo la gente corría a esconderse en cualquier sitio. Plasmaría en letras los lloros, las sirenas y el pánico. Contaría cómo ni las historias de su abuela la calmaron ese día mientras se escuchaba el silbido de las bombas cayendo y el tremendo estruendo de las explosiones, que agitaba las ventanas y hacía crujir los cristales. Juana quedó marcada de por vida por esos días de bombardeos. Años después, siendo yo niño, me pasaba horas tirando petardos la noche de San Juan y era feliz, pero ella jamás salía a la terraza a celebrarlo, cualquier excusa era buena para quedarse dentro de casa. El día que abrí la caja entendí de dónde venía tanto pánico a los petardos y a las explosiones.

Lejos de los bombardeos y de la familia, Antonio, en el frente del Ebro, solo esperaba, preocupado, noticias de los suyos. Al anochecer del 4 de julio, terminadas las clases, la lectura y el comentario de la prensa a la tropa, el comisario Dinamita se acercó a Antonio:

—Has estado muy bien un día más, camarada delegado cultural. —Antonio le sonrió y le agradeció las palabras—. Veo que no has comentado nada de los bombardeos en Badalona.

Un escalofrío recorrió el cuerpo de Antonio mientras interrogaba con semblante serio al comisario.

—¿Qué bombardeos? La prensa no habla de nada.

—Claro, camarada, lo leerás mañana. Los fascistas han bombardeado la ciudad y las fábricas. Hay muchos muertos y heridos.

—Yo tengo a toda mi familia en Badalona —contestó Antonio.

El semblante del comisario cambió y se apresuró en responder:

—No lo sabía, tranquilo, que seguro que están bien.

No supo que más hacer, no quería estar ahí ni un instante más, no tenía respuestas para Antonio, así que le dejó con la palabra en la boca y salió del aula.

Las cartas del 5 y el 6 de julio reflejaban el espanto y la angustia de Antonio, solo, sin noticias, aguardando a que el correo le diera la tranquilidad que buscaba. Leía y releía todo lo que se publicaba en la prensa, porque a través de los datos de otras personas y de los lugares mencionados podría saber si la familia había sobrevivido.

5 de julio de 1938
Siete de la mañana
Veintiún días antes de desaparecer

Estimados todos, estoy en un sinvivir desde que me he enterado de que han bombardeado Badalona. Escribidme inmediatamente y tranquilizadme, que hasta que no reciba noticias vuestras posteriores al día 3 no estaré tranquilo. Decidme si os asustaron mucho y si algún conocido recibió.

Sobre todo escribidme inmediatamente. Vuestro hasta el final,

ANTONIO

Al amanecer del 5 de julio envió una postal urgente, empezó a calcular cuánto tardaría en llegar y cuántos días pasarían hasta que recibiera la respuesta desde casa. Afortunadamente, hasta entonces, los nombres publicados en el periódico no le eran familiares, por lo que supuso que las bombas no habían caído cerca de casa, pero siempre quedaban dudas. Confiaba en que su mujer o su madre se hubieran puesto a escribir enseguida, pasado el bombardeo, sin esperar noticias suyas, para decirle que estaban todos bien. Lo peor era la inquietud y una especie de desazón que le invadía, porque no tenía mucha paciencia para andar esperando. Esa mañana, las prácticas de tiro comenzaban sobre las once, después de desayunar. Antes de ir a disparar, se encaminó hasta un árbol cercano buscando algo de sombra y paz, el calor ya apretaba, pero quería escribir a su hermana, pues pensaba que era lo único que le calmaría un poco.

5 de julio de 1938
Once de la mañana

Estimada Teresa, también te digo hoy, como hice con mamá el otro día, que la carta va a tu nombre pero es para todos.

He terminado de desayunar y de tomar mi tostada de consentido, con un poco de aceite y sal, pero no tengo la tranquilidad de días anteriores. Eso es debido a las noticias que me llegan del terrible bombardeo de Badalona. No puedo parar quieto en ninguna parte y hasta que no reciba noticias vuestras de después del suceso no recuperaré la calma.

Las espero entre hoy y mañana. Tanto es así que no dejaré esta carta en el buzón hasta después de comer, que es la hora a la que llega el correo. Me paso el día diciéndome a mí mismo que las malas noticias corren mucho más que las buenas, pero no logro tranquilizarme.

De lo demás poco os puedo explicar, mi vida se ha convertido en una monotonía y no varía nada. No se puede decir que sea aburrida, pero tampoco tiene nada de distraída. Estas montañas que me rodean las tengo clavadas en la retina y tampoco pasaría nada si las perdiera de vista.

Mi primera impresión de este paraje es que se parece algo a Gerona, a la zona que tanto me gusta, a Osor. Pero se parece solo relativamente, la grandeza de las montañas y poco más. El resto nada, ni agua, ni árboles, un país muerto. Si cuando termine la guerra me pierdo y me tenéis que buscar, no lo hagáis por esta tierra, ya podéis estar seguros de que aquí no me encontraréis.

¡Ah, se me olvidaba! Ayer comí serpiente, así, tal como suena, y estaba muy buena. Tanto es así que si otro día matan alguna, cosa que suele suceder muy a menudo por aquí porque hay muchas, no dejaré perder la ocasión. Yo había escuchado decir que se las comían, pero ayer cuando vi cómo la pelaban y que tenía la carne tan blanca como la seda, me decidí. La hicieron frita y después del rancho nos la comimos. Tocamos a tres trozos por cabeza. Era una serpiente de unos siete palmos de largo, poco más de metro y medio y bastante gruesa, como unas muñecas dobladas. La carne tenía gusto a conejo y es un poco molesta de comer porque tiene muchos huesecitos. Dicen que las que son más jóvenes se fríen mejor y que te puedes comer los huesos.

Volviendo a lo que te contaba del aburrimiento, hay solo una hora en la que nos divertimos y nos reímos mucho. Es después de cenar, porque organizamos grupos de juego, entre otros hacemos uno muy divertido que consiste en poner, en medio de un gran círculo de gente agarrada de las manos, a dos personas con los ojos tapados y uno tiene un cencerro pequeño y el otro una toalla. El de la campana tiene que tocar al de la toalla y el otro, guiándose por el sonido, le tiene que dar con la toalla. El del cencerro, como es natural, procura engañar al otro y esto da lugar a situaciones muy cómicas. En estos juegos participa todo el mundo, desde el último soldado hasta el capitán, y si el soldado tiene la toalla y el capitán el cencerro, no penséis que el soldado tiene algún miramiento. Aquí hay verdadera democracia.

Te escribo en un papel que he sacado de una de tus cartas que recibí sin fecha, el matasellos es del día 29.

Nada más, muchos besos a mamá y a papá y tú recíbelos de tu hermano.

Los recuerdos continuaban fluyendo sobre esa jornada, que ahora parecía lejana. A su cabeza vinieron las acciones que realizó en aquel momento, al escribir la carta a su hermana. Aquel día sonrió, dobló el papel y lo introdujo en el sobre, que dejó abierto esperando que llegaran noticias a la hora de comer. Eran las once y le esperaba la práctica de tiro. El 5 de julio no llegó al campamento ninguna carta a nombre de Antonio Zabala Pujals. La noche fue larga y no durmió mucho. Afortunadamente, las cosas cambiaron a la mañana siguiente. Sintió alegría por partida doble.

6 de julio de 1938
Veinte días antes de desaparecer

Inolvidable Joana, solamente dos líneas para expresarte la inmensa alegría que me han producido vuestras noticias después del bombardeo. Este ya lo hemos pasado, y esperemos que no se vuelva a repetir. Cuídate mucho y cuida a la niña. Hoy estamos de dieta porque tienen que ponernos la vacuna del tifus.

Besos para ti y para la niña de este hombre que tanto te ama.

Por fin recibió las noticias tan ansiadas. Tenía palabras para su esposa, Joana, y su niña, Juana, pero también para sus padres y su hermana, tan importantes para él.

6 de julio de 1938
Veinte días antes de desaparecer

Queridos padres y hermana, no os podéis imaginar lo que he llegado a sufrir estos días, pero lo doy por bien empleado porque todos habéis salido indemnes. Hoy tengo un poco de trabajo y no me puedo extender, mañana ya intentaré escribir mucho más y os diré cómo me han puesto la vacuna contra el tifus, que dicen que nos la ponen hoy.

Hasta mañana, muchos besos, os quiero.

En la carta que me había dejado mi madre en la caja azul, hablaba de esos días de las bombas y de lo poco que le contaron a Antonio. Él apenas sabía nada de la realidad que les estaba tocando vivir en Badalona. No lo querían preocupar. Era cierto que estaban bien, que las bombas habían caído en el barrio industrial y sobre las casas más próximas al mar, pero vivían aterrorizados. El caos era absoluto, tanto que se plantearon huir a Martorell, a casa de los padres de Joana. No lo hicieron.

Los que estaban cerca de las fábricas o de la playa sí que huyeron. Llevaban ropa y colchones a cuestas. Los más afortunados se quedaron en casa de amigos, lejos de toda esa parte de Badalona. Y otros acamparon en las montañas cercanas, en resguardos improvisados. Cualquier cosa era mejor que volver a sufrir bajo las bombas.

El pánico y el desasosiego eran tan grandes que en las calles de la ciudad no se oía ni un alma. La gente se movía en silencio, pendiente de una mínima señal para salir corriendo.

Joana salía a comprar al mercado sola, ya sin la niña, por miedo a que sonaran las sirenas y tocara esconderse en cualquier lugar. Además, no terminaba de sentirse bien, llevaba días un tanto revuelta, prefería no exponer más de lo necesario a su hija. Esa semana pudieron comer judías tiernas, el medio kilo se pagaba a ocho pesetas y el medio de tomates a cuatro pesetas, según lo apuntado por mi abuela en su cartilla. También compró algo de pescado y un poco de azúcar. No andaban sobrados, pero tenían suficiente para engañar al hambre.

Otro de los factores que ayudó a mantener a Antonio más tranquilo fue el retraso del correo y de las noticias. Las tropas del Ebro no recibían cartas ni prensa hasta pasados tres días. El bombardeo había puesto toda la vida de los badaloneses patas arriba.

**

9 de julio de 1938
Diecisiete días antes de desaparecer

Estimada Joana, hoy ha sido un gran día, porque hacía cuatro que no recibía noticias vuestras y han llegado de golpe cuatro cartas. Me han venido muy bien los refuerzos de papel de escribir y los sobres. Ya casi tenía agotada la provisión y me habría visto en la necesidad de pedir limosna a los compañeros, cosa que no me gusta porque ellos también van justos.

Estoy contento de que te encuentres mejor, ¿lo ves, tontita? Hay que ir al médico y hacer lo que él diga. También me dices que tu madre está bien, ¿y tu padre, sigue adelgazando?

Veo que de las salvajadas del día 4 y del 5 habéis salido bien, espero que no se repita, rezaré por ello, y si lo vuelven a hacer que salgáis vivos como hasta ahora.

Te escribo desde mi cama de tomillo. No te asustes, solo se trata de un desajuste de la barriga. Parece que lo ha producido el rancho de ayer, que no era muy bueno. Hemos caído unos cuantos, aunque si te digo la verdad, yo comí con poca hambre, porque sufro por vosotros.

Solo cuando me siento a escribir se me borra todo el panorama de estas montañas y la razón por la que estamos aquí, y solo te veo a ti y a la niña ahí en Badalona junto a mis padres y mi hermana.

Me siento entonces como si estuviera en casa y soy feliz. Bueno, ya está bien, que no quiero hacer retórica barata. De todas las cosas que me cuentas, no sé por la que comenzar a responder.

Quiero insistir en tu salud. Es preciso que te cuides y que no te preocupes por nada. De mi parte, dales las gracias a todos los de casa por lo mucho que se interesan y te cuidan.

No tengas miedo por nada, que todo saldrá aún mejor de lo que pensamos. También me he enterado de las explicaciones que me das en referencia a esa mujer de Almatret, creo que ya lo había entendido, así que está todo aclarado.

Dile a la niña que estoy muy contento con la carta que me envió y que por ahora no tengo más postales, en cuanto consiga ya le enviaré otra.

Bueno, ya está bien por hoy, que mañana no sabré qué escribirte y de paso añado unas palabras para mis padres.

Muchos besos para ti y para la niña de tu marido que te quiere de verdad.

Estimados padres y hermana, ya os ha contado Joana que ando algo descompuesto, pero bien. Ya he pasado a ver al médico, no el de Almatret, sino el del batallón, que me ha dado magnesia para purgarme.

De comer me dan sopa de tomillo con un huevo y algo de bacalao frito. Le sumamos una rebanada de pan y, eso sí, un vasito de vino. Cuidarme, me cuidan bien. No sé si me curaré, pero por mí no tenéis que sufrir.

Sigo esperando el correo, tenemos otra entrega esta tarde, a ver si llegan más noticias. Entre las que han llegado esta mañana, tengo una del día 6. ¡Ha batido el récord de velocidad, bravo!

Os confieso que al estar estos días tan ansioso, las abro sin leerlas, solo para ver la fecha. Lo primero que quería era ver el día y saber que habíais salido enteros de los bombazos.

A Joana no se lo he dicho, pero me preocupan mucho los detalles que me dais de la falta de comida.

Quisiera enviaros la mitad de mi rancho, no ahorréis en esfuerzo ni en dinero, la cuestión es llenar el estómago, todo lo demás tiene solución.

Muchos besos de vuestro hijo y hermano.

Mientras Antonio se recuperaba y comenzaba de nuevo con sus clases y sus prácticas de tiro, muchos de sus amigos estaban pasando por el mismo trance gástrico. Según un informe del capitán, la culpa fue de unas judías muy duras de piel, hervidas en agua poco salubre. No habían cruzado el Ebro y el problema del agua ya era un calvario para los republicanos. El resultado: gran parte del 904 andaba con el estómago del revés y buscando por el monte dónde evacuar. Toda la instrucción quedó reducida a un puñado de valientes con estómagos de acero.

Tres días tardaron en recuperarse, días en los que no hubo actividad prácticamente de ningún tipo, ni física ni intelectual. No se dio ninguna clase ni se leyó la prensa, apenas podían levantarse con los retortijones y cuando lo hacían era para ir al monte a hacer sus necesidades.

Mientras convalecía, Antonio pensó mucho en su hermana, era la que más se movía para ir a trabajar a Barcelona y, por tanto, la que más expuesta estaba si atacaba la aviación. Los bombardeos complicaban el moverse de un lado a otro en transporte público. Y al final, caminando ida y vuelta, suponía por lo menos dos horas de trayecto. El 11 de julio Antonio lo puso por escrito en una de sus cartas:

> Sufro mucho por vosotros, pero tengo mucha pena por mi hermana. Sé que los problemas de transporte cada vez son mayores y me imagino por todo lo que tiene que pasar para hacer los viajes. Que no pase peligros innecesarios, y si no llega a la hora ya llegará a otra, que vaya con cuidado, que vida solo hay una y el que la pierde ya está listo.
>
> A papá y a mamá os digo lo mismo, no os preocupéis por nada e intentad pasarlo lo mejor que podáis dentro de estas circunstancias, que quien día pasa, año empuja. «This is the question», que dicen los ingleses.
>
> Bueno, por hoy ya está bien, cuidadme a la mujer, mimadla y consentidla, que Dios os lo pagará.

Ese día, cuando terminó de escribir, se puso la chaqueta de piel que se llevó de casa, hacía frío de nuevo. Aquella era una tierra infernal, igual se achicharraban que se congelaban de frío. Caminó de vuelta hacia la casa que utilizaban de escuela y aprovechó para charlar un rato con los dueños, gente humilde y muy amable que no había querido dejar su vida atrás. Llevaban años intentando forjarse un futuro y la guerra, como a tantos otros, los había dejado al borde del abismo. Ahora ayudaban como podían a todos esos jóvenes que ocupaban sus tierras, con la esperanza de que todo terminara pronto. Tenían una perra para la caza, que en ese momento andaba embarazada, muy flaquita y cariñosa. Antonio siempre que podía le guardaba un trozo de algo del rancho y el animal, cuando lo veía, le hacía todo tipo de fiestas.

—Hay que ver, qué buena mano tienes con los animales —le dijo la mujer mientras le sonreía.

Era cierto, Antonio los amaba y por eso soñaba con tener una pequeña granja una vez terminada la guerra, junto a Joana.

—No te preocupes, que está bien. Cuando te marches, te llevarás un cachorro precioso.

Sonrió, porque sabía que a su hija Juana le encantaría tener un compañero de juegos.

—Me parece perfecto, pero que la perra coma todo lo posible, y en cuanto nazca me haré cargo. Mi hija se pondrá loca de contenta cuando lo vea.

—Si nace más de uno, yo también quiero otro. —Era la voz del capitán, apasionado de la caza, que había estado escuchando la conversación.

—Claro que sí, seguramente vendrán dos o tres. Algo flaquitos por la comida que le damos, pero serán buenos rastreadores.

Así el trato del cachorro quedó cerrado.

12 de julio de 1938
Catorce días antes de desaparecer

Hoy hace tres meses que murió nuestro José. Lo tengo siempre en la memoria. Me reconforta pensar que está en un sitio mejor, tranquilo, sin todas estas miserias por las que nos está tocando pasar.

No quiero ni pensar, con el miedo que tenía a las explosiones, lo que sería para mi pobre hijo vivir bajo esos bombardeos tan salvajes.

No quiero, Joana, que sigas con tanta pena y tantas preocupaciones, eso solo estropea tu salud, mi amor.

El tiempo es una locura, estos días nos asamos de calor por la mañana y al anochecer hace un frío que pela, es imposible dormir sin manta de lana. Además ahora le ha dado por ventisquear, hace un viento que se lleva todo por delante. Menos agua, aquí tenemos de todo. No sé cómo esta gente del pueblo se animó a vivir en este lugar, ¿qué le encontrarán?

Hoy más que nunca desearía estar a tu lado, abrazándote, intentando que esa pena tan inmensa te deje en paz y puedas vivir de nuevo con esa alegría que siempre te acompañaba.

Has de sacarte estos pensamientos tan oscuros de la cabeza, sé que no es fácil, pero no olvides que te queda trabajo que hacer en este mundo. Has de pensar en los que viven y en los que pueden venir. Sigue mis consejos y piensa que aquí, en las montañas de Lérida, hay uno que está loco por tus huesos.

Te quiero tanto, mi amor.

Besos a la niña.

Más recuerdos de aquellos días, de cuando escribió esas letras. Como un torbellino de palabras. Aquel 12 de julio terminó la carta, la guardó en el sobre y salió a caminar. Necesitaba respirar profundamente para quitarse de encima las ganas de llorar. Se acercó hasta una higuera y vio un par de higos. Aquello era casi un milagro, pues las higueras y los almendros estaban esquilmados por tanto soldado hambriento que pasaba por ahí. Pensó en su madre y en los guisos especiales que solo ella sabía preparar. Se rio al imaginarse qué diría si lo viera con la ropa tan sucia, pero poco podía hacer. La falta de agua, de jabón y de todo tenía la culpa. Eran tiempos de guerra y lo de la limpieza no terminaba de ir demasiado bien.

Pensó en su padre, al que le repetía en todas las cartas que no hay mal que cien años dure. Hacía tres meses que había perdido a su José y comprendía sobradamente los miedos de su padre. No quería que le sucediera nada a su Antonio, no quería perder a su hijo. Se permitió llorar, maldecir por su suerte, por quitarle la vida a su hijo y apartarlo de su familia, por el mundo de locos sin alma en el que estaba metido. Se limpió la cara y caminó hacia la zona de tiro. No falló ni un solo blanco, la rabia lo acompañó en cada minuto de ese día.

13 de julio de 1938
Trece días antes de desaparecer

Estimados todos, hoy la carta va a nombre de todos, no sé si tendré tiempo de terminar de escribir antes de que llegue el médico. Hoy toca la segunda inyección de la vacuna contra el tifus y estamos todos sin servicio, esperando el momento del pinchazo.

Ahora he terminado mi trabajo de esta mañana. El comisario me ha encargado una serie de artículos comentando los trece puntos de Negrín. Ya voy por el cuarto, veremos qué saldrá. Los publican en el periódico mural que está a cargo del delegado de Cultura, alias «mi menda», y después no sé qué querrán hacer con toda la colección.

Mientras os escribo he tenido otro disgusto: me he enterado de que la aviación ha llevado a cabo otro de sus bombardeos en Badalona, pero veo que ha sido hace unos días. No sabéis lo que me hacen sufrir estas noticias que por desgracia me llegan con demasiada frecuencia. Decidme algo enseguida. Os pido que siempre que se produzca algo así, inmediatamente me escribáis unas líneas notificándome que estáis bien.

Esta vez la noticia me ha llegado con retraso, lo que significa que en el correo de hoy quizá ya me estéis explicando que salisteis con bien de este nuevo ataque. Ahora las cartas están tardando entre tres y cuatro días. Ya que el bombardeo fue el día 9 y hoy es 13, es fácil que me llegue la carta tan deseada.

Por lo demás estoy bien, mucho más que vosotros. Si pudiéramos estar todos aquí, a pesar de la proximidad del frente, sería completamente feliz. La tranquilidad es absoluta. Sufro también por las noticias que me dais sobre los alimentos, no ahorréis una peseta. Yo aquí no necesito nada, así que cuando cobre, me quedaré muy poco dinero y el resto se lo enviaré a Joana para que pueda ayudaros dentro de sus posibilidades.

Ahora, como ya os he dicho, toca esperar al correo. No depositaré esta carta en el buzón hasta que llegue la vuestra y, si trae buenas noticias, os añadiré una pequeña posdata para vuestra tranquilidad.

Besad mucho a la niña y vosotros recibid lo que más queráis de vuestro hijo, marido, hermano.

P. D.: He recibido una carta, pero es del día 8, no la que estaba esperando. Esta es del correo de ayer, el de hoy aún no está aquí. Ya me han clavado el pinchazo, por ahora me siento perfectamente bien, sin ninguna molestia.

Badalona fue bombardeada en varias ocasiones el 9 de julio, la primera a la una de la madrugada. Mi madre contaba cómo en mitad de la noche se escucharon otra vez las sirenas, los antiaéreos, los motores de los aviones y muchas explosiones, pero muy lejanas. A las diez de la mañana regresaron. Cuando todo el mundo andaba comentando el susto pasado esa madrugada, de nuevo sonaron las sirenas. La gente corría por la calle buscando refugio, las bombas empezaron a caer casi de inmediato sobre la zona industrial. Muchos heridos, menos muertos y algunas bombas que cayeron al mar. Hasta ese día, más de doscientas casas de la ciudad de Badalona habían sido destruidas o estaban muy afectadas por las bombas.

Antonio continuaba sin noticias de su familia mientras escribía sobre los trece puntos de Negrín, que hablaban entre otras cosas de la independencia de España, de liberarla de militares extranjeros invasores, de una República democrática con un gobierno de plena autoridad, de un plebiscito para determinar la estructuración jurídica y social. De democracia campesina y liquidación de la propiedad semifeudal, y de renunciar a la guerra como instrumento de política nacional. Un programa pensado para conseguir apoyos internacionales y que mantuvieron a Antonio ocupado durante un par de días.

14 de julio de 1938
Doce días antes de desaparecer

Estimados padres y hermana, estamos a 14 y aún no han llegado las noticias que espero después del bombardeo. La última carta que tengo es del día 8 y creo que este suceso ocurrió el 9. No estoy tranquilo, pero esta vez he tratado de estar algo más sereno, y creo que lo he logrado. ¿Por qué? No sabría explicarlo, pero si habéis sobrevivido a tres, seguro que también en esta cuarta no os ha pasado nada.

Ojalá que esto sea cierto, de todas maneras creo que deberíais pensar en salir de casa. Lo primero es la tranquilidad y la vida, antes que cualquier cosa que tengamos en ese hogar. Tenéis sitios de sobra para ir y yo pienso que haríais muy bien en proceder tal y como os aconsejo. Por favor, hacedme caso, no deseo que os pase nada, os quiero tanto.

Vale ya de bombardeos, ¿qué es de vuestra vida? Contadme muchas cosas, que ya sabéis que los momentos en los que leo vuestras cartas son los más buenos que tengo durante el día.

No puedo escribir más, que tengo el brazo hecho una coca de la inyección del tifus. No me ha dado fiebre, pero doler, duele. Ahora ya no nos volverán a pinchar hasta el miércoles, que toca otra.

Besos de vuestro hijo y hermano, que tanto os quiere.

Terminada la carta, Antonio y el resto de los hombres de la 4 compañía fueron llamados a formar. Algo sucedía fuera de la rutina diaria.

—Fernando, ¿qué está pasando? —le gritó Antonio mientras corrían a formar.

—No lo sé, Antonio —respondió medio jadeando a la carrera.

Su amigo Fernando siempre tenía novedades porque trabajaba como secretario del capitán, pero esta vez acudía a la formación tan despistado como los demás.

—Nos vamos de aquí, señores. En los próximos días quiero que estén muy atentos y con todo el equipo preparado —gritó el comisario Dinamita.

Estaba ya muy cerca el 18 de julio, el segundo aniversario del inicio de la guerra, y todos creían que la República estaba preparando algo gordo para ese día. Se equivocaron por poco, el jaleo fue la madrugada del 24 al 25. Pero ese 14 de julio, Antonio pensó que quizá no sabría nada de su familia durante bastante tiempo, sobre todo si les movilizaban lejos de allí, porque tardarían mucho más en llegar las cartas. Agarró sus cosas, incluido el colchón, la ropa y el plato, lo dejó todo preparado y corrió hacia la casa donde estaba la perra embarazada.

—Nos vamos, no sé dónde nos llevan.

—Tranquilo, Antonio, el capitán ya nos ha avisado. Estaréis en medio del campo, no muy lejos de aquí. Te seguiremos guardando el cachorro.

No supo qué decir, se despidió y corrió de regreso a por sus cosas mientras sonreía. «Menudo ejército, en el que los paisanos saben lo que va a suceder y nosotros no tenemos ni idea», pensó. Al anochecer, tras caminar un buen rato, ya estaba en su nuevo destino, en mitad de la nada, ni casas ni escuela ni nada. Tocaba dormir a la intemperie, por parejas, y cavar trincheras. Eso sí, estaban algo más lejos del Ebro, más lejos de primera línea.

***

Antonio dejó por un momento de recordar esas jornadas tan cerca en el tiempo, tan lejanas en su mente. Continuaba con Joan, al acecho. Los dos en silencio. De vez en cuando unas palabras. Una mirada. Se cuidaban. Su objetivo: conseguir agua para todos. Aunque sabía que la misión no era fácil. No obstante, mi abuelo no podía evitar seguir pensando en esos días en los que esperaban a entrar en combate, pero al menos todos estaban vivos y juntos. Volviendo a aquellos días, esta caminata hacia la incertidumbre era más llevadera.

9

ÚLTIMAS HORAS EN LA BALSA DEL SEÑOR

15 de julio de 1938
Once días antes de desaparecer

Estimada Joana, ya no estamos en el mismo lugar. Esta noche nos han relevado y estamos más en la retaguardia, cerca de un pueblo, pero me parece que hemos salido perdiendo.

Aquí aún tenemos menos agua y no hay una sola casa, lo que significa que toca cavar un buen agujero para dormir, como una especie de cueva. Yo aún no he comenzado, estoy esperando a que llegue un compañero con el que estoy desde que salimos de Barcelona y nos haremos uno para los dos.

Ayer recibí la carta del día 10 y me quedé tranquilo después del bombardeo que sufristeis el día 9. Tal y como os he ido contando, he pasado angustia. Por todo lo que me dices, noto que me echas de menos y que estás desfallecida. Es necesario, mi amor, que hagas lo posible por alejar todo este trastorno. No es bueno pensar demasiado, ya que lo único que fomentas con ello es la enfermedad de tipo emocional y esta es muy difícil de curar. Ya sabes, cariño, que no estás sola en este mundo y que entre otros nos tienes a la niña y a mí. Piensa que aunque estoy lejos, esta separación es momentánea y quién sabe lo que el destino nos tiene reservado. Seguro que volvemos a estar juntos antes de lo que pensamos.

Por la carta de mamá sé que regresaste a Martorell y que hablaste con Federico. Como no me comentas nada, no sé si estoy equivocado. Si lo viste, cuéntame la impresión que sacaste de esa charla. ¿Qué piensa de todo esto?

Espero que esta carta no te llegue muy tarde, con los traslados, a saber cómo funcionará el correo esta semana.

Muchos besos de tu marido, que mucho te quiere.

El nuevo asentamiento del 904 los resguardaba algo más del enemigo. No había mucha actividad en esa zona, aparentemente nadie sabía que estaban ahí. El alto mando republicano no quería correr riesgos con algunas de las unidades designadas como «especiales» para la batalla del Ebro. El moverlas y camuflarlas suponía, en primer lugar, alejarlas en parte de cualquier concentración de casas, pueblo o zona habitada. Antonio estaba cerca de un pueblo, pero no tenía permiso, ni él ni sus compañeros, para pernoctar ni para hacer vida con los pocos habitantes que vivían en ese lugar. Debían buscar puntos en los que pasaran desapercibidos, no había que llamar la atención, y en caso de ser sobrevolados por la aviación sublevada se daba la voz de alarma de inmediato, algo que sucedía con cierta frecuencia.

Las órdenes eran descansar en las trincheras y estaba prohibido cualquier tipo de luz desde el anochecer hasta el amanecer. Solo se encendía fuego para cocinar mientras era de día. En resumen, nada de dar pistas que pudieran delatar su posición al enemigo.

Los sublevados sabían que algún tipo de acción militar se estaba orquestando en la zona, algunos huidos de las filas republicanas habían informado de la concentración de tropas, pero realmente nadie conocía la verdadera magnitud de lo que tenía preparado el alto mando republicano.

A Antonio no solo le tocó cavar su trinchera, como delegado cultural también tuvo que acondicionar una zona para dar clase. No fue fácil encontrar un sitio adecuado. No muy lejos de donde estaban las trincheras, había un viejo establo que podía servir. Estaba lo suficientemente alejado y destruido como para no llamar la atención, así que cumplió con el protocolo de solicitar permiso al capitán de la compañía y al comisario político. Con la aprobación de ambos, lo adecuó lo mejor que pudo y lo convirtió en su cuartel general en medio de la nada.

15 de julio de 1938
Once días antes de desaparecer

Estimados padres y hermana, he terminado ahora mismo de hacer limpieza en el nuevo local que tiene que servir de escuela. No sé explicaros muy bien cómo es este sitio. Mejor no lo voy a hacer, se me cae el alma a los pies.

Mamá, si me vieras no me conocerías. Voy en calzoncillos, sin camisa y sucio como un zorro. Como dice el dicho: «Quien no come mierda no está gordo».

Y hablando de comida, te respondo a lo que me preguntas, madre: hemos pasado al menú de las judías, muchas judías. A la cazuela para comer y bacalao con judías para cenar. Entiendo que es mucho más de lo que come cualquier persona en la retaguardia, pero se nos está poniendo cara de judía.

Me entristece lo que me contáis de la tía Pepa, decidle que se anime, que no hay mal que cien años dure. Os pido un favor para terminar con estas líneas, preocupaos de lo de Federico.

Besos de vuestro hijo y hermano.

Con las cartas se enteraba de muchas cosas de la familia, como que la tía Pepa había caído enferma en los últimos días, y de otras noticias en la retaguardia. Cuando Antonio acabó de escribir y se disponía a guardar las dos cartas en el sobre, escuchó cómo el soldado que traía el correo se acercaba hacia la destartalada escuela y le llamaba a voz en grito:

—¡Antonio! ¡Antonio!, ¿estás aquí?

Antonio salió corriendo en calzoncillos con un pañuelo en la cabeza y lleno de polvo.

—Madre mía, pero ¿qué pasa?

—Toma, una postal.

Los dos se rieron a carcajadas al verse en esa situación.

—Muchas gracias por acercarte —le agradeció Antonio al chico.

—A ti, Antonio. Espero que sean buenas noticias.

Era una postal de Joana, y comenzó a leerla con muchas ganas ahí mismo, de pie, semidesnudo, en mitad del campo. Era del día 9 y le hablaba de su encuentro con Federico. Eran poco más de diez líneas, justo lo que había entrado en la postal. Un pequeño resumen de una reunión que Antonio la entendía como vital para su futuro en el frente. La volvió a releer con más calma, no era lo que esperaba, pero se sintió en la obligación de responder enseguida a su esposa. Buscó un trozo de papel:

Querida Joana, son las dos de la tarde del 15 de julio y he recibido ahora mismo tu postal del día 9. Solo te escribo estas líneas para decirte que no te preocupes por lo de Federico, los amigos se conocen en estas ocasiones y ya ha llegado la ocasión de conocerlo. No lo pienses más, y si hasta ahora he pasado sin su ayuda, de ahora en adelante también pasaré.

Ya habrá tiempo para recordar cuando cambie nuestra situación.

Si lo ves, dile de corazón que le estoy muy agradecido por todo.

Besos,

ANTONIO

***

La historia de Federico Durán, el médico, el amigo que intentó sin éxito salvarle la vida a Antonio, terminó ese 15 de julio. Joana no se volvió a poner en contacto con Federico hasta finales de agosto, un mes y medio más tarde de su encuentro en Martorell. Entonces, sin noticias de Antonio y dado oficialmente por desaparecido en combate en el Ebro, le pidió ayuda de nuevo. Él era el único que podía averiguar si se encontraba entre los heridos en los hospitales de primera línea. Joana pensó que quizá Antonio podría estar inconsciente en una cama o que tal vez hubiese perdido la memoria. Federico no lo encontró en el caos de muertos y heridos que se acumulaban en esos lugares.

En medio de la locura de lo que estaba ocurriendo en la batalla del Ebro, Federico insistió más allá de lo razonable, hizo buscar a su amigo Antonio, removió cielo y tierra. Dio órdenes a los camilleros que andaban por el campo de batalla para que preguntaran por él. Ser comandante médico otorgaba unos privilegios y los hizo valer para intentar encontrar a su amigo desaparecido.

Federico le pidió perdón un sinfín de veces a Joana por no poder haber hecho más, por no dar con el paradero de Antonio, por no haberle salvado la vida antes de que todo sucediera. A finales de agosto de 1938, la amistad entre Joana y Federico se rompió en mil pedazos, pues ella le culpó de casi todo.

Terminada la guerra, y con Federico ya fuera del país, él trató de seguir en contacto con su amiga, pero Joana cortó la relación, le pidió que no contactara más, sobre todo por el peligro que suponía para la familia cualquier tipo de vínculo con un hombre tan relacionado con la República. Contaré algo más en el último capítulo de toda esta historia, pues siempre me apenó que la guerra terminara con una amistad tan grande. El dolor y las circunstancias rompen lazos. Entiendo a Joana y me entristece la decepción de mi abuelo, aunque también trato de entender que Federico probablemente hizo lo que pudo. Él se convirtió para mis abuelos en la única salida a su destino negro.

A las puertas del 18 de julio, justo en el segundo aniversario del inicio de la guerra, Badalona y sus habitantes vivían sometidos al miedo de los bombardeos y a la falta de comida. Mi bisabuela Francesca apuntaba a diario en su cartilla lo que encontraba en el mercado: «Hoy solo hay patatas y no dan más de un kilo por persona. No hay huevos, pero los pocos que han llegado se pagan a sesenta pesetas la docena. No los he podido comprar».

Dos años después de que todo comenzara, la gente reclamaba el fin de la guerra a cambio de tener comida para sus hijos. Las protestas populares surgían espontáneamente, cualquier excusa era válida para plantar cara a los abusos que se sucedían a diario. La desesperación podía más que el miedo a las represalias.

En esos días de julio la fábrica de Anís del Mono se convirtió en un símbolo de los abusos a los que estaban sometidos. Se vio obligada a parar la producción, pero no por la acción de las bombas de los sublevados, afortunadamente ni una sola cayó cerca de la fábrica en Badalona, sino por la falta de existencias. Los dueños, la familia Bosch, hacía tiempo que se habían exiliado a París y la empresa estaba en manos de los trabajadores. En esa semana, la del 11 al 18 de julio, se quedaron sin anís y sin azúcar, y también escasearon otras materias primas. El motivo fue el pago de una multa impuesta por el gobierno republicano. Como no podían pagar a los trabajadores debido a la falta de producción, la solución fue enviar a los jóvenes a la guerra y a los mayores a casa.

Fue una semana de decisiones nefastas por parte del gobierno, pues se paró también el reparto de paquetes postales que llegaban del extranjero con comida. Todos quedaron bloqueados en los pasos de frontera, porque según las autoridades no había falta de comida. Joana y Teresa lloraron desconsoladamente al escuchar la noticia, porque uno de esos paquetes era el que enviaba la familia desde Argentina. Ese paquete suponía semanas de supervivencia, pues tenía galletas, dulce de leche, azúcar, algo de café y todo tipo de conservas. A saber cuándo llegarían o si lo harían. Poco quedaba en el huerto de casa, aunque la decisión de Joana de ir a por comida a Martorell y traerla en varios viajes, jugándose la vida, les salvó de pasar hambre.

La noche del sábado 16 de julio, Teresa y la niña estuvieron distraídas un buen rato después de cenar asomadas a la ventana, la que estaba junto a la puerta principal, viendo las prácticas de los encargados de los reflectores antiaéreos que trataban de seguir el vuelo de un avión, que daba vueltas sobre Badalona, mientras esquivaba la luz. Era un ejercicio de entrenamiento poco habitual y tía y sobrina soltaron más de una carcajada ante la falta de pericia de los milicianos que manejaban los focos. Esa noche y durante el fin de semana no sonaron las sirenas, pero poco duraría la tranquilidad.

Domingo, 17 de julio de 1938
Nueve días antes de desaparecer

Queridísima Joana, ya he terminado mi trabajo esta mañana, llueve a cántaros. Tenemos de todo: rayos, truenos y piedras. Me he refugiado en el pequeño despacho de capitanía, una lona y cuatro piedras, y he decidido dedicar estos momentos a escribirte, y eso que por ahora no nos están llegando cartas.

Ya sabes que yo prefiero escribirte diariamente, siguiendo la costumbre de cuando viajaba, ¿te acuerdas? Pienso en aquellos tiempos y solo espero con ansiedad que llegue el viernes y marque el final de mi viaje.

Como te cuento, hoy no ha llegado el correo. Lo espero con impaciencia porque son los mejores momentos del día. No te sorprenda que en cada carta te diga lo mismo, pero es que es así, es la verdad. Piensa que aquí estamos como desterrados, rodeados de montañas, sin ver una cara nueva, y esto a veces te lleva a momentos de depresión, de bajón de ánimo. Por suerte son pocas veces, de lo contrario me habría vuelto loco.

Así sigue la vida, sin cambiar su ritmo, el que te voy contando durante días: comer, dormir, dar clase y escribir. Aquí, aparte de lo que ya te he explicado, he hecho amistad un poco más intensa con varios compañeros. Hoy te cuento la que tengo con uno, con el que todos los del grupo nos llevamos muy bien. Sufre mucho de añoranza y es algo enfermizo, pero es buena gente. Se llama Fernando Caros, es hijo de Barcelona y extremadamente tímido.

Ya al día siguiente de nuestra salida de Barcelona, me lo encontré en El Morell llorando como una magdalena y, desde entonces que lo consolé y le animé, me tiene una fidelidad casi infinita. Ha tenido suerte porque como el capitán es buena persona, al ver que no podía ni aguantar el fusil, lo ha puesto en su despacho de escribiente. Aquí estoy, en su mesa.

Gracias a la decisión del capitán está, si no encantado con la vida, al menos más conforme y animado.

Ya ves que procuro rodearme de personas de bien y hablamos de nuestras familias, lo que significa que no pasa ni un momento sin que estés en mi pensamiento. Me paso el día hablando de ti y de todos.

Por cierto, una mala noticia: el perrito que tenía pedido no me lo han podido dar. La madre estaba tan delgada que solo han nacido dos cachorros vivos y son los que se queda el capitán, porque ya sabes que es muy aficionado a la caza y ha decidido que son para él.

Dile a la niña que cuando regrese, ya le conseguiré uno. Esperando ese momento, qué lentos pasan los días con tanta espera.

Os mando muchos muchos besos.

De nuevo en las cartas quedaban reflejadas también las vidas de mis abuelos antes de la guerra, como que Antonio antes de la contienda se pasó dos años viajando por Cataluña durante la semana y regresaba justo los viernes. Y se notaban asimismo las ganas de mi abuelo de retomar aquella vida sin guerra.

Una vez terminada la tormenta, los oficiales volvieron a la carga con la instrucción, corría el rumor de que estaban a punto de entrar en acción y no querían tener a la tropa ociosa, sin hacer nada y pensando lo que les podía pasar. Antonio se incorporó entonces al grupo de tiradores, y durante dos horas le disparó a todo: palos, latas, dianas improvisadas… Todo era muy rudimentario, pero servía para que los hombres se ejercitasen. Después regresó a la escuela y le sorprendió que solo hubieran acudido tres soldados.

—¿Dónde están los demás?

—Han puesto a todo el mundo de servicio, Antonio. No sé si será por el aniversario o que vamos a tener jaleo —le contestó uno de ellos.

No le gustó la respuesta, porque si había algún tipo de acción era más que probable que le tocara participar, eran pocos en el grupo de tiradores y, por muy delegado cultural que fuera, no le dejarían quedarse atrás. Tampoco permitirían que nadie se quedara «estudiando», por tanto, hasta ahí habían llegado las clases, las charlas, el escribir las cartas a las novias y a las familias de los analfabetos. Antonio pensó que todo eso se había terminado ya. Cada vez tenía más claro que durante los próximos días se le podía complicar la vida, pero decidió no incluir esas sensaciones en sus cartas pasara lo que pasase. Aunque la tristeza le invadía por momentos, no quería preocupar a nadie en casa.

Domingo, 17 de julio de 1938
Nueve días antes de desaparecer

Estimados padres y hermana, ya llevo varios días sin vuestras cartas. Parece que se está poniendo difícil el trabajo de cartero. Yo continúo con mi vida, hoy no voy a dar clase porque está todo el mundo de servicio, así que voy a disfrutar de un poco de paz.

Me sabe mal, porque tenía preparado todo para hoy, incluso mientras llovía he estado escribiendo el comentario del periódico. Por lo que voy leyendo, creo que estáis más tranquilos con los bombardeos, y eso me da mucha paz. No sé cuántas cartas os han llegado, pues me temo que os deben faltar unas cuantas.

Mamá, me vendría bien que me enviaras un par de pastillas de jabón. Lo puedes hacer por correo, a otros compañeros les llegan sin problema. Creo que hay algún otro sistema, pero no me he enterado bien. Tampoco me quejaría si podéis incluir en otro envío un par de calcetines, me queda solo un par. El resto han ido muriendo estas semanas.

Sobre todo, no pongáis nada más, que os va a salir carísimo. En cuanto me entere de otro sistema ya me animaré a pediros más cosas.

Recibid muchos besos de vuestro hijo y hermano que no os olvida.

Esa noche volvieron a comer judías con bacalao. Las horas de instrucción y los servicios de guardia dejaron desangelado el campamento. No había muchas ganas de fiesta. La preocupación era evidente, pues no se sabía lo que podía suceder a la mañana siguiente, el 18 de julio. En el día del aniversario no hubo ofensiva ni acción bélica, aunque la jornada amaneció con sorpresas.

18 de julio de 1938
Ocho días antes de desaparecer

Estimados todos, solo dos palabras para no perder la comunicación diaria. Desde primera hora esto está siendo una locura de trabajo. Nos han puesto a preparar la fiesta del segundo aniversario. Hoy, esta noche con toda seguridad, me marcharé a Tarragona. Voy en representación del batallón a los actos que se celebrarán en esta ciudad. Lástima que no sea en Barcelona, así nos podríamos ver. Me han llegado vuestras noticias del día 12. Eso ha sucedido en el momento en que me estaba lavando la cabeza, después de que me han rapado. Precisamente en esa carta mamá me dice que lo haga para que no coja piojos.

En un rato nos dicen que toca ducharse con agua caliente. No sé cómo lo van a organizar, pero será la primera vez en semanas. Me temo que va a salir bastante porquería de este cuerpo. Además es obligatorio estar totalmente desnudos y lo haremos en grupos de cien. Nos darán ropa limpia y la nuestra hay que lavarla y desinfectarla antes de volverla a utilizar. Creo que nos vamos a reír. Ya hay quien va diciendo que cuando estemos todos con el traje de Adán, tocarán la alarma para que salgamos corriendo. Vaya espectáculo si pasa. Ya os contaré mañana cómo ha salido todo.

Veo que no os hace gracia que coma serpiente. La verdad es que no la comí por necesidad sino por capricho, así que estad tranquilos.

Bueno, os dejo que entre las celebraciones, la ducha y el viaje ya voy tarde.

Besos para todos, muy especialmente para la niña, recuerdos a todos los vecinos y conocidos.

P. D.: Joana, ánimo que ya llegará el final y entonces estaremos juntos para siempre.

Para cuando terminó la carta, los camiones con el agua habían llegado hasta donde estaban los hombres del batallón 904. El trayecto de las cisternas hasta el campamento, a pleno sol, la había calentado de forma natural. Se dispuso a la tropa en grupos de cien, sin importar rango o condición, y se hicieron turnos para ir rotando también con los que estaban de servicio. La orden era que nadie podía quedarse sin ducha, todos debían estar limpios y presentables, con mudas nuevas, y al que no tuviera una se le entregaría otra para sustituir la usada. Algo bueno debía tener el aniversario: el agua caía a chorro, la bromas y el buen humor invadieron a ese grupo de hombres que llevaban sin ducharse desde que se habían incorporado en el mes de mayo. Fue una buena terapia. Muchos, sin saberlo, estaban disfrutando de la última ducha de su vida. Dos horas más tarde, limpio y desinfectado, y cuando Antonio andaba preparando una pequeña bolsa para el viaje a Tarragona, todo cambió de nuevo.

18 de julio de 1938
Ocho días antes de desaparecer

Queridos todos, no voy a Tarragona, todo se ha torcido de repente y sin una sola explicación. Parece que no quieren que nos movamos de donde estamos. Tampoco es que me hiciera mucha ilusión; si se hubiese tratado de Barcelona, sí, habría sido otra cosa.

La buena noticia del día es que no han puesto bacalao a las judías, las de hoy eran de las rojas guisadas con carne, con pan, un poco de vino y hasta un cazo pequeño de café..., todo un lujo.

Hoy me ha dado por darle vueltas a la cabeza y ponerme a hacer cábalas, tengo tantas ganas de veros... Y vosotros ¿qué hacéis? ¿También pensativos? ¿Más esperanzados o preocupados? Yo tengo momentos de todo tipo. Momentos de optimismo desbordante y otros en que lo reventaría todo, me cagaría en todo lo cagable y me daría de cabezazos contra la pared, si es que tuviéramos una. Estos momentos afortunadamente son muy escasos y enseguida reacciono. Hace un par de días que estoy muy tranquilo y por ahora no tengo ningún síntoma de desmoralización.

Estoy sentado en el suelo escribiendo esta carta, ya sabéis que nos encontramos en medio de la nada, y lo que nos suele servir de mesa, una pequeña tabla de madera, está ocupada.

Os mando un enorme abrazo de quien os ama y nunca os olvida.

El día terminó con tranquilidad, la parte más importante del festejo del segundo aniversario fue la ducha y los buenos momentos de una jornada donde se dejaron aparte las horas de ejercicio físico y de tiro.

Mientras Antonio vivía un particular día al lado del Ebro, en Barcelona se celebraron algunos actos. Y su hermana Teresa sería testigo de excepción de un acontecimiento histórico. Teresa se animó a dar una pequeña vuelta por el centro de Barcelona. Habían soportado un nuevo bombardeo en Badalona a primera hora de la mañana, una vez más las sirenas y los estallidos en la zona industrial marcaban el comienzo del día. Estaba dispuesta a no dejarse amedrentar, así que, pasado un tiempo prudencial desde la última explosión, caminó hacia la parada del tranvía y llegó a Barcelona cerca de la media tarde.

En la plaza Cataluña se agolpaba una multitud para ver el paso de la comitiva que iba camino del ayuntamiento, donde daría su discurso Manuel Azaña, presidente de la República. Teresa caminó por la Rambla hasta la calle Ferrán y allí se topó por casualidad con algunos antiguos compañeros políticos de su hermano Antonio, de cuando pertenecía al Partido Nacionalista Catalán y se presentó a las elecciones en Barcelona.

—Hola, Teresa, qué felicidad encontrarte. ¿Cómo está Antonio?

No le dio tiempo ni a responder, un numeroso grupo de diputados, miembros del Gobierno Nacional y de la Generalitat la rodeaban y la llevaron sin querer hasta el interior del ayuntamiento. Nadie le preguntó nada, parecía que formaba parte del grupo. Ahí estaba, a media tarde del 18 de julio, en el Saló de Cent, escuchando a Azaña.

—Ya a nadie le puede caber duda de que la guerra actual no es una guerra contra el gobierno, ni una guerra contra los gobiernos republicanos, ni siquiera una guerra contra un sistema político: es una guerra contra la nación española entera, incluso contra los propios fascistas.

Teresa escuchaba con atención cada una de las palabras del presidente y observaba impresionada las reacciones de los políticos y los militares reunidos en esa sala. No se perdió ni un detalle y le pareció precioso el cierre. De hecho, se emocionó frente a ese análisis desgarrador de lo que le estaba tocando vivir al país y a sus gentes.

—A otros hombres, a otras generaciones que les hierva la sangre iracunda y otra vez el genio español vuelva a enfurecerse con la intolerancia y con el odio y con el apetito de destrucción, que piensen en los muertos y que escuchen su lección: la de esos hombres que han caído magníficamente por un ideal grandioso y que ahora, abrigados en la tierra materna, ya no tienen odio, ya no tienen rencor, y nos envían, con los destellos de su luz, tranquila y remota como la de una estrella, el mensaje de la patria eterna que dice a todos sus hijos: paz, piedad y perdón.

Teresa no daba crédito a lo que había vivido en directo por un golpe del azar, en primera fila de la historia. Años después, mi tía seguía contando cómo asistió sin proponérselo al que para muchos fue el discurso más brillante de Azaña. Cargado de emoción y de argumentos, preparando a la opinión pública para aceptar una posible mediación, cosa que nunca sucedió. Creo que si mi abuelo Antonio hubiese escuchado el discurso también se habría emocionado con esas palabras.

Así concluyó ese aniversario: dos años de muerte y desesperación. Ese día ya estaba tomada la decisión de que a la primera oportunidad se cruzaría el Ebro. El 19 de julio de 1938, Antonio escribiría una de sus últimas cartas antes de entrar en acción. Seis días después desaparecería.

Querida Joana, te escribo desde el mismo lugar que ayer. Ya ves que al final lo de Tarragona se quedó en nada. Mamá me contó que miraste cómo podías viajar para que nos encontrásemos. Por favor, paciencia y no te desanimes, pronto estaremos juntos.

No sé si te conté que ayer pude lavarme. Fue un espectáculo sorprendente ver a cien hombres desnudos alrededor de un camión que lanzaba agua. A pesar de todo me sentí feliz. Es la primera vez que me desnudé por completo después de salir de casa. Nos sacaron mucha porquería y quedamos limpios como una patena. La ropa que llevaba puesta he tenido que llevarla al pueblo, me tocó caminar un buen rato, para que me la laven. A ver qué tal queda.

Piensa que ayer me quité los calzoncillos de lana por primera vez. Los pobrecitos ya se merecían un descanso. Me dieron unos de caloyo, así llamamos a los soldados en periodo de instrucción, y una camisa, ya parezco un soldadito completo. Seguimos con mucho calor por la mañana, pero a media tarde la cosa cambia y por la noche toca ponerse la cazadora. Espero que no estemos por aquí en invierno porque lo pasaríamos muy mal.

En los últimos dos días no he recibido cartas, no estoy impaciente pero me gustaría saber de vosotros. Me hago cargo de cómo va todo. A ver mañana.

Infinidad de besos para la niña, y tú lo que quieras de este cabeza rapada que no te olvida ni un minuto.

Los dos días siguientes, hasta el 22 de julio, la situación para todos los hombres del 904 fue de calma chicha, solo se hacían ejercicios con unos botes destartalados y maltratados por tanto miliciano entrando y saliendo de ellos. De eso se trataba, de embarcar y desembarcar. Antonio también tenía que realizar esta parte de ejercicio diario.

Los rumores corrían como el aire, estaba claro que cruzar el Ebro era el objetivo, pero para ir hacia dónde y quién lo cruzaría… Esas eran las incógnitas por resolver. El 23 por la mañana, después de terminar sus prácticas de tiro, Antonio se acercó hasta el puesto del capitán.

—Hombre, Antonio, en qué puedo ayudarte. —Sonrió a uno de los hombres a los que más aprecio tenía—. ¿Alguna consulta de las clases de hoy?

—No, señor. No sé cuánto me puede ayudar, pero me gustaría saber qué va a pasar con nosotros, si todos vamos a cruzar el río como dicen los compañeros.

Guillermo Gómez del Casal guardó silencio durante unos instantes, porque estaba valorando cuánta información le podía dar a Antonio.

—No puedo contarte todo lo que va a suceder, pero sí te digo que vas a estar en esta misión y no sé si viviremos para contarlo.

—Pero, capitán… —trató de replicar Antonio, que se vio interrumpido antes de exponer su protesta.

—Sé qué me vas a decir, lo de tu mujer y la niña, y me duele en el alma por lo que has tenido que pasar con la muerte de tu hijo, pero las órdenes son las que son. Nadie se queda atrás, todos vamos a cruzar, y ya estoy hablando demasiado.

Antonio se quedó pálido, no había vuelta atrás, tenía que participar en esa guerra en la que no creía y de la que quizá no saliera con vida. Cómo se lo iba a contar a Joana… Sus dudas quedaron despejadas rápidamente.

—No puedes escribir nada de lo que hemos hablado, las cartas van a pasar una censura estricta desde hoy, puede que ni siquiera lleguen a destino hasta dentro de unos días.

Antonio no se quedó callado.

—¡Así que cruzamos ya! ¿Mañana, pasado?

—No te puedo decir nada más, lo siento.

Antonio se dio la vuelta y caminó hacia donde estaba la escuela, pasó de largo y junto a una higuera lloró y maldijo de nuevo su suerte y esa vida de sufrimiento. Rezó en voz alta y le pidió ayuda a Dios.

—No quiero terminar aquí, Señor, sácame de esta y deja que pueda disfrutar de esta vida con mi niña y mi mujer.

Treinta y seis horas después, la madrugada del 24 de julio, estaba cruzando el Ebro. La mañana del 24 se desató la mayor de las locuras, estaba claro que había llegado el momento de la verdad, fuera lo que fuese para lo que los habían preparado tocaba cruzar el Ebro. Se repartió munición, bombas de mano, raciones de comida y era obligatorio llevar agua. Todo el equipo personal que no fuese necesario se dejaría en una masía para ser recogido a la vuelta. Antonio añadió a su equipo papel, sobres, lápices… Se animó a escribir a Joana una última carta, daba igual que no llegara a tiempo, pero tenía que intentarlo para que supieran de su puño y letra que quizá estarían una temporada sin noticias…, eso si salía con vida de esa locura. Se quitó rápidamente los malos pensamientos de la cabeza, tomó papel y lápiz y trató de alejarse un poco del ir y venir de sus compañeros, tan preocupados como él, mientras comprobaban que tenían todo lo necesario para cruzar el Ebro.

24 de julio de 1938
Cuarenta y ocho horas antes de desaparecer

Estimada Joana, algo va a pasar en las próximas horas. Poco te puedo contar, la actividad es frenética, nos estamos equipando para ir al frente, las cosas que no necesito se quedarán en una casa cerca de donde estamos.

Llevo papel y sobres para enviarte noticias mías desde el primer lugar que pueda. No sufras, mi amor, todo irá bien, ya sabes que tengo buena suerte y que nuestro hijo nos protege desde el cielo.

Diles a mis padres y a mi hermana Teresa que los quiero mucho, que están siempre en mi corazón; a la niña, que papá la quiere con locura, que muy pronto estaremos de nuevo juntos y que no deje de escribir y aprender, y que te tiene que obedecer y portarse bien.

Te quiero tanto y te extraño tanto, mi amor. Seguramente no podré enviarte noticias durante unos cuantos días, dependerá de dónde nos lleven y de si encontramos alguna forma de enviar las cartas.

Si veo la cosa muy complicada buscaré otro sistema para deciros que estoy bien, para que no os preocupéis. Pero seguro que no llegarán cartas en unos cuantos días.

No te quiero contar más de lo que va a pasar y hacia dónde vamos porque me preocupa que censuren esta carta, o lo peor, que no os llegue.

No estoy solo, nos vamos todos, no queda nadie en el campamento, de lo contrario le pediría a alguien el favor de que os fuera contando cosas, pero nos llevan a todos.

No tengo tiempo para más, ya nos están reclamando de nuevo. Te mando todo lo que quieras de mí. Sé fuerte, que estará todo bien.

Besos para todos.

Esta fue la última carta de Antonio antes de cruzar el Ebro, antes de convertirse en parte de la historia, siendo él uno de los primeros en poner el pie en territorio enemigo esa madrugada del 24 al 25 de julio.

***

26 de julio de 1938
La Balsa del Señor

Antonio regresó de ese viaje al pasado recordando esos últimos días, que ahora los sentía como de dicha, a pesar de todo lo pasado. Joan y él avanzaban agachados y muy despacio, habían superado la parte baja de la montaña. Antonio se detuvo un instante para observar con calma todo lo que pasaba a su alrededor. La montaña que habían tomado como referencia era el Vesecrí, plagada de sublevados que controlaban el lado izquierdo de la balsa; ellos deberían ir por el lado derecho, donde aparentemente eran los republicanos quienes controlaban esa zona. Pero estaban en las mismas, nadie preguntaba nada, primero disparaban, así que la mejor opción era intentar avanzar de frente caminando por tierra de nadie. Al otro lado se veía una gran roca, muy cerca del agua, un buen lugar para parapetarse si las cosas se torcían. Un poco más allá se divisaba un montículo con maleza; un enclave ideal para apostar a un tirador, sería difícil que lo vieran en ese punto.

—Joan —susurró Antonio—, cruzaremos por entre los arbustos hasta al otro lado. ¿Ves el montículo?

—Sí, lo veo —respondió murmurando, casi sin mover los labios.

—Nos refugiamos ahí y esperamos a que anochezca, ¿de acuerdo?

Joan movió la cabeza afirmativamente. El espacio por el que tenían que cruzar estaba lleno de maleza y eso les podía dar una pequeña ventaja, lo peor era rodear la balsa. Antonio estuvo acertado al pensar, después de ver varios cuerpos de soldados muertos por el lado donde estaban, que era por ahí y no al otro lado donde los tiradores sublevados esperaban a los milicianos. Conforme se acercaban, y al amparo de los matorrales altos, vieron que los muertos habían cargado las cantimploras y les habían abatido cuando ya volvían con el agua.

—¿Has visto? Los muy malnacidos les han dejado cargar agua y después los han matado.

—Chisss, calla, Joan, y sigue. Al otro lado lo hablamos.

Antonio estaba de los nervios, cualquier pequeño error podía advertir al enemigo, y andaban por el peor sitio para defenderse. Por suerte, el tiroteo y las explosiones se escuchaban a lo lejos, y eso podía ayudar con el ruido. Fueron unos minutos interminables, pero pasaron sin problema hasta el otro lado de la balsa, dejaron la piedra a su derecha, la que estaba junto al agua, y se refugiaron unos pocos metros más allá, en la loma desde la que podían observar con claridad toda la balsa. Estaba incluso algo más alta de lo que pensaban, así que contaban con una clara ventaja a la hora de defenderse. Joan volvió a la carga.

—Malnacidos, han matado a esos chicos después de llenar de agua...

—Ya, Joan, no le des más vueltas. Tenemos que pensar cómo lo vamos a hacer. A nosotros también nos dejarán que cojamos agua, pero en cuanto terminemos, nos cazarán como a conejos —replicó Antonio.

—No, hombre, no. Tú me cubres mientras yo voy a por agua —afirmó Joan—. Si vamos los dos, ninguno viviremos para contarlo.

Tenía razón, contaban con varias ventajas. Primero, no esperarían a nadie por ese lado de la balsa si no les habían visto cruzar. Este último punto era importante para que funcionaran todas las demás ventajas. Segundo, la piedra era un punto clave para esconderse tanto al acercarse al agua como si la cosa se torcía y tenían que protegerse. Tercero, no sabían que eran dos, así que Antonio podía disparar desde su posición para cubrir a su amigo si los sublevados le disparaban desde el otro lado.

—Mira, Joan, este es el plan. Te acercas por detrás de la piedra, llenas toda el agua que puedas, pero deja un par de botellas vacías a tu lado, esas las vamos a perder.

—A qué te refieres, Antonio.

—Si van a disparar cuando acabes, como han hecho hasta ahora, mejor que piensen que aún no has terminado. En cuanto tengas todo lleno, menos esas dos, sales corriendo y te escondes en la piedra. Si ahí no pasa nada, te hago una señal y te vienes hasta aquí volando y nos vamos, pero agacha bien la cabeza, que no me fío.

—Parece fácil —contestó Joan, al que le había comenzado a temblar de nuevo la mano izquierda.

Antonio se acercó, le agarró la mano y se la frotó con fuerza esperando que se calmara.

—Gracias, Antonio, son los nervios.

—Lo sé, descansemos un rato y al anochecer vamos a por la maldita agua.

El día se hizo largo y lo peor estaba por llegar. A media tarde, Antonio y Joan escucharon ruidos, alguien estaba llenando de agua algunas botellas al otro lado de la balsa. Eran dos chavales jóvenes, milicianos, que se apuraban para cargar en ese momento unas botellas y unas cantimploras. Uno de ellos incluso se lavó la cara y bebió. Los jóvenes estaban muertos de sed y tardaron unos minutos. A Joan le pareció una eternidad.

—Dios mío, que no los descubran —susurró Antonio en voz baja—. Si les disparan no les vamos a poder ayudar, Joan.

—Lo sé, amigo. A ver si tienen suerte.

Antonio estaba más pendiente de los matorrales que de los chavales. Miraba hacia donde él se situaría en caso de tener que abatir a alguien en la balsa, y en uno de los puntos vio movimiento, le pareció intuir un fusil.

—Mierda, los van a matar.

—¿Qué dices, Antonio? —susurró Joan, asustado.

—Hay gente al otro lado y no son de los nuestros.

No podían hacer nada ni decir nada. Su única oportunidad era seguir escondidos y en silencio. Los dos muchachos parecían no estar preocupados por lo que les pudiera pasar, ni siquiera habían reparado en los muertos que estaban a su alrededor. Todo sucedió muy rápido, en cuanto cargaron con las botellas y las cantimploras a la espalda, comenzaron los disparos. No les dio tiempo ni a coger sus fusiles del suelo. Al que había bebido lo abatieron primero, al otro le dejaron correr unos metros, parecía que estaban disfrutando mientras jugaban cruelmente con ellos. Antonio contó unos cuatro tiradores, los escuchó reírse después de que cayera fulminado el segundo de los muchachos. Le pareció que no hablaban español.

Las siguientes horas hasta la puesta del sol se hicieron eternas, Antonio y Joan apenas hablaron. Con la última luz del día, los dos amigos se pusieron en marcha. Tenían muy claro cómo debían actuar. Joan agarró la bolsa de Antonio, cargada con unas cuantas cantimploras.

—Haz lo que quieras pero no la dejes atrás, que están mis cartas, Joan.

—No te preocupes, no la soltaré.

Joan se arrastró literalmente hasta la piedra, junto al agua. Antonio, agazapado, apuntaba directamente hacia donde había visto que se situaban los tiradores. Sin perder tiempo y dejando dos botellas a su lado, Joan fue llenando uno tras otro los recipientes y guardándolos en la bolsa, tal y como lo habían planeado. Le quedaba solo uno y las dos botellas de cebo. La tensión era enorme, Joan estaba muy nervioso, miraba hacia todos los lados mientras hundía las cantimploras en el agua. La luz era muy tenue, pero Antonio intuyó que algo se movía al otro lado. En el fondo estaba deseando disparar contra los que habían matado a esos dos muchachos, pero pensaba en su mujer y la niña y prefería que todo terminara bien, sin problemas.

Joan hizo una última jugada, fingiendo que cogía una de las botellas que estaban a su lado, las que había dejado de cebo, se levantó y salió corriendo hacia la piedra, pero le estaban esperando. Sonaron dos disparos y cayó herido, pero no estaba muerto. Su rapidez y la poca luz le habían salvado. Se arrastró cogiendo con fuerza la bolsa de Antonio y se cubrió detrás de la piedra.

Antonio reaccionó al instante, abatió del primer disparo a uno de los francotiradores y le escuchó lamentarse. Los otros tres, sorprendidos, abrieron fuego. El abuelo se guiaba por el destello de las armas de sus enemigos. Fue un combate corto pero intenso. Después el silencio, un silencio salvaje.

Antonio miró hacia la piedra y vio a su amigo, la luz era tan escasa que solo intuía que tenía la mano en un costado y con la otra agarraba con fuerza una bolsa. Estaba claro que los cuatro tiradores enemigos estaban muertos, no había ni un solo movimiento al otro lado. Fue entonces cuando Antonio se decidió a gritarle a Joan, pero no le salió ni un hilo de voz, tenía la boca con un sabor extraño; era sangre. A él también le habían dado. Intentó moverse, pero no pudo. Cerró los ojos, pensó en Joana, en la niña, en su hermana Teresa y en sus padres. La maldita guerra se lo había quitado todo. Por un instante volvió a pensar en Joan y quiso ayudarlo.

Intentó de nuevo moverse pero las piernas no le obedecían, dejó el fusil y trató de arrastrarse hacia Joan. No avanzó ni un centímetro. Ya nada importaba. De repente, el dolor desapareció, se puso en pie y comenzó a caminar, iba de la mano de un niño: su hijo José.

***

Al amanecer, dos camilleros republicanos llegaron hasta la Balsa del Señor. Lo que se encontraron fue otra imagen desgarradora. Llevaban casi setenta y dos horas recogiendo heridos por todas partes, pero no se acostumbraban a ver tantos muertos tirados en cualquier lugar. De nuevo, la misma imagen, un puñado de milicianos sin vida, esparcidos por todos lados, de cualquier manera. Contaron diez cuerpos, al otro lado se intuían por lo menos cuatro cadáveres más. Detrás de una piedra escucharon unos gemidos, Joan seguía vivo. El más joven de los camilleros se acercó con cuidado y le descubrió apoyado contra la piedra, casi desangrado y a punto de perder el conocimiento.

—Aquí hay uno vivo.

El otro camillero se acercó rápidamente.

—¡Mierda! —exclamó. El improperio le salió del alma—. Es mi amigo Joan.

El chico joven se giró hacia su compañero. Este era Víctor, el marido de Rosa, la cajera de la Casa Vidal i Ribes, el mejor amigo de Antonio. Él también había formado parte del 904 hasta que se lo llevaron de camillero en las primeras semanas de instrucción. Aquel día Antonio se encontraba de revisión médica, si no tal vez, como le pasó a Víctor, habría terminado también de camillero. Aunque no lo hubiese tenido fácil, como he explicado anteriormente, porque le consideraban un soldado demasiado valioso.

—Vamos, chaval, ayúdame, que está muy mal.

—No sé si vale la pena que nos lo llevemos, han dicho que a los malheridos no les iban a atender —le replicó el joven.

—Mira, niño, este es mi amigo y aquí no se queda.

Víctor no estaba para bromas. Intentó hablar con Joan, porque se dio cuenta de que no había podido llegar hasta allí él solo. Miró a su alrededor, pero no vio a nadie. Antonio estaba tan bien camuflado que era imposible que lo viese. Lo cargaron entre los dos, le quedaba poco aliento, pero con la mano izquierda, la que siempre le temblaba, agarraba con fuerza una bolsa de la que se habían caído las botellas de agua y las cantimploras, que estaban esparcidas por el suelo. No era su bolsa, no era la de Joan, era la de Antonio y en ella estaban las cartas.

Una hora después, en una de las paradas que hicieron los dos hombres para descansar camino de un puesto de socorro, Joan no pudo aguantar más y murió. En ese último instante, encima de la camilla, abrió los ojos, vio a Víctor y le dio la bolsa sin decirle nada. Le entregó lo más preciado que tenía. Víctor buscó en él algún signo de vida, pero ya no estaba en este mundo.

Entre sollozos, le preguntó a su amigo:

—¿Qué pasa con la bolsa, Joan? ¿Qué hago con ella?

No obtuvo respuesta.

Miró en su interior, había una muda, una pastilla de jabón, un plato y unas cartas. Se guardó el plato, el jabón y las cartas. Estas últimas ni las miró, quizá pensó que eran personales y no era el momento, y dejó la bolsa al lado de Joan. No se dio cuenta de lo que tenía en sus manos.

Mientras regresaba hacia el frente, cargando la camilla en busca de heridos, Víctor miró atrás: ahí estaba Joan, como tantos otros, abandonado sin más bajo unos matorrales, pegado al camino que llevaba hasta el Ebro. Víctor no supo ese día, ni nunca, que cerca de la Balsa del Señor, junto a Joan, cayó también su amigo Antonio. Ni tan siquiera vio su cadáver, escondido entre la maleza, desde donde había protegido a su compañero de aventura.

TERCERA PARTE

DESAPARECIDO EN COMBATE

10

SIN NOTICIAS

A partir del sábado, 30 de julio de 1938
Cuarto día desaparecido

E se sábado por la mañana ya nadie esperaba a Antonio y a Joan. El último día que habían hablado de ellos fue el miércoles 27 de julio, tres días antes, cuando el capitán Guillermo Gómez había dado órdenes para que estuvieran atentos por si regresaban los del agua. El viernes por la noche, una pequeña columna de veinte hombres y cuatro mulas llegaron hasta los Aüts con agua. De madrugada los milicianos habían aprovechado para llenar todo lo que habían encontrado, incluso unas tinajas de barro. Con esa agua calmaron la sed y la angustia a más de uno.

Se fueron a toda prisa montaña abajo con los primeros rayos de sol, porque de nuevo los de la 18 bandera de la Legión habían reanudado los ataques. Las órdenes que tenían los muleros eran seguir aprovisionando de agua a tantas unidades como pudieran. Esa mañana de julio varios de ellos no lo lograron, se encontraron en medio de fuego cruzado mientras buscaban dónde ponerse a salvo. Sí lo consiguieron finalmente cuatro mulas y sus cuidadores, que corrieron como alma que lleva el diablo entre bombas y disparos. Los del 904 batallón se volvieron a cubrir de gloria con el apoyo del 901. Rechazaron a los legionarios que intentaban tomar la colina, pero pagaron un alto precio en cada ataque.

No sería la única ocasión. Eso sucedió una y otra vez en las siguientes jornadas. A los legionarios les reforzaron en la zona de Fayón, se les unieron el 9 Tabor de Regulares, el 10 de América, el 8 de Mérida, el 2 de Caballería, el 7 de Valladolid y el 17 de Burgos. Los republicanos intentaron con la 59 brigada ocupar Fayón, pero no lo consiguieron.

El 29 de julio, la aviación sublevada, sesenta bombarderos atacaron sin descanso los Aüts. Casi todos los amigos de Antonio y Joan cayeron o desaparecieron ese día. Para el 30 por la mañana se ayudaba a los heridos, se reforzaban posiciones y se reorganizaba la defensa.

Francisco Herrada, el veterano amigo de Antonio, seguía vivo y no dejaba de preguntar por sus compañeros, por si alguien los hubiera visto entre tanto ataque y tanto bombardeo. Quiso creer que Antonio era uno de los supervivientes, porque no podía soportar ser el único que había sobrevivido de una cuadrilla de más de cuarenta hombres con los que había compartido vida y penurias en los últimos meses. Estaba harto de identificar a los compañeros caídos, no le quedaba ya corazón ni odio, ni para él ni para acabar con los fascistas. Fantaseaba con el regreso de Antonio y encontrarlo peleando en algún hueco de esa montaña del infierno. El destino le tenía guardada, sin embargo, una sorpresa escalofriante: sobreviviría a la batalla del Ebro, pero le esperaba más lucha y sufrimiento.

El otro compañero al que había acompañado la suerte hasta entonces era Fernando Carós. El tímido y enfermizo amigo de Antonio había tenido que luchar por su vida. Ya no se le caía el fusil, aunque lloraba más que nunca esperando a la muerte, porque sabía que iba a morir, pegado siempre que podía al capitán. De milagro había salido indemne de todo lo que estaba pasando en los Aüts. Pensaba que era el único que seguía vivo de todos sus amigos…, y muy errado no andaba.

Una semana después de cruzar el Ebro, el batallón 904 se encontraba al límite de su supervivencia, al igual que la 226 Brigada Mixta de la que formaba parte. Las bajas eran incontables y estaba claro que los sublevados volverían a contra-atacar.

Durante toda la mañana del domingo, el enemigo ocupó posiciones en el entorno de los Aüts. Tomaron la sierra de Herrera al suroeste de Mequinenza y al mediodía avanzaron por Val Granada para intentar rodear a los republicanos y atacarlos por el este y el norte. Pero, una vez más, los del 904 cambiaron el guion de la historia: el comisario José Obrero Rojas, alias Dinamita, junto con el capitán y los que quedaban en pie desencadenaron un contraataque sorpresa, desbaratando los planes de los sublevados.

Los siguientes días la 42 división peleaba en el infierno en la tierra, una zona árida, sin agua y con muchas dificultades para tener atrincheramientos sólidos.

El lunes 1 de agosto, viendo lo poco que podrían aguantar los que quedaban vivos de la 226 Brigada Mixta, el jefe del XV cuerpo del ejército republicano, el teniente coronel Manuel Tagüeña, ordenó que cruzara el Ebro el batallón número 16, especialistas en fortificar posiciones. A estos les esperaba lo más difícil, conseguir que el Alto de los Aüts fuera un lugar más seguro. Pero para los que resistían en esa maldita sierra ya era demasiado tarde.

Los republicanos que seguían aguantando a duras penas en los Aüts estaban en desventaja en todo: eran menos hombres y además se encontraban justos de armamento, de munición, de agua y de provisiones. Los heridos estaban abandonados a su suerte y los muertos apenas cubiertos con cuatro piedras. Los sublevados contraatacaban una y otra vez, apoyados por bombardeos de artillería y de los aviones nazis, de tal manera que no había descanso ni tregua para los republicanos. Estos últimos seguían intentando conquistar el deseado cruce de Gilabert, pero ni unos ni otros conseguían sus objetivos.

Para el 5 de agosto, la superioridad de los sublevados era abrumadora y la orden de Franco era definitiva: «Fijar al enemigo en todo el frente por una acción de fuego y atacar desde el norte para apoderarse en una primera fase del Alto de los Aüts».

La suerte para los que resistían de la 226 Brigada Mixta terminó ahí, el 6 de agosto, y el parte que recibe Franco dice: «En el día de hoy nuestras tropas han atacado brillantemente las posiciones del enemigo en el sector Fayón-Mequinenza, ocupando las líneas rojas del Alto de los Aüts, venciendo y arrollando todas las resistencias y acorralando violentamente a los rojos contra el río».

Pero ese comunicado no era del todo cierto. La mayoría de los supervivientes de la 226 detuvieron su retirada y se dispusieron a contraatacar una vez más. Ahora tocaba ayudar al resto de la división a cruzar el Ebro de regreso a su punto de partida. La maniobra funcionó, se retiraron los tanques enemigos y desistieron los sublevados a seguir con su ofensiva, al contrario de lo que se le informó a Franco.

A punto estuvo el destino de darle un golpe definitivo a la batalla ese día, cuando el teniente coronel Manuel Tagüeña, mientras cruzaba el río hacia Almatret acompañado por sus ayudantes, fue atacado desde el aire. Los aviones no acertaron por muy poco y Tagüeña y sus hombres salvaron la vida de milagro.

Se intentó una supuesta retirada rápida y ordenada, pero fueron cuarenta y ocho horas eternas para todos los republicanos que trataron de cruzar el Ebro para regresar. Entre luchas y carreras, a los heridos se les dejaba atrás y solo continuaban los que podían caminar por su propio pie. La retirada de manera ordenada de aquellos hombres salvó con toda seguridad el colapso de la división. A las diez y media de la noche del domingo 7 de agosto, llegaron a sus puntos de partida las últimas unidades de la 42 división.

De la 226 Brigada Mixta pocos lograron atravesar el Ebro. Se quedaron atrás, muertos, heridos y desaparecidos, aproximadamente más del ochenta por ciento del grueso de los hombres. En la lista de desaparecidos en combate del batallón 904, junto a Antonio Zabala Pujals, estaban todos sus amigos. Algunos murieron, pero la mayoría figuraban como desaparecidos. De los ochocientos, poco más de cien cruzaron el Ebro de vuelta.

El 8 de agosto, algunos de los vivos escribieron a los suyos, aunque no contaron todas las atrocidades vividas porque sabían que serían censurados. De los amigos no se hablaba, salvo si estaban vivos. Del resto no se sabía nada, algunos heridos podían estar en hospitales de campaña, lugares de turbio recuerdo donde a los malheridos se les hacinaba al final de las tiendas para que muriesen, pues no podían emplear en ellos los pocos recursos de los que disponían.

La otra verdad era que la mayoría yacían a lo largo y ancho de la línea del frente y que nunca llegaron hasta la retaguardia para ser atendidos. Los heridos que habían quedado atrás, durante la huida, no tuvieron oportunidad alguna, fueron rematados sin misericordia por los sublevados en su avance. Días después, el miércoles 10, llegaron noticias de que quedaban algunos con vida, los que habían caído prisioneros. Los sublevados informaron de que tenían en su poder a unos quinientos hombres de la 42 división.

La mañana del lunes 8 de agosto, Guillermo Gómez del Casal caminaba lentamente hacia la masía donde sus hombres, el 24 de julio, antes de pasar el Ebro, habían dejado todo aquello que no necesitaban para entrar en combate. Hacía calor, cada paso que daba levantaba algo de polvo del camino, tenía la boca seca, pero era porque se iba a enfrentar a algo muy desagradable. Antes de entrar miró alrededor de la casa por si estaba por ahí el paisano, el propietario de la masía, pero no vio a nadie. Empujó con fuerza la puerta de madera,

era grande y pesada y tenía una anilla de metal enorme. Respiró profundamente, ahí estaba lo que quedaba del 904 batallón: maletas, bultos, hatillos..., todo tal y como lo habían dejado cada uno de sus hombres. Por un instante se le encogió el alma y notó que el estómago se le retorcía, como si trataran de arrancárselo.

Reconoció el olor a tomillo, el que se había usado para hacer los colchones durante las semanas de entrenamiento, pues seguramente muchos de los chicos habían aprovechado esos sacos para guardar sus cosas.

Trató de contener la pena y las lágrimas, la imagen no dejaba de ser demoledora. Con la mano derecha comenzó a tocar cada uno de esos recuerdos, como si pudiera recuperar a sus compañeros de batalla. Todos los bultos con su etiqueta, un trozo de papel con un pedazo de cuerda. Y en él, el nombre y los apellidos de sus hombres, los que habían combatido y caído junto a él, camino del cruce de Gilabert, en los Aüts... Reconoció la letra de Antonio en muchos de ellos. «El bueno de Antonio les escribió el papel a casi todos», pensó.

De pronto recordó el instante en el que le había pedido que fuera a por agua y maldijo su idea, pero en aquel momento estaba seguro de que lo lograría. No dejó de buscarlo, sobre todo durante la retirada. Se fijaba en cada soldado caído, por desagradable que resultara la imagen de un cadáver, pero no lo encontró. Sin duda, o estaba herido o prisionero. Mientras pensaba en Antonio, contemplaba esa sala llena de pedazos de vida de todos esos chicos que jamás regresarían. Agarró una silla de madera que había en un rincón de la sala. El suelo era de piedra gastada por el ir y venir del tiempo. Buscó un punto de equilibrio donde acomodarla en medio de la habitación y se sentó. Miró a su alrededor y pensó en las cartas que tendría que escribir a las familias, que se quedarían rotas por la pérdida de jóvenes a los que llevaban tiempo esperando, pero a quienes ya no verían jamás. La estancia estaba iluminada por la luz que entraba a través de las ventanas de madera, rodeadas por muros de piedra y cal. En el techo, seis vigas sostenían toda la estructura; las contó un par de veces mientras trataba de quitarse las caras de todos sus hombres que tenía grabadas a fuego en su mente.

Odiaba el fascismo y todo lo que había provocado en el mundo, odiaba esa maldita guerra. Lloró de nuevo, solo y sin consuelo durante unos minutos.

No escuchó entrar al paisano, el dueño de la casa al que conocía bien, un hombre de campo, con la piel arrugada y curtida por el sol, que se acercó hasta Guillermo y le puso la mano izquierda sobre el hombro. El capitán trató de recomponerse como pudo, se secó las lágrimas y apoyó su mano sobre la del dueño de la masía.

—¿Qué haces aún aquí? —le preguntó el capitán con la voz entrecortada y tomada por la pena.

—Dónde quieres que me vaya, esto es todo lo que tengo. Si lo pierdo, ¿qué será de mi mujer y de mi familia?

—Pero los que vienen, si no les paramos y me parece que está difícil, te matarán por haber ayudado a la República.

—Les diré que me obligasteis, que me amenazasteis de muerte, que soy un buen cristiano y un humilde hombre temeroso de Dios, seguro que me creen…

El capitán esbozó una sonrisa por la lucidez de ese paisano de campo que no creía en guerras ni en ideas. Lo único que le importaba era sacar a su familia adelante en esos tiempos tan horrorosos.

—¿Qué quieres que haga con todo esto? ¿Alguien vendrá a buscarlo?

Era una pregunta a la que Guillermo no quería responder, aunque sabía que todos los hatillos y las maletas con las que sus hombres habían viajado hasta las puertas del infierno se quedaban en esa última parada.

—Nadie vendrá a por ello, quédate con lo que te pueda ser útil y el resto mejor que no lo encuentren los fascistas, porque a saber qué pensarán.

Guillermo se levantó de la silla y le dio un fuerte abrazo al paisano.

—Por cierto, no me voy a poder llevar los cachorros.

—No te preocupes, se los daré al otro chico, al maestro.

—Creo que él tampoco podrá. —El capitán se refería a Antonio, del que seguía sin tener noticias.

—Pues han ido llegando todas estas cartas para él. Le escriben muy a menudo.

Sobre una mesa junto a la puerta había un pequeño montón de cartas. Estaban las de Antonio y otras muchas de los soldados que habían formado parte del 904 batallón. Guillermo cogió las del bueno de Antonio y se las guardó. Fuera se escuchaban voces. Una de ellas era la de José Obrero, alias Dinamita, mientras formaba a los hombres, los que quedaban y los que llegaban de refresco.

—Nos movemos.

Tenía alineados a los supervivientes para retirarse hacia Almatret.

—¿Todo bien, capitán?

—Sí, todo bien, camarada comisario.

Mientras caminaban hacia el campamento donde habían pasado la noche, Guillermo miró de nuevo la masía y se sintió aliviado, había recuperado algo de paz consigo mismo despidiéndose a su manera de todos. Le inquietaba la suerte de esa familia que con tanto cariño los habían acogido en esas semanas, donde a punto estuvieron de cambiar la historia de la República. Lo que aquel día no sabía Guillermo era que algunos de los prisioneros en poder de los sublevados de la 42 división eran también del 904 batallón.

***

En Badalona la vida había cambiado mucho a principios de agosto, no por los bombardeos y la escasez de comida, que también, sino por la falta de noticias, que les tenía en un sinvivir. No llegaban cartas de Antonio y eso les hacía pensar todo tipo de cosas horribles. Pero mi familia no se quedó quieta ni un solo segundo. Enseguida empezaron a actuar. Y pronto consiguieron frutos.

Era cierto que la misma situación la vivían muchas otras familias, algunas conocidas, que esperaban noticias de hijos, hermanos, sobrinos y maridos que estaban en el Ebro y de los que no sabían nada. Esa era la esperanza a la que se aferraban para tener algo de tranquilidad y dar alguna explicación al hecho de que no llegasen las cartas. La angustia era difícil de sobrellevar, sobre todo para Antoni, el padre de Antonio. El hombre entró en un bucle depresivo y lloraba amargamente cada día que el cartero pasaba por delante de casa y no se detenía.

A Teresa cada vez le resultaba más difícil llegar al trabajo en Barcelona. Los bombardeos habían dejado muy maltrecha la línea de tranvía que solía tomar y eso la obligaba a caminar no menos de una hora de ida y otra de vuelta campo a través, expuesta a posibles bombardeos y con el miedo en el cuerpo de que le pudiera pasar cualquier cosa. A toda esta angustia diaria se unía la preocupación de no saber nada de su hermano.

Joana disimulaba como podía la falta de noticias de Antonio. Por suerte había ganado algo de tranquilidad en casa porque la niña ya estaba yendo a la escuela cada día. Esas horas libres le permitían tener sus ratos, esos en los que no era necesario disimular. También se encontraba algo mejor de su malestar, aunque algo le rondaba por la cabeza: llevaba días, demasiados, sin tener el periodo. Era cierto que la falta de comida, la pena por la pérdida de su hijo y el terror de los bombardeos eran causas, según su médico, que podían provocar esos retrasos, incluso que explicarían su malestar. Pero ¿y si estaba embarazada? La última noche, antes de partir Antonio al frente, habían hecho el amor apasionadamente, quizá la vida los quería resarcir de la pérdida del pequeño José. Pero ella no creía estar preparada para algo así en esas circunstancias.

La mañana del 9 de agosto estaba sentada en la galería mirando al patio, en el sillón preferido de Antonio, en el que leía cada día la prensa. El suelo de la estancia era de cerámica con dibujos grises, blancos y granates. Había un mueble aparador a la derecha de madera y cristal, contra la pared. En la parte alta, vasos y copas; en la parte baja, dos puertas de madera escondían platos y bandejas. Unas cuantas plantas en macetas de barro adornaban el mueble. Allí parada, con la vista en el patio, recordó emocionada cómo ella se acercaba y se sentaba en su regazo, reclamando atención, jugando con la complicidad y el amor infinito que le profesaba su marido. Sintió entonces la necesidad de escribir, de comunicarse con Antonio. De explicarle sus sentimientos.

9 de agosto de 1938
Catorce días desaparecido

Estimado Antonio, quiera que al recibir esta carta te encuentres bien. Nosotros estamos bien, solo sufrimos por ti al no tener noticias tuyas.

La última que tenemos es del día 24, aunque el día 27 hemos recibido el giro de cincuenta duros [doscientas cincuenta pesetas], pero sin ninguna carta tuya y es por esto que sufrimos bastante. Aunque pensamos que son cosas del correo, siempre nos queda la duda.

El domingo fui a Martorell, a casa de mis padres, y vino a verme Vicente José. Qué alegría, está muy bien, se acuerda mucho de ti. Creo que está haciendo alguna gestión para ayudarte, pero no sé cuál. Quiera Dios que salga todo bien.

La niña ya va al colegio y parece que está más tranquila y va muy contenta, y yo también lo estoy porque en casa, la pobre, ve que no estamos de humor y así ella está en el cielo y nosotros igual.

La niña y yo nos encontramos bien, nos cuidamos mucho para que cuando vengas nos encuentres bien guapas. Ahora mismo ando discutiendo con ella: dice tu hija que cuando vengas se sentará en tus rodillas y yo le digo que no, que seré yo quien se siente en tus rodillas, y así vamos pasando el rato, como si fueras a llegar en cualquier momento. Ojalá, solo queremos una señal de que estás bien.

Muchos besos de tu Joana que no te olvida.

Espera, tu padre quiere añadir una frase:

Antonio, hijo mío, cuando puedas llama o manda un telegrama para calmar la ansiedad.

Tu padre que te quiere.

ANTONI

Los días se hacían eternos en Badalona a la espera de noticias. Las cartas pidiendo información sobre Antonio empezaron a salir a diario. Escribían a amigos, a hospitales, al Ministerio de la Guerra, a los campos de prisioneros, a cualquiera que pudiera facilitar datos sobre el paradero de Antonio en el frente del Ebro y el 904 batallón.

Las respuestas no tardaron y lo que llegaba era poco esperanzador. «Estimado señor, en este campo de prisioneros no tenemos a nadie que atienda por Antonio Zabala», «Estimada señora, ningún herido con el nombre de su marido se encuentra en nuestras instalaciones»... Para entonces, por mucho que quisiera silenciar la República cualquier revés militar, todo apuntaba a que a la 42 división le habían dado duro y estaba retrocediendo.

Joana y Francesca decidieron que cada día un miembro de la familia enviaría una carta a Antonio y el resto se concentraría en dirigirse a otros destinos donde pudieran conseguir información. No sabían si a Antonio le estaban llegando las cartas, pero querían creer que sí, y que lo mejor que le podía pasar era que leyera las letras de todos ellos escalonadamente. La otra razón para no escribir todos a la vez a diario era para no acabar con el poco papel que les quedaba.

10 de agosto de 1938
Quince días desaparecido

Querido Antonio, tu última carta era del 24 de julio. Hace ya diecisiete días que no tenemos ninguna noticia tuya, cuánta ansiedad. Yo por mi parte procuro animar a todos en casa, pero no estoy nada tranquila. ¿Estás enfermo? ¿Qué te pasa? ¿No tienes forma de comunicarte con nosotros? La cabeza me da vueltas y procuro recordar lo que les ha pasado a otras familias que han estado faltas de noticias durante un mes y, de repente, han recibido diez y doce cartas de golpe. Pero hay momentos que, cuando me paro a reflexionar, me entran pensamientos muy negros.

No sabemos cómo consolar a papá, porque cuando ve que el cartero pasa de largo de nuestra casa, se queda en una esquina llorando y en vez de él darnos ánimos, somos nosotras las que intentamos que se recomponga.

Le pido a la Virgen que no te haya pasado nada y que esta falta de noticias sea debido a un retraso en el correo y que pronto puedas estar entre nosotros sano y salvo, que todos nos podamos ver disfrutando de tu compañía.

Con mucha ansiedad estamos esperando tus noticias, mientras recibe muchos besos de tu hermana que tanto te quiere.

TERESA

Nada o casi nada de lo que realmente estaba pasando en el frente del Ebro aparecía en la prensa republicana. Esa tarde Teresa estaba leyendo el *Noticiero Universal,* sentada a la mesa del comedor. Leía y releía todo lo escrito, concentrada, ajena a todo, buscando datos sobre las unidades que participaban en los combates, pero no había nada del batallón de Antonio. En los últimos días se hablaba de violentos contraataques de los sublevados en el Ebro, para entonces la bolsa de Fayón no existía y nadie había escrito todavía una línea sobre ello. Por una parte, pensó que así era mejor, porque según lo que hubiesen publicado sobre la situación de la 42 división y sobre cómo estaba la 226 Brigada Mixta, la ansiedad se habría convertido en desesperación. Se notaba menos animada, mucho más pesimista, aunque evitaba cualquier signo de flaqueza frente a los demás. Algo no iba bien, dentro de ella las señales de alarma estaban disparadas desde hacía días.

Por más complicada que fuera la situación, su hermano se las habría apañado para dar señales de vida. Siguió leyendo el *Noticiero,* y lo que sí aparecía era el cruce del río Segre por las tropas republicanas a la altura del pueblo de Balaguer. Eso se hallaba muy lejos de donde andaba Antonio. Paró de leer, estaba a punto de llegar la niña del colegio y no quería que la viera con cara de preocupación. Se acercó a la cocina para beber un poco de agua y aprovechó para lavarse la cara. A los cinco minutos entró por la puerta la niña, feliz, corriendo y gritando. Joana y Francesca habían ido a por ella al colegio, y ahora le tocaba a Teresa escuchar las historias de lo que había aprendido, de los nuevos amigos y de a qué habían jugado en el recreo. La energía de la pequeña Juana era un poco de aire fresco para el corazón de la familia.

11 de agosto de 1938
Dieciséis días desaparecido

Estimado Antonio, aún sin noticias tuyas, ¡qué sufrimiento! A pesar de que escucho una voz interior que me dice: «No le ha pasado nada», y esta es la causa que me sostiene, de lo contrario sería imposible aguantarlo. Yo creo que de un día para otro te darán permiso para venir… Son muchos los permisos que van dando y entre ellos podría estar el tuyo, ¿y si fuera verdad?

Todos estamos bien. Tu padre está que no se aguanta. Si no recibe ninguna carta tuya, acabará enfermando. Ya ves cómo estamos todos, fuera de sí.

Hoy ha venido Carmen a por un poco de verdura y llovía tanto que ha tenido que quedarse a comer, y ahora hace un rato que se ha marchado a su casa. Todo sigue igual. El martes sabremos el resultado de las gestiones que tenemos hechas para intentar sacarte de este lío. Antonio, por hoy esto es todo, que en estos momentos tu hija está haciendo gritar a su madre porque siempre quiere tener la razón.

Recibe un millón de besos de tu madre que te quiere.

FRANCESCA

Francesca estaba despierta desde las seis de la mañana, le habían dicho el día antes que seguramente a primera hora llegaría algo de verdura. Se vistió sin pensarlo y se cubrió el pelo con un pañuelo. En casa nadie estaba despierto, salvo Antoni.

—¿Qué haces, Francesca?

—Voy al mercado, que hoy traen verdura.

—¿Tan temprano?

—Sí, duerme un rato más, no tardaré y ya preparo el desayuno.

Cogió el paraguas y salió a paso rápido hacia el mercado. Antoni no volvió a dormirse, no podía, la falta de noticias le quitaba el sueño. Francesca se encontró con un gran número de gente en la cola, algunas vecinas, muchas caras conocidas, todos esperando número para llevarse algo de la verdura prometida. No pasó ni una hora y comenzó el reparto entre todos los que tenían número.

La cola del mercado era un buen sitio para enterarse de las cosas que no aparecían publicadas. Esa mañana Francesca se enteró de que en los últimos días estaban haciendo sonar las sirenas sin que se produjeran bombardeos. La razón era aprovechar cuando la gente se refugiaba para entrar en Barcelona con cientos de heridos llegados del Ebro. Por un instante se imaginó a Antonio en uno de esos camiones camino de un hospital. La República trataba una vez más de esconder a sus ciudadanos los horrores de la guerra.

También escuchó que ese día iban a fusilar a unos cuantos miembros de la Quinta Columna. Así fue, el 11 de agosto fueron fusiladas cincuenta y ocho personas por presuntamente formar parte de la Quinta Columna, entre ellas cinco mujeres: la más joven, Caterina Viader, de veintitrés años; Maria Lluisa Gil, de treinta; Carme Vidal, de cuarenta; Sara Jordà, de cuarenta y tres, y la mayor, Roser Fortuny, de cincuenta. El presidente de la República Manuel Azaña se mostró tremendamente molesto por estos fusilamientos: «A los ocho días de hablar de piedad y perdón, me refriegan cincuenta y ocho muertos. Sin decirme nada, ni oír mi opinión. Me entero por la prensa después de que está hecho».

La «Quinta Columna» es una expresión que nació con la Guerra Civil en 1936. El general sublevado Emilio Mola le contó a un periodista los planes para la toma de Madrid por parte de las tropas franquistas. Según le explicó el general, cuatro columnas de tropas iban a caer sobre la capital. Cada una de ellas vendría desde un punto distinto. Una llegaría desde la sierra, otra desde Extremadura, una más desde Sigüenza y la última desde Toledo. Pero Mola añadió además una «Quinta Columna», que estaría formada por los simpatizantes de los sublevados que vivían en Madrid y que llegado el momento ayudarían a tomar la ciudad. En ese instante nació el término, y a todos aquellos que simpatizaban con los sublevados, en la zona republicana, se les pasó a llamar «quintacolumnistas».

Francesca regresó a casa cargada de verduras y de malos presentimientos. ¿Dónde estaría su hijo Antonio? ¿Por qué no daba señales de vida? Ya no se le ocurría cómo tranquilizar a su marido, que cada vez se hundía más en la tristeza. Por otra parte, Joana cada día estaba más desesperada y con ansias de saber. No dejaban de escribir cartas.

13 de agosto de 1938
Dieciocho días desaparecido

Muy querido Antonio, tú no puedes suponer lo que sufro de no recibir noticias tuyas, piensa que hace veinte días que no sabemos nada de ti. Ya no sé qué pensar. Siempre me pongo en lo peor. Dios haga que me equivoque. ¿Estás enfermo? Si recibes esta carta, te pido, si es que tú no lo puedes hacer, que alguien te ayude, necesitamos saber sobre ti.

Nosotros estamos bien, solo con mucha angustia por saber algo sobre ti. No sabemos ya adónde llamar para que nos digan algo.

Esperemos que estés bien, recibe todo el cariño de la que mucho te quiere.

JOANA

Ese mismo día Francesca no pudo resistir enviar también unas palabras. Ninguna de las mujeres de la familia se rendía. Y querían que Antonio, estuviese donde estuviese, supiera que le estaban buscando, que lo esperaban.

Antonio, hijo mío, hoy ya hace muchos días que no tenemos ninguna noticia tuya. No sé qué pensar porque todos mis sentidos van dirigidos hacia ti y me horrorizan las ideas que pasan por mi cabeza. No me puedo creer que te haya pasado alguna desgracia, aunque el terror nos hace pensar lo que te digo.

Si esta carta llega a tus manos, tranquiliza a tu padre, que solo él sabe lo que quiere a su hijo.

Un fuerte beso de todos y muy especialmente de tu padre.

Antoni

Poco habían cambiado las cosas por casa. En Badalona cada día se llamaba a los hospitales y a la Cruz Roja. Joana mandaba una tras otra cartas a los amigos. También escribió a Federico en el frente. Por otro lado, había comenzado a enviar cartas al bando sublevado, preguntando en los campos de prisioneros. Algo malo había tenido que suceder, eran demasiados días sin noticias, no había respuesta de la 42 división, a duras penas estaban averiguando cuántos hombres no habían regresado.

Pero la guerra no paraba. La 226 Brigada Mixta comenzaba a revivir de nuevo con jóvenes de refresco. Todo apuntaba a que regresarían al frente pronto. Volverían a cruzar el Ebro seguramente en los próximos quince días, ese era el plan.

***

Guillermo Gómez del Casal seguía recuperándose física y anímicamente de la locura vivida en los Aüts y de la retirada de esa maldita cima, aguantando como podían los embates del enemigo mientras trataba de guiar a la división, o lo que quedaba de ella.

El correo no terminaba de llegar, era cierto que había podido avisar a muchos de los suyos, pero lo peor era lo que quedaba por hacer antes de cruzar de nuevo el Ebro. Le habían pedido una relación de todos sus hombres, los que estaban vivos y los que no lo habían logrado.

De muchos no sabía nada, así que habló con todos los veteranos para ir situando a cada uno de los ochocientos hombres que estaban bajo su mando. José Obrero, alias Dinamita, el comisario, andaba en las mismas. Era tal la avalancha de familiares preguntando por unos y otros y tan poca la información que tenían, que resultaba una tarea desesperante.

Algunos recordaban haber visto caer a camaradas y amigos, pero la mayor parte de ellos solo se referían al terror y la lucha y a duras penas sabían en qué día estaban.

En las oficinas de la brigada se decidió hacer tabla rasa: de los que no tuvieran la certeza de si habían caído, pasarían a ser desaparecidos en combate. Así fue como gran parte del 904 batallón empezó a constar como desaparecido en combate. En las cartas que enviarían a los familiares se señalaría los Aüts como punto donde habían desaparecido y la fecha para prácticamente todos sería el 30 de julio, el peor día de bombardeos y ofensiva.

Guillermo no estaba de acuerdo con esta decisión porque conocía a muchos de los chicos por su nombre, y decidió responder a las familias que lo solicitaran, aportar toda la información posible al menos de los suyos, de los que se habían batido con tanta valentía. Esos hombres merecían mucho más que un papel oficial donde se afirmase que no sabían nada de ellos.

Además, entrar en el grupo de «desaparecido en combate» suponía no solo la pena de no saber nada o la angustia de pensar si seguía vivo, herido o prisionero, o si había desertado pasándose al enemigo; también era miseria y hambre para sus seres queridos al no poder cobrar ningún tipo de ayuda, porque si el familiar no constaba como muerto, no había pensión para la viuda.

14 de agosto de 1938
Diecinueve días desaparecido

Estimado Antonio, seguimos igual, sin noticias tuyas. Qué le vamos a hacer, cosas de la guerra. Yo pido, ya que nos tienen castigados a no tener noticias, que cuando lleguen sean satisfactorias. Por ahora aquí vamos mal, sufriendo y pochos hasta el extremo.

Antonio, no te preocupes por nosotros, hemos tenido una semana bastante abundante, pero pensamos siempre en ti, si comes, si puedes dormir, si llueve, si refresca... Por todo sufrimos.

Tu hermana cada día tiene más dificultades para viajar, son muchos los días que tiene que ir a Barcelona caminando. No podrá aguantar mucho así. El sábado tu mujer fue a Barcelona y más tarde le tocó a tu padre, total que a las cuatro y media de la tarde aquí no había aparecido nadie. No sabes qué angustia me tocó pasar. Nos pusimos la niña y yo a comer, pero a mí no me sentó bien. En cada bocado me levantaba para ir a la puerta, y la niña me decía cada vez que escuchaba un tranvía: «Abuela, que viene un tranvía», pero todos pasaban de largo, fue un suplicio. Al final aparecieron, aburridos, pero con mucha hambre y contando las peripecias del viaje. Hoy descansan, ya se lo merecen.

Bueno, Antonio, ya ves que aunque no tenemos noticias tuyas, yo te escribo igual. Aquí tienes a toda la familia pendiente y a los vecinos también, que te mandan recuerdos.

Recibe un abrazo enorme de tu madre.

FRANCESCA

El 17 de agosto de 1938, cerca de Almatret, a Guillermo Gómez le entregaron tres cartas más: dos dirigidas a Antonio y una tercera del padre del soldado, de Antoni, para él, para Guillermo Gómez, capitán del 904 batallón. La abrió enseguida, en pocas líneas le transmitía la angustia y el horror que estaba pasando la familia al carecer de información sobre el estado de su hijo y le suplicaba ayuda, desesperado, para entender qué ocurría. Respiró profundamente y pensó que debía responder de inmediato a ese hombre, contarle lo que pensaba que había sucedido el 26 de julio. Se la guardó en el bolsillo del pantalón y prestó atención a las otras dos cartas. La primera, la de la madre de Antonio, era del 14 de agosto según el matasellos. La segunda, de Joana, fechada el 16, que también llevaba un fragmento escrito por Francesca.

—Vaya rapidez —soltó en voz alta, pues la carta había llegado a la mañana siguiente de ser escrita.

Dudó de si abrir esos sobres anaranjados y leer lo que ponía en cada uno de los papeles. Los dejó junto al resto que había guardado los últimos días. Se metió la mano en el bolsillo y sacó de nuevo la carta de Antoni, la del padre de su amigo, y la colocó encima de todas. Sí, era tan triste su contenido como el de otras muchas que llegaban preguntando por algún soldado muerto o desaparecido. No estaba seguro de cómo responder, porque no sabía qué contar exactamente. Había estado preguntando por Antonio a amigos de otras unidades por si le habían visto. Tenía la esperanza de decirle a su padre que estaba bien, que no se preocupara, pero hasta entonces nada así había llegado a sus oídos.

Esa mañana habían incorporado a algunos reclutas nuevos al batallón, pero los ánimos, no obstante, seguían por el suelo. Las últimas noticias que tenían eran que seguramente cruzarían de nuevo el Ebro, algo más al sur, para apoyar a los de la 35 división. Guillermo estaba convencido de que no saldría con vida de ese nuevo cruce. Al mediodía caminó con paso firme hasta las cocinas, una vez más el rancho contaba con judías, aunque esto le hizo pensar en los días de combate y se dio cuenta de lo que extrañaba las malditas judías.

No se entretuvo comiendo. Ni tampoco aprovechó para hablar con la tropa. La verdad era que desde que había regresado del otro lado, andaba con pocas ganas de entablar conversación. Ahora era más callado, intentaba no relacionarse mucho con nadie, porque quería saber lo menos posible de sus hombres. En una lata de conserva vacía y limpia se puso un poco de café, y pensó que alguna ventaja tenía ser oficial, pues la tropa solo tomaba el preciado líquido por las mañanas. Después se dirigió hasta su oficina improvisada, pero por fortuna con mesa y silla. Miró la carta de Joana para Antonio y la abrió.

16 de agosto de 1938
Veinte días desaparecido

Muy querido Antonio, ojalá mañana tengamos carta porque estoy muy preocupada. Tantos días sin nuevas tuyas. Piensa que están pasando muchas cosas por aquí. Yo estoy confiada, pero no dejo de sufrir pensando siempre qué estarás haciendo. No tengo un momento de descanso.

De todas formas, Antonio, tómatelo con calma y piensa que aquí te esperan tu hija y tu esposa, que no te olvidan ni un solo momento.

Mientras, recibe un infinito montón de besos de tu hija y de tu mujer que no te olvida y que te quiere muchísimo.

Joana

La carta para Antonio no terminaba ahí, había una segunda hoja de su madre. Y el capitán se emocionó con la tenacidad de esas mujeres. Y le entró remordimiento, pues Antonio siempre le había hablado de su mujer, su hija, su madre y su hermana y sabía lo pendiente que había estado de ellas y las ganas que tenía de volver a su lado. No pudo evitar imaginar a su pequeña Juana. Se maldijo una y mil veces por la orden que le dio de ir a por agua, pero si no hubiese sido Antonio, hubiese sido otro compañero. Estaban en guerra y él continuamente se tenía que enfrentar a decisiones parecidas por el bien del grupo.

Estimado Antonio, sin nada que responderte, solo dos letras para decirte que estamos con una angustia enorme, tantos días sin tener noticias tuyas nos tienen superados. ¿Cuándo será que podremos saber de ti? Hazlo por teléfono, por lo que sea. La cuestión es que llegues a nosotros.

Cada día me levanto deseando que esto termine para poder tenerte a nuestro lado. La niña ya lleva unos días que va al colegio muy contenta y llega más tranquila. No sé si durará mucho, ya veremos.

Cuídate tanto como puedas, tu estado de salud lo necesita. Con el corazón rendido y los ojos mirando al cielo pido al infinito que te cuide de todo mal.

Ya sabes cuánto te quiere tu madre.

Francesca

Guillermo estaba en shock. No solo porque sentía que había invadido la intimidad de una familia, sino por el dolor y el pesar que transmitían las palabras de la mujer y la madre de su amigo. Guardó con mimo las hojas en el sobre. Tenía que contar todo lo que sabía a esa familia. Poco podía aportar, pero les iba a responder. Les iba a contar que le había pedido a Antonio que fuese a por agua, pero no les diría lo arriesgada que era la misión. Les escribiría que no, que creía que Antonio no estaba muerto. Cogió papel, un sobre de carta y se armó de valor. No era fácil lo que tenía que hacer, pero intentaría ser muy claro explicando todo lo que recordaba.

11

La carta

Hoy, 17 de agosto de 1938

Al Sr. D. Antoni Zabala (Badalona)

Muy Sr. mío y de mi mayor consideración, salud le deseo en compañía de su familia.

Acabo de recibir su atenta carta de fecha 14 del actual mes en la que se interesa por su hijo Antonio.

Con todo el dolor que a usted le aqueja y del que me hago solidario, creo mi deber contestar a su requerimiento y al hacerlo intentaré ajustarme a la verdad por dolorosa que esta sea.

Después de atravesar el Ebro, su hijo permaneció en esta unidad a mi mando hasta el día 26 del pasado julio, en que acompañado de otro marchó a buscar agua.

Durante su ausencia, ordenó la superioridad efectuar un pequeño repliegue y a partir de aquel momento carecemos de más noticias.

No es de suponer que cayera en poder del enemigo, puesto que el agua estaba bastante retirada de la línea de fuego. Por otra parte, si hubiera tenido la desgracia de haber muerto, indudablemente le hubieran encontrado mis soldados al retirarse, y nadie lo ha visto. Mi opinión verdadera es que quizá se halle herido en algún hospital, y que dada la aglomeración de heridos se les haya pasado el comunicármelo.

Esa es mi opinión y es la idea que más probabilidades tiene de ser cierta. Celebraré que así sea, pues hemos perdido a un muchacho muy querido porque era quien desarrollaba la labor cultural.

Esperando poder servirle en mejor ocasión, quedo de usted afectuoso.

Saludos,

GUILLERMO GÓMEZ DEL CASAL

P. D.: Adjunto le remito varias cartas recibidas para su estimado hijo. Saludos.

Todo lo que podía contar y decir de lo que había sucedido aquellos días se lo guardaría para él. Si aparecía Antonio, todo estaría bien. Si no era así, se acercaría hasta Badalona y les contaría de viva voz aquello que no podía escribir en una carta que podía caer en manos de cualquier censor. Había una parte que creía a pies juntillas: Antonio no podía estar muerto, alguien le habría visto. Por eso, esa misma tarde, dio la orden de volver a preguntar por los hospitales.

La carta tardó dos días en llegar a Badalona, la mañana del 19 de agosto el cartero se detuvo frente a la puerta de la familia Zabala. Ese día Antoni no lloró pero se asustó mucho, al igual que Francesca, Joana y Teresa. La carta llegaba desde el frente e iba dirigida a Antoni, la remitía el capitán y estaba acompañada de un pequeño paquete de cartas, donde en cada sobre, escrito a mano, ponía: «Devolver al remitente, soldado desaparecido».

Antoni caminó hasta el comedor seguido por las tres mujeres. Cogió un abrecartas que estaba sobre la mesa y se sentó. Francesca se quedó de pie junto a él para leer la carta al mismo tiempo que su marido. Joana y Teresa se sentaron impacientes.

—Déjame algo de espacio —protestó Antoni a Francesca, que ya estaba encima de él—, no puedo ni sacarla del sobre.

Francesca no estaba para monsergas.

—Deja de quejarte y lee la carta de una vez.

No despegó la mirada de ese papel, lo leyó y releyó tres veces seguidas, en voz alta, mientras Francesca comentaba cada palabra que leía su marido. Estaba claro que para su capitán, Antonio estaba vivo aunque muy posiblemente herido. Teresa le reclamó a su padre la carta una vez leída y junto con Joana volvieron a repasar palabra por palabra. Cuando hace tantos días que no sabes de una persona en plena guerra, el suponerle vivo y herido en un hospital transforma la angustia en esperanza. Eso es lo que sucedió en Badalona ese día, era un milagro creerle vivo.

Un instante después de leer lo que seguramente le había pasado a Antonio, Joana se puso a escribir a Federico, al comandante médico, para que lo localizara como fuera.

Tenía todas las esperanzas en que él pudiese encontrarlo en medio del caos en alguno de los puntos sanitarios del frente. Teresa se puso a escribir de nuevo a la Cruz Roja y Francesca preguntó enseguida en el Hospital Clinic, porque estaba segura de que a su hijo lo habían trasladado a Barcelona.

Durmieron poco esos días y preguntaron mucho. Pero la respuesta era siempre la misma: Antonio Zabala Pujals no estaba en ese hospital, ni en ninguno del frente, ni la Cruz Roja lo tenía registrado, ni nada de nada...

A finales de agosto, los malestares y la falta de salud de Joana tuvieron explicación; no eran consecuencia del hambre, las bombas o el disgusto por la muerte de su hijo y la desaparición de Antonio, lo que pasaba era que estaba embarazada. La última noche que pasó junto a Antonio trajo un nuevo miembro a la familia. Pero la noticia la pilló a ella y a todos con el pie cambiado. Era una felicidad llena de pena, Joana seguía sin ánimo, no estaba bien, la preocupación ocupaba cada espacio y cada rincón de su vida. De pronto, en distintas horas del día, pensaba si podría decirle alguna vez a Antonio que iba a ser de nuevo padre. Y lloraba desconsolada al no encontrar respuesta.

El desánimo se fue apoderando otra vez, poco a poco pero sin tregua, de cada uno de los miembros de la familia, los días pasaron a ser semanas, meses, y no había ninguna noticia nueva. Los periódicos iban llenos de avisos buscando a los miles de desaparecidos del Ebro. Antoni se sumó y publicó en *La Vanguardia* un anuncio en el que preguntaba por su hijo.

A finales de diciembre comenzó la ofensiva final de las tropas sublevadas sobre Cataluña, en cuatro semanas llegaron a Barcelona, aunque previamente la ciudad fue bombardeada una y otra vez. Badalona no se libró tampoco de las acciones de la Legión Cóndor. El 26 de enero cayó Barcelona.

En febrero nació Antonia María, pero la familia seguía sin noticias de Antonio y cada vez las dificultades para encontrarlo eran mayores. El nacimiento de la hermana de Juana estuvo rodeado de un sentimiento agridulce. Por una parte, en tiempos de guerra, nacía una nueva vida. Por otra, todos estaban devastados y entregados a la búsqueda de Antonio, con la esperanza de recibir pronto una noticia. Además, cada vez iban a tener más difícil localizarlo. La República estaba a punto de dar carpetazo a su existencia y, por eso, el contacto que mantenía la familia con militares e instituciones republicanas para buscar a Antonio cesó de un día para otro.

Nadie contestaba. Nada llegaba. Para entonces muchos de ellos ya estaban fuera del país o a punto de marcharse. Por ejemplo, Federico, el doctor, y Guillermo Gómez del Casal, entre otros, habían cruzado la frontera. Pocas unidades y mal organizadas intentaban cubrir la huida de soldados y civiles de la República. Todo estaba perdido. En los últimos días de marzo fueron miles los que atravesaron la frontera hacia Francia.

El 1 de abril terminó todo. Así podía leerse en el último y quizá más popular comunicado de Franco.

En el día de hoy, cautivo y desarmado el Ejército Rojo, han alcanzado las tropas nacionales sus últimos objetivos militares. La guerra ha terminado.

EL GENERALÍSIMO FRANCO

Burgos, 1 de abril de 1939

Habían pasado ocho meses y seis días desde que Antonio desapareció en combate, doscientos cuarenta y nueve días de búsqueda frenética. Y no sabían nada de él. Fue justo en ese mes de abril, cinco días después de terminar la guerra oficialmente, cuando llegó una carta a Badalona a nombre de Joana. Era del único superviviente del grupo de amigos de Antonio que estuvieron presentes en la batalla del Ebro. Uno que vivió para contarlo. Y mi madre señalaba como un acontecimiento importante este hecho en la carta que escribió a mi nombre, donde me detallaba cada uno de los pasos que dieron las mujeres de mi familia para encontrar al abuelo.

Francisco Herrada Torralba, el veterano anarquista que formaba parte de la cuadrilla, estaba vivo en un batallón de trabajadores en Lérida. De todos los nombres por los que preguntaba Joana cada semana a las instituciones franquistas, este fue el único del que le dieron noticias, prisionero y vivo. La sorpresa para ella fue mayúscula porque pensaba que también estaba muerto.

Pero todo tenía una explicación. El 30 de julio, en los Aüts, en un contraataque, Francisco se quedó descolgado del 904 batallón y los legionarios lo detuvieron. Tuvo suerte de que no le pegaran un tiro ahí mismo. Parece ser que no le tocaba morir. Seguramente, el mostrarse firme en sus principios hizo que los legionarios le respetaran, que admiraran su valor. Así que terminó prisionero y con un juicio a las espaldas. Lo sorprendente era que oficialmente para la República constaba, al igual que Antonio, como desaparecido en combate. En la batalla del Ebro, la suerte de los soldados de ambos lados les importó muy poco a los mandos al cargo de esa operación.

Lérida, 5 de abril de 1939
III Año Triunfal [sic]

Distinguida señora, he recibido su amable carta y es para mí una satisfacción poderle contestar y decirle todo lo que sé de su estimado esposo y buen amigo mío.

Espero me creerá que si supiera más se lo diría. La última vez que vi a Antonio fue el 25 de julio al atardecer cuando compartimos la cena juntos. Fui a verlo pues estábamos separados y, la verdad, ni él ni yo fuimos a buscar agua juntos ni tampoco la otra versión a la que hace referencia. Así que esto es todo lo que sé de él, pues si supiera más se lo diría, aunque fuera doloroso para usted. No le puedo decir que vive, y no miento cuando digo que yo también me he interesado por la suerte de él y no hubo quien me pudiera decir nada. Esto es todo lo que sé.

Le agradecería que si ve a mi madre no le diga dónde estoy, que no sé si estaré tiempo en esa *[sic]*.

Quedando siempre a su disposición de este su amigo,

Francisco Herrada

Joana lloró sin consuelo después de leer la respuesta de Francisco, pues estaba convencida, cuando le comunicaron que estaba vivo, que él sabría la verdad sobre lo que sucedió el 26 de julio, pero nada. De nuevo a empezar de cero, a buscar a alguien más que quizá estuviese vivo como él. Teresa y ella hablaron un buen rato esa noche después de cenar, sentadas en la galería, y Francesca las escuchaba desde la cocina mientras terminaba de fregar los platos.

La duda era cómo y a quién preguntar a partir de ahora. Estaba claro que todo pasaba por el día 26. La carta de Francisco las afectó sobremanera. Joana le preguntó por él porque pensaba que era quien acompañó a su marido a por agua. Pero si no era Herrada el que andaba con Antonio: ¿quién estaba junto a él cuando fueron a cumplir con esa misión? Tocaba volver a empezar desde el principio, mirar la lista de desaparecidos del 904 e intentar preguntar a las familias de esos chicos si tenían algo, una carta o cualquier cosa que a ellas les sirviera para averiguar más sobre lo que sucedió aquel día. Ahora que el capitán estaba en el exilio, no podían comunicarse con él y preguntarle si tal vez se acordaba del nombre del soldado que acompañó a mi abuelo.

Siempre todo puede ir a peor, y así fue en esta historia. Después de «la carta», nada más se supo de Francisco. No respondió a ninguna otra misiva enviada por Joana preguntando si necesitaba ayuda para salir de donde estaba o si le hacía falta comida, tabaco o alguna cosa que le pudieran enviar. Joana recordaba de las cartas de Antonio que este chico y su familia no tenían posibles, que eran pobres de solemnidad, que el padre había muerto y que la madre malvivía con el sueldo de soldado de Francisco. Ante la falta de noticias, Joana se empeñó en encontrar a la madre en Barcelona durante los días posteriores a la toma de la Ciudad Condal por parte de las tropas de Franco. Lo único que consiguió averiguar fue que después de ir cambiando de pensión en pensión, al no llegarle dinero del hijo que estaba prisionero, la mujer tuvo que vivir en la calle.

Al igual que su hijo, desapareció en aquella Barcelona de posguerra donde la comida era un bien escaso y se sucedían las purgas a manos de los vencedores. Teresa y Francesca se sumaron a la búsqueda, pero no consiguieron nada. Una vez pasó el verano del 39, y ante la falta de noticias del amigo de Antonio, Joana escribió de nuevo al Batallón de Trabajadores 178, cuarta compañía. Le respondieron que Francisco Herrada ya no estaba allí. La duda de las tres mujeres fue si había logrado salir de ese castigo o si, por el contrario, habrían terminado con su vida. De la madre y del hijo no supieron nada más. Tampoco llegaron más noticias de los que habían luchado en el bando de la República junto a Antonio, y los conocidos dejaron de llamar a petición de Joana, pues temía cualquier tipo de represalia contra la familia.

Así logré entender mejor el secreto de las mujeres de mi familia. Más bien el silencio. Los de la posguerra fueron años oscuros. De dictadura y represión. Los vencidos no tenían relato que contar. Solo disponían del silencio como arma de supervivencia. Y pesaba mucho más la protección a sus seres queridos. Ya estaban ellas para aguantar humillaciones y desencantos por la falta de pistas.

Abril y mayo fueron meses terriblemente difíciles. Por suerte, cuando podían, los familiares de Martorell se acercaban a Badalona con comida, ellos podían aportar lo que salía de los huertos y algunos huevos. También desde Buenos Aires empezaron a llegar los paquetes, los que la República había detenido en la frontera con el pretexto de que la gente no pasaba hambre en España.

A mediados de 1940, dos años después de la desaparición de Antonio, Joana decidió regresar a Barcelona, porque necesitaba trabajar para mantener a sus hijas y cambiar un poco de aires. Tenía claro que quería reponerse de tanto pesar acumulado en los últimos años. Comenzó así una nueva página en la búsqueda de su marido. Pero esa es otra historia…

12

ÚLTIMOS COLETAZOS
DE UNA INVESTIGACIÓN

Mi madre me dio la caja azul un viernes 11 de mayo y murió diez días después, el lunes 21 de mayo de 2001. No hablé de la caja con nadie, tal y como me hizo prometer. Habían pasado diecinueve años, una vez tenía gran parte del trabajo de investigación terminado, cuando se lo conté a unos pocos miembros de mi familia, pero no todo, solo algunas partes de la historia. He de decir que mi primo Jaime, hijo del tío Jaime, es de los que sabe algo más, aunque seguramente no es del todo consciente de lo que le fui relatando en esas llamadas interminables. Son demasiadas cosas, demasiados hilos de los que tirar, demasiado que reconstruir. Quizá, una vez publicado este libro, en la familia se conocerá la verdadera dimensión de lo que guardaba la caja azul. El silencio ha terminado.

Pepita, mi querida tata, vivió hasta 2012 y me ayudó en todo lo que pudo y mucho más. Hablamos infinidad de veces sobre la caja azul y hoy sigo pensando que sabía más de lo que contaba. Ella se fue sin conocer el final.

A mi madre la extraño mucho. Siempre digo que no es cierto que el tiempo lo cura todo. Acomodas las penas y los recuerdos en un rinconcito donde solo duelan de vez en cuando, en momentos puntuales. El día que arranqué con el primer capítulo de *La caja azul,* el rinconcito se desbordó y lloré lo que creía que ya no tocaba llorar. Tardé semanas en poder avanzar porque de nuevo las emociones apretaban el corazón.

La verdad es que han sido diecinueve años indagando e investigando. Y la caja azul, siempre a mi lado. Y las cartas. Durante estas dos décadas escuché un montón de historias y consulté en numerosas instituciones.

Desde el día en que todo comenzó en Miami, he pasado por archivos, bibliotecas y ayuntamientos de todo tipo. En medio de todo este trabajo, me tocó vivir el jaleo del traslado del Archivo de Salamanca a Cataluña, con la ida y venida de papeles. Esos días fueron muy difíciles. Los recuerdo con desánimo y con ganas de enviar a unos y otros a dar una vuelta bien lejos.

Reconstruir la historia de mi abuelo y a su vez cómo vivió mi familia la Guerra Civil me ha abierto los ojos a muchas cosas que desconocía de aquellos tiempos. Quizá, los más veteranos sonrían con lo que voy a decir, pero ya no veo las guerras con los mismos ojos. Es decir, cuando me llega alguna información sobre un conflicto que se está desarrollando en algún rincón del mundo, me lleva irremediablemente a pensar en los míos, en el miedo a las bombas, en el hambre, en el dolor... Nada es lo mismo, porque los míos pasaron por eso y se dejaron la vida.

Cuando escucho a algún descerebrado afirmar con vehemencia que cualquier encontronazo de ideas se soluciona a tiros, y en los últimos tiempos algunos políticos han soltado estas perlas, no doy crédito. Me cuesta entender que el ser humano sea tan poco inteligente.

Por fin cierro el círculo, una vez más con el número diecinueve a mi lado, diecinueve años para terminar este homenaje a las mujeres de mi familia, que han sido y son increíbles. Ha sido un trabajo con muchos «parones», con meses y años con la caja cerrada a mi lado, pero nunca estuvo abandonada.

A Antonio le quitaron la vida demasiado pronto, cuando todavía tenía tanto que enseñar y que hacer. Habría sido un abuelo fantástico, y como él, todos los que cayeron en esos días de miseria y muerte en nuestro país. A todos los privaron de ser abuelos, de convertirse en hombres de pelo cano. Han pasado más de ochenta años y aquí seguimos, buscando y encontrando. Estoy seguro de que la búsqueda no ha terminado, quedan cosas por conocer y por descubrir.

Muchas han sido las voces que me han ayudado a contar esta historia. Voces que ya no están entre nosotros, pero sí su memoria. Yo me he sentido acompañado por ellos durante toda la reconstrucción del relato. Quise saber todo lo que pude sobre ellos y sobre su paradero.

Joana, mi abuela, fue feliz junto a sus dos hijas, Juana, mi madre, y Antonia María. Hubo que trabajar duro para salir adelante, pero lo lograron. Un cáncer se la llevó años antes de que yo naciera, no la conocí en persona, pero siempre he tenido la sensación de que me acompaña en esta vida. Esperó a Antonio hasta el último día, no paró nunca de buscarlo. Afortunadamente, su embarazo y la insistencia de Francesca y Teresa le quitaron de la cabeza la idea de ir hasta Almatret y tratar de encontrar a su marido donde habían estado los hospitales de campaña y se enterraba a los fallecidos. Esa idea la heredó también mi madre y la refleja en su carta, la que escribió para guiarme en esta historia. Por otro lado, Joana tuvo que reconocer oficialmente, sin saber si era verdad, que su marido estaba muerto para poder cobrar una pequeña pensión, así se lo exigieron las autoridades en esos tiempos y así consta en los documentos que están en el Archivo de Salamanca. No fue la única, con toda seguridad muchas familias de los amigos de Antonio, también desaparecidos, tuvieron que reconocer a los suyos como muertos.

Francesca, mi bisabuela, vivió un año más que Joana y a punto estuvo de verme nacer, pero la vida no se lo permitió. Fue una mujer admirable hasta su último aliento, nunca dejó de luchar, y eso que se quedó sola a los pocos años de terminar la guerra, en 1945, porque su Antoni falleció. Dicen que murió enfermo, pero, según su hija Teresa, lo que le pasó fue que no superó la pena por la desaparición de su hijo y por la muerte de su nieto José.

Teresa, mi querida tía Teresa, una mujer única, me quiso todo y más, fue mi cómplice de juegos, de aventuras y de vida. Me dejó, como he contado, en 1988, y su marcha fue extremadamente dolorosa para un chaval que estaba en plena pubertad y se llevó su primer gran baño de realidad. Ya empezaba a aprender cómo funcionaba esto de la vida.

Pero ¿qué sucedió con cada uno de los que lucharon con Antonio? Con ese grupo de amigos que arropó a mi abuelo, esos que si los hubiese conocido Sam Peckinpah hubiese podido rodar una película, con melancolía y sin épica, de la batalla del Ebro.

Joan Morás fue quien acompañó a Antonio el día 26. Aparece como «desaparecido en combate». Lo deduzco, pues la fecha de la desaparición de ambos fue ese día, el 26 de julio. Aparentemente nadie prestó atención a su cuerpo dejado al lado de un camino cerca del Ebro. No he sido capaz de encontrar a ningún familiar, he mirado en Vallcarca donde vivía con su padre, que era albañil, y la única referencia que tengo es la del señor Raimón, para el cual trabajaron. Pero hasta hoy no he tenido suerte de saber nada más.

Víctor, el marido de Rosa, la cajera de Casa Vidal i Ribes, también aparece como «desaparecido en combate». No sé si sobrevivió, porque murieron muchos camilleros en el Ebro, la mayoría. Pero entiendo que fue él, aunque no se hace ninguna alusión en las cartas familiares, el que de alguna forma consiguió hacer llegar las cartas de Antonio, las que llevaba en la bolsa cuando fue a por agua a la Balsa del Señor. Es pura especulación, en los diecinueve años de búsqueda me ha tocado tirar de imaginación y sentido común. Si no fue así, no tengo otra explicación de cómo algunas de las cartas llegaron hasta la casa de Badalona.

Fernando Caros, el chico tímido y triste de Barcelona, el que se convirtió en el escribiente del capitán, aparece también como «desaparecido en combate». Durante mucho tiempo pensé que fue él quien acompañó a Antonio a por agua. No sé qué le pasó, ni he podido encontrar a sus familiares en Barcelona, y sinceramente, mientras escribo estas líneas, sigo pensando que él habría sido el otro candidato a acompañarle a por agua. Si al final lo descarté es porque el 30 de julio continuaba vivo y, sin embargo, a Antonio y a Joan ya se les daba por desaparecidos. Pero es cierto que la confusión durante esos días fue tan grande que se convierte casi en misión imposible situar a cada uno de los protagonistas de esta historia.

Francisco Herrada, hoy en día, figura en el Archivo de Salamanca como «desaparecido en combate» el 30 de julio del 38 en los Aüts. Pero sobrevivió y escribió a mi abuela Joana desde la cárcel, donde realizaba trabajos forzados en la zona de Lérida. Nunca más se supo de él. Si se aferró a sus principios y a sus creencias anarquistas, no salió vivo de ahí. La limpieza ideológica emprendida por Franco en aquellos tiempos no tuvo compasión con ningún valiente.

Los BDST, los Batallones Disciplinarios de Soldados Trabajadores, recluidos en campos de concentración, eran simples siglas para encubrir el maltrato y los asesinatos de todos aquellos que cayeron prisioneros y no tuvieron la suerte de que alguien intercediera por ellos. Muchos estaban bajo el epígrafe «Pendientes de clasificación», es decir, no estaban cumpliendo ninguna condena, simplemente porque no habían cometido ningún delito, tan solo luchar en el otro bando, pero así los tenían, y en la mayoría de los casos hasta que morían.

Esta historia también va para todos ellos, porque fueron buenos compañeros, se cuidaron y lucharon en una guerra fratricida. Porque si se les nombra, no se les olvida. Todos eran tan jóvenes...

También he buscado información sobre otras personas que tuvieron que ver con el destino de mi abuelo. Guillermo Gómez del Casal, el capitán del 904 batallón, salió vivo del Ebro y le tocó cruzarlo una vez más. Siguió luchando en la retirada del ejército republicano y aguantó como pudo el avance de los sublevados. Terminó yéndose a Francia. Aunque los datos son confusos, todo apunta a que luchó con la resistencia contra los nazis. Le detuvo la Gestapo y fue trasladado al campo de concentración de Gusen en Austria, donde fue asesinado el 14 de octubre de 1941. Tenía treinta y un años. De los siete mil doscientos españoles republicanos detenidos en ese campo de concentración, cinco mil fueron asesinados.

Federico Durán, comandante médico republicano, terminó en Inglaterra gracias a la ayuda de la Cruz Roja Británica. Participó en la Segunda Guerra Mundial con los aliados, salvó muchas vidas de soldados ingleses gracias a su sistema de transfusión de sangre. Trató de encontrar a Antonio y ayudar a Joana una vez terminada la guerra. Murió en Reino Unido en 1957 de leucemia, tenía cincuenta y un años. La España de Franco le juzgó y lo condenó por masón y rojo, condena que no cumplió. Nunca pudo regresar a su tierra.

El comisario José Obrero, alias Dinamita, salió vivo del Ebro y llegó a enviarle una carta a mi bisabuelo. La carta es del 18 de agosto de 1938 y está encabezada por: «226 Brigada Mixta, 904 batallón, Comisariado».

Estimado Antoni Zabala:

En contestación a su afecta carta del 14 del actual, le manifiesto que vistos los libros correspondientes de este batallón, su hijo Antonio Zabala figura como desaparecido en las últimas operaciones.

Salud y República.

El comisario

Sobre su firma estampó un sello del Comisariado y nada más. Como cuento en otra parte de este libro, encontré a alguien con el mismo nombre y apellidos que murió fusilado por la Guardia Civil en 1949 por guerrillero. No sé si era él porque no aparecía su alias Dinamita, sino que tenía otro, Luis. A saber...

Durante los años que he ido buscando más información, me he cruzado con gente y con historias tremendas. Me alegro de que le quitaran de la cabeza a mi abuela Joana la idea de ir hasta el Ebro a buscar a Antonio. Los muertos abandonados, putrefactos por el calor y el paso de los días, tuvieron que ser una imagen aterradora para quienes fueron testigos. Yo me animé a cruzar el Ebro en barca, igual que lo hizo mi abuelo Antonio, y recorrí el camino hacia el cruce de Gilabert, pero hoy está todo muy cambiado. En los Aüts, junto a la carretera, en plena ladera, hay un monumento en recuerdo a la 226 Brigada Mixta.

Es fácil recorrer los caminos donde siguen estando las trincheras, los puestos de mando y de socorro. Es sencillo encontrar casquillos de munición utilizada por los dos bandos. Han pasado más de ochenta años y la batalla sigue presente en esas tierras. Durante los días que estuve sobre el terreno, fui testigo del trabajo tan impresionante que hacen con muy pocos medios, pero con un entusiasmo tremendo, los habitantes de Fayón. Ellos me confirmaron algo que ya me había contado mi madre, algo que le habían explicado en su visita a Almatret: durante los años sesenta, y con el beneplácito de Franco, se desenterraron los restos de los soldados, aquellos que fueron apilados en fosas comunes. Pues bien, todos los que fueron desenterrando, para aprovechar los campos y poder cultivar, terminaron en barrancos y en el Ebro. No había distinción entre si eran de uno u otro bando. Así que me temo que los restos de muchos de los protagonistas de mi historia descansan en el fondo del río.

De la batalla del Ebro, yo me he centrado en una parte muy pequeña, aquella en la que estuvo presente mi abuelo. Más al sur, en Gandesa, y en otros puntos donde se luchó también, se está haciendo un gran trabajo, en mayor y menor escala, pero siempre gracias a los habitantes de esas poblaciones. En el Ebro murieron cerca de cien mil hombres (hay un debate enorme sobre las cifras que va de los treinta mil hasta los ciento cuarenta mil) y se merecen algo especial, más allá de los esfuerzos realizados localmente. Hoy en día siguen siendo miles los desaparecidos. Han pasado ochenta y cuatro años y ya es tiempo de que regresen a casa.

La caja azul nunca se cerrará, quedan muchas cosas por saber de los chicos del 904. Les dieron duro, la mayoría no vivió para contarlo y siguen saliendo a diario restos e historias de ese grupo de valientes. A estas alturas, y después de todo lo que he encontrado por el camino, tampoco creo que se cierre nunca el relato de la batalla del Ebro.

El general George S. Patton tenía una definición de patriotismo en tiempos de guerra que quiero sumar a esta historia: «El patriotismo en el campo de batalla consiste en conseguir que algún desgraciado muera por su país antes de que él consiga que tú mueras por el tuyo». En la Guerra Civil todos murieron por el mismo país.

Hay dos canciones me han acompañado especialmente en mis idas y venidas al Ebro, y las dos hablan de la batalla. Una es «Si me quieres escribir», la versión de Marina Rossell:

Si me quieres escribir,
ya sabes mi paradero:
tercera brigada mixta,
primera línea de fuego.

Aunque me tiren el puente
y también la pasarela,
me verás cruzar el Ebro
en un barquito de vela…

La otra es la versión de «Ay, Carmela» que incluyó Alejandro Massó en la película que protagonizó Carmen Maura y que ya he mencionado antes. Ha sido parte de mi banda sonora en esta historia. Esta de la cual escribo ya las últimas palabras.

Allí donde te encuentres, querido abuelo, descansa en paz.

AGRADECIMIENTOS

Tenéis que enseñar a vuestros hijos que el suelo que está bajo sus pies tiene las cenizas de nuestros padres y de los padres de nuestros padres. Para que respeten la Tierra, contadles que la tierra contiene las almas de nuestros antepasados.

GRAN JEFE SEATTLE, tribu de los swamish

Todas las personas que voy a incluir en esta última parte de *La caja azul* han sido fundamentales en mi camino. Ellas me han enseñado a tener un respeto especial por el trabajo de investigación y por la búsqueda de los que lucharon en la batalla del Ebro y que, además, en la mayoría de los casos, no regresaron.

A los protagonistas del libro, solo puedo daros gracias infinitas: a las abuelas Joana y María, a la bisabuela Francesca, a mi madre, Juana, y a mi padre, José, a la tata Pepita, a mi bisabuelo Antoni, a mi hermano de vida, Oriol, y a todos los que aparecen y son parte del camino, de esta senda que nos ha tocado pisar para contar lo que ocurrió durante esas semanas de 1938.

Y no podía faltar una mención especial a mi abuelo Antonio, uno de tantos soldados anónimos que murieron en la Guerra Civil.

Por eso, de la lista de soldados con los que me he ido cruzando en este recorrido, podría sumar páginas enteras de *La Vanguardia* con los nombres de los desaparecidos de la 226 Brigada Mixta. Ojalá muchos de ellos encuentren el camino de regreso.

Un nombre especial para mí es el de Rosendo Peregort Perucho, porque fue la primera persona que en mi infancia me habló de la Guerra Civil y del Ebro. Ni él ni yo éramos conscientes por aquel entonces de hasta dónde me llevaría la vida, y ya ves, querido Rosendo, dónde estamos.

También he de reconocer que mi mayor desilusión de este trabajo tiene que ver con él, porque no he sido capaz de encontrar nada de Rosendo, ni de la unidad en la que peleó. Él no formó parte de la 226 Brigada Mixta. No he podido averiguar cómo le fue en esos tiempos convulsos.

Solo me quedan los recuerdos de infancia, lo que me explicaba cuando subía al piso de arriba a escucharlo. Sí, Rosendo era mi vecino.

Regresó vivo del Ebro, lo cruzó a nado cuando ya todo estaba perdido, mientras sujetaba con cada uno de sus brazos a dos amigos heridos. Por desgracia, los dos murieron antes de alcanzar la otra orilla, solo Rosendo lo logró.

Mi vecino contaba que había escondido toda su vida de militar con la República detrás de unas piedras en el pueblo de Artesa de Segre. Siempre decía que algún día volvería a buscar esa parte de su existencia, que incluía también su pistola. Ya hace años que murió y nunca regresó a Artesa a por sus cosas. Es otra de las personas que he sentido cerca en todos estos años.

No he podido incluirlo en mi historia por falta de datos y de información. Escondió tan bien su pasado que ni su hija Olga, a la que quiero como a una hermana, ha podido encontrar nada de lo que le ocurrió en la guerra.

Sin toda la gente que trabaja en los archivos militares a lo largo y ancho de nuestro país, *La caja azul* habría sido una misión imposible.

Del Archivo General Militar de Ávila: gracias a Víctor Moraleda Torres, por su magia para saber buscar el documento necesario. A Henar Alonso y Julia Adrados Martín, sin vuestra ayuda habría sido imposible entender y aprender de tantos y tantos papeles, sois la luz al final del túnel.

Del Archivo General Militar de Guadalajara: gracias a Rosa porque, sin ella saberlo, con sus llamadas de teléfono de ida y vuelta y su amabilidad y paciencia, conseguimos una información clave para seguir buscando a Antonio.

He de sumar a María Cedenilla, otra voz al otro lado de la línea: cuántos ánimos, cuánto cariño y qué gran amor por su profesión. Gracias.

Del Archivo de Salamanca han sido tantas las personas que me han ayudado en estos años que a todas y cada una de ellas, mi agradecimiento infinito.

En Cataluña, gracias al trabajo de Miquel Mesquida y a la gente de Memorial Democratic.

Hay herramientas que te hacen la vida mucho más fácil, agradecimientos a la gente de <combatientes.es>.

Muchos de estos nombres llegaron a mi vida gracias a Conchi Cejudo, compañera enormemente generosa y buena gente. A tus pies siempre, amiga.

En primera línea del Ebro, otra compañera de la SER a la que agradecer su ayuda, Laura Quilez. Nos vemos en las trincheras, querida.

La gente de Fayón merece un capítulo aparte.

Felicidad Andreu, la «superbibliotecaria», a la que casi vuelvo loca de tantos documentos que le solicité.

Rubén Cabistany, amigo, contigo crucé el Ebro, llegué a los Aüts, caminé por un museo increíble y terminé compartiendo mesa y mantel. Que lo que ha unido el Ebro no lo separe el tiempo.

Gracias también al Ayuntamiento de Fayón por todas sus facilidades, por todo el trabajo desinteresado. Gracias al alcalde Roberto Cabistany.

Aitor García, historiador, pura pasión, cuántas trincheras juntos, cuánto trabajo de campo. Si pude recorrer el camino de la 226 Brigada Mixta fue gracias a él. Alcanzó la Balsa del Señor buscando un sueño imposible y trajo de vuelta un puñado de munición de un máuser.

Aitor era el hombre al que llamar cuando parecía que no tenía salida en alguno de los muchos caminos de investigación. Sus conocimientos me ayudaban sobremanera cuando tocaba situar cosas que no aparecían en los papeles. Aitor, sin duda alguna, hubo un antes y un después en esta historia tras conocerte.

No puedo dejar de mencionar en este camino a Gonzalo Albert. Decir que es mi editor es una pura formalidad: querido amigo, este camino ha sido muy duro y nos ha tocado sufrir mucho. Gracias por ser un hombre infinitamente generoso, no es solo cosa de paciencia, hay una tonelada de cariño en cada una de tus acciones. Ahora ya puedes cruzar el Ebro.

También hay una persona especial a la que quiero sumar: querida Isabel Sánchez, gracias por encontrar esas piezas del puzle que faltaban para terminar esta historia familiar. Qué importante has sido, amiga.

He leído mucho y a muchos, y ha sido reconfortante entender emociones gracias a otros tantos autores que han sido mi compañía en este periplo. Mi madre estaría encantada con todos ellos. Quiero dejar el listado de mis lecturas necesarias. No elaboro una bibliografía, sino que dejo constancia de los títulos que me han servido para entender un periodo de nuestra historia: *La Batalla del Ebro,* de Jorge M. Reverte. *Els catalans als camps nazis,* de Montserrat Roig. *Desaparecidos de la guerra de España,* de Rafael Torres. *Grandes batallas de la Guerra Civil española,* de Pablo Sagarra, Óscar González y Lucas Molina. *La soledad de Alcuneza*, de Salvador García de Pruneda. *Españoles en guerra*, de Carlos Gil Andrés. *Línea de fuego* y *Una historia de España*, de Arturo Pérez-Reverte. *Diari de guerra*, de Josep M. Cuyàs. *El Ebro. La batalla decisiva de los cien días*, de Miguel Alonso Baquer. *El tiempo de los héroes*, de Javier Reverte. *La Guerra Civil española*, de Paul Preston. *Las trincheras de Dios*, de Pedro Miguel Lamet. *La Batalla del Ebro*, de Julián Henríquez Caubín. *War Letters*, de Andrew Carroll. *Badalona sota les bombes*, de Joan Villarroya i Font. *Historia de las Brigadas Mixtas del Ejército Popular de la República*, de Carlos Engel. *Los jesuitas: una historia de los «soldados de Dios»*, de Jonathan Wright. *Las Brigadas Internacionales*, de Giles Tremlett. *Eso no estaba en mi libro de la Guerra Civil*, de Pedro Corral; por cierto, que Pedro tiene otro muy interesante: *Desertores. Los españoles que no quisieron la Guerra Civil. La trilogía de la Guerra Civil*, de Juan Eduardo Zúñiga. En resumen, una sobredosis en vena de Guerra Civil, gracias a una gran cantidad de excelentes escritores.

Toca ir terminando esta historia, sentado, escuchando «Cançó de matinada», de Serrat: «Mientras yo canto de madrugada la aldea duerme todavía...». Gracias, querido Joan Manuel, por traerme de vuelta a mi madre.

Mamen ha estado en una enorme parte de este proceso, animando y empujando para que todo siguiera su camino. Recuerdo el día que se llevó la postal de mi madre para el programa *Más Vale Tarde*. Lo hizo bajo amenazas de todo tipo por si le

FRANQUICIA POSTAL

Sr. D. Antonio Zabala Galijo
José A. Clavé 14
Badalona (Barcelona)

Burgos 20 de Diciembre de 193...
III AÑO TRIUNFAL

1418

Sr. D. Agustín Trilla

San Sebastián

Muy Sr. mío:

Contestando a la información solicitada sobre
un prisionero que se apellida Zabala Pujals ... le participo que no aparece como tal en nuestro Fichero General,
por lo que, seguramente no habrá sido capturado por nuestras
fuerzas.

Dios salve a España y guarde a Vd. muchos años

EL CORONEL INSPECTOR.

Contestando a su consulta sobre el paradero de
Antonio Zabala Pujals le par-
ticipo qué examinados los ficheros de esta Inspección, no existen datos de dicho individuo.

MADRID Burgos 22 de Mayo de 1940

AÑO TRIUNFAL
El Coronel

---

42 DIVISION
226 BRIGADA MIXTA

SECCION 1ª

Nº 2193

En contestación a su es-
crito de fecha (sin fecha)
pongo en su conocimiento que
el soldado ANTONIO ZABALA
PUJALS, que pertenecía al
904 Batallón de esta Brigada a mi mando, desapareció
el 26 de Julio ppdº, du-
rante las operaciones reali-
zadas en la posición de
Badalona en la posición de-
nominada "Alto de los Auts".

Lo que le comunico a los
efectos oportunos.

P.C. 23 Septiembre de 1938
P.C. del Jefe de la Brigada
EL JEFE DE ORGANIZACION

226 BRIGADA MIXTA · ORGANIZACION